MEIN ZORN – DEIN SCHMERZ

ILONA BULAZEL

Ilona Bulazel
Sinzheimer Str. 40b
76532 Baden-Baden
Deutschland
E-Mail: kontakt@autorib.de
Website: https://www.autorib.de
Facebook: https://www.facebook.com/ilonabulazel
Newsletter-Anmeldung über: https://www.autorib.de/newsletter

Ausgabe 12.01/2021

Korrektorat: Natalie Röllig

Covergestaltung: TomJay - bookcover4everyone / www.tomjay.de

ISBN: 9798593969613
Imprint: Independently published
Weitere Informationen zum Druck: siehe Buchende

Dieses Buch widme ich
Sabine, Andrea, Hannes und Ayana
stellvertretend für alle meine Leserinnen und Leser.

Ich danke euch für die wunderbaren Rückmeldungen, die anerkennenden Worte und konstruktiven Kommentare und dafür, dass ihr meine Bücher in eurer Fantasie lebendig werden lasst.

Ihr seid großartig!

INHALT

ÜBER DAS BUCH

»Man hat ihr die Schädeldecke geöffnet«, antwortete der Arzt und strich das blutige Haar zur Seite. »Nicht professionell, eher mit brachialer Gewalt. Vermutlich wurden ein Hammer und ein Meißel benutzt …«

Freundinnen, die keine sind, Lügen und der ständige Kampf, den Schein zu wahren, bestimmen das Leben von Ella Warth. Die Sechsunddreißigjährige meistert die Herausforderungen dennoch perfekt und träumt von einem dritten Kind. Als dann jedoch die grausam verstümmelten Leichen einer Prostituierten und der ansässigen Schuldirektorin gefunden werden, ändert sich alles.

Hauptkommissarin Anja Gärtner übernimmt die Ermittlungen und kratzt an der vermeintlich schönen Fassade der beschaulichen Stuttgarter Gemeinde Wörmshalde. Schnell stellt sich heraus, dass sich dahinter weit mehr Geheimnisse verbergen, als die Beamten ahnten.

Die Tätersuche gestaltet sich allerdings schwierig und die Morde, die einem rätselhaften Ritual folgen, hören nicht auf. Welches Motiv steckt dahinter? Geht es um blanke Gewalt, krankhafte Begierden oder doch um persönliche Beweggründe?

Die schrecklichen Ereignisse überschatten die einst friedliche Nachbarschaft, und bald regieren Misstrauen und Feindseligkeit. Da Hauptkommissarin Gärtner aus eigener Erfahrung weiß, was ein Schicksalsschlag bedeutet, gibt sie jedoch nicht auf, bis den Opfern Gerechtigkeit widerfährt …

Im Psychothriller »Mein Zorn – Dein Schmerz« trifft der Leser auf eine Welt, in der sich das Leben von seiner unschönen Seite zeigt: hart, unberechenbar, schmerzvoll und selten rosarot.

KAPITEL 1

»Komm mit, ich möchte etwas mit dir besprechen.«

Es war eine regnerische Januarnacht, kalt und ungemütlich. Der Nieselregen, von unberechenbaren Böen hin und her gewirbelt, heftete sich an die nackte Haut wie lästige Fusseln an eine klebrige Oberfläche. Jana trotzte wie gewöhnlich dem rauen Wetter. Sie konnte es sich nicht aussuchen, hatte zudem ein gutes Geschäft gemacht und war daher umso genervter, jetzt auf diese Weise aufgehalten zu werden.

»Wenn es nicht um Euro-Scheine geht, habe ich kein Interesse an einem Gespräch«, antwortete sie daher schnippisch und unterdrückte das Zittern, während sie vergeblich an der Zigarette zog. Schließlich gab sie es auf und warf die feuchte Kippe auf den Boden.

»Es wird sich lohnen, versprochen«, hörte sie ihr Gegenüber sagen und kniff die Augen zusammen. Eigentlich hatte sie für heute genug, wollte nur noch nach Hause, diesen widerlichen Ort verlassen. Dann fiel ihr ein, dass die muffigen Räumlichkeiten, die sie sich mit zwei anderen Frauen teilte, kaum besser waren, und gab nach.

»Na schön«, erwiderte sie deshalb mürrisch. »Aber nicht, dass du glaubst, es gibt bei mir so etwas wie Sonderpreise.«

Da in diesem Augenblick ein schwerer Laster vorbeifuhr und das Regenwasser in einer gewaltigen Fontäne vom Boden in die Höhe spritzen ließ, wusste sie nicht, ob man ihre letzte Bemerkung verstanden hatte. Deshalb wiederholte sie ihre Worte, bevor sie das Gebüsch erreichten. Eine einzige trübe Straßenlaterne erleuchtete den geteerten Platz, flackerte gelegentlich unruhig, erlaubte es der Prostituierten dennoch, ihre Begleitung genauer zu betrachten.

Ein mitleidiger Blick huschte über Janas Gesicht,

während sie dachte: *Sie sind alle unglücklich, sonst kämen sie nicht zu mir.*

Als wären ihre Gedanken erraten worden, berührte man sie am Arm und sagte: »Du musst mir einen Gefallen tun.«

Daraufhin lachte Jana auf und grunzte ordinär. »Natürlich, das ist ja schließlich meine Spezialität.«

Der Griff um ihren Arm wurde fester und sie gab nach, als man sie hinter eine der hohen Hecken zog.

»Erst die Kohle«, blökte sie amüsiert über die offensichtliche Ungeduld.

Für einen Moment sah es so aus, als würde die fremde Hand Banknoten aus der Manteltasche ziehen, zumindest verließ sich Jana darauf. Sie war nicht auf der Hut, verpasste es, rechtzeitig zu reagieren. Plötzlich bohrte sich eine scharfe Klinge in ihr Fleisch. Sie ruderte hilflos mit den Armen, machte einen Schritt nach hinten, knickte in den billigen High Heels um und stürzte zu Boden. Die schwere Stichverletzung machte sie zu einem hilflosen Opfer.

Verschwommen nahm sie die Gestalt wahr, die sich nun über sie beugte und mit einem gleichmäßigen, eigentümlichen Singsang sagte: »Sieh nur, wie das Menschlein am Leben hängt, wie es zappelt und strampelt. Aber das wird nichts ändern. Du musst mir tatsächlich einen Gefallen tun. Genauer gesagt möchte ich, dass du heute das Zeitliche segnest.« Ein gurgelndes Lachen folgte und übertönte das hilflose Röcheln der Sterbenden.

»Weißt du, wer ich bin?«, stellte man Jana eine Frage, auf die keine Antwort erwartet wurde. »Ich bin der Befreier deiner *Seele*, der Mann, der dich rettet.« Die Worte klangen aufgesagt, geschwollen und ergaben keinen Sinn, nichtsdestotrotz wusste die verletzte Frau am Boden, dass sie keine Chance mehr auf Rettung hatte.

»Ich setze jetzt mein Messer an und öffne den Käfig. Dein Körper ist nichts weiter als ein Gefängnis. Es wird Zeit, dass du das Beste von dir freigibst!«

Jana schrie kurz verzweifelt auf, als die kalte Spitze der Klinge ihre Stirn berührte. Jedoch wurde ihre Angst dem Schmerz, den man ihr gleich darauf zufügte, nicht gerecht. Das Messer grub sich in das Gewebe, wurde langsam vom Haaransatz zum Kinn gezogen. Die wenigen Hautschichten des Gesichts waren schnell durchtrennt. Jana floss Blut in die Augen. Als die Schneide den Kehlkopf aufbrach, hörte das Herz der jungen Frau auf zu schlagen. Aber das war noch nicht genug.

»Ich werde deine Seele entfesseln«, flüsterte die dunkle Gestalt, die sich über den toten Körper beugte, den durchsichtigen Regenmantel des Opfers öffnete und das dünne Top darunter zerschnitt, sodass Brüste und Bauch frei lagen. Dann wurde das Messer erneut benutzt, so als wäre es der Zipper eines Reißverschlusses, mit dem sich ein Körper öffnen ließ. Fasziniert beobachtete Janas todbringendes letztes Date das Blut, das dabei aus der Wunde quoll. Die Klinge hatte eine breite rote Spur vom Kopf bis zum Schambein hinterlassen, so als sollte das Opfer in zwei Teile zerlegt werden. Offenbar klaffte das Fleisch jedoch noch nicht weit genug auseinander, denn jetzt machten sich behandschuhte Finger an der Stelle über dem Bauchnabel zu schaffen. Sie zerrten und zogen an den Wundrändern, um die Öffnung zu vergrößern. »Nun bist du frei«, erklang ein zufriedenes Flüstern. »Mein Zorn! Dein Schmerz!« – mit diesen Worten wurde die grausame Tat beendet.

Zur gleichen Zeit in Vaihingen bei Stuttgart

Hauptkommissarin Anja Gärtner fuhr besonders langsam, der Regen machte die Strecke bei Nacht unübersichtlich. Sie war eine gute Autofahrerin, immer konzentriert auf ihre Umgebung, nie zu schnell und schon gar nicht leichtsinnig.

Auch die Diskussion mit ihrer zwanzigjährigen Tochter Jessica brachte sie nicht aus der Ruhe, obwohl es ihr das Mädchen zurzeit schwer machte.

»Du hast alle Möglichkeiten der Welt«, hielt ihr Anja gerade vor.

»Oh Mama, ich will aber nicht alle Möglichkeiten, ich will nur …« Jessica konnte den Satz nicht mehr zu Ende sprechen. Der Schlag gegen die Fahrertür des Wagens kam völlig unerwartet und war so heftig, dass der PKW sofort ins Schleudern geriet. Anja tat ihr Bestes, die Kontrolle zu behalten, was ihr auch fast gelungen wäre, hätte es da nicht den zweiten heftigen Aufprall gegeben. Die Wucht des Zusammenstoßes war dieses Mal so gewaltig, dass es der routinierten Fahrerin das Lenkrad aus der Hand riss. Als Nächstes war Anja von einem weichen Etwas umgeben, das ihr aufs Gesicht drückte und ihr die Sicht nahm. Sie versuchte, sich freizukämpfen, aber das weiße Ungetüm drohte sie zu ersticken. Vor Verzweiflung begann sie zu schreien, probierte vergebens, das Wort »Hilfe« mit ihren Lippen zu formen. Es war, als hätte man ihr den Mund zugenäht. Sie spürte den Druck am Arm, dann glaubte sie, eine Stimme zu vernehmen.

»Anja, wach auf!«

Mit einem Ruck kam sie zu sich, schoss schweißgebadet in die Höhe und warf das Kopfkissen, das sie mit den Armen umklammert hatte, von sich.

»War es wieder der Traum?«, fragte ihr Mann Thomas verständnisvoll.

Sie nickte, dankte ihm kurz innerlich für seine Geduld, seinen unerschütterlichen Glauben, dass doch noch alles gut werden würde. Dann kämpfte sie gegen die Tränen an, um sich und ihm eine aufreibende Diskussion über das Unabänderliche zu ersparen, und sagte stattdessen leise: »Es geht schon wieder, vermutlich haben wir Neumond.« Es sollte wie ein Scherz klingen.

Thomas durchschaute sie jedoch und schloss sie in die Arme. »Wir kriegen das doch ganz gut hin, oder?«, fragte er aufmunternd.

»Was würde ich nur ohne dich tun?«, gab sie zurück und wechselte dann in einen gespielt strengen Tonfall. »Wir sollten jetzt schlafen, die Generation Ü50 braucht ihre Nachtruhe.«

Er grunzte belustigt, drückte ihr einen Kuss auf die Stirn und sagte: »Ich liebe dich.«

Sie murmelte: »Ich dich auch«, und drehte sich zur Seite, während er das Licht löschte.

Natürlich konnte sie so schnell nicht wieder einschlafen. Ihre Gedanken kreisten immer noch um den Unfall. Zwangsläufig kamen die Fragen und Zweifel. Wo in ihrem Leben war sie falsch abgebogen? Bereits bei der Wahl ihres Berufs oder erst beim Kauf des netten Einfamilienhauses in Vaihingen? War der Wunsch, irgendwo zu leben, wo gepflegte Grünanlagen und verkehrsberuhigte Straßen über das Schlechte in der Welt hinwegtäuschten, anmaßend gewesen? Warum hatte sie an diesem Tag vor fünf Jahren ausgerechnet *jene* Straße benutzt? Sie öffnete die Augen, blickte zum Fenster, sah hinaus in die Dunkelheit und hoffte, dass die Nacht bald vorüber wäre.

Am nächsten Morgen in der Gemeinde Wörmshalde, in der Nähe von Stuttgart

»Fassen wir noch einmal zusammen, was wir bis jetzt haben«, sagte Oberkommissarin Nele Bund und nippte an ihrem Alubecher, in dem sich eine pürierte Mischung aus Kohl, grünem Salat, Chiasamen und Sojamilch befand; der Tipp einer befreundeten Ernährungsexpertin, der die Beamtin angewidert das Gesicht verziehen ließ.

»Leiche, weiblich, Papiere vorhanden, Identifizierung möglich. Die Tote liegt laut Gerichtsmedizin seit gestern Nacht hier«, gab ihr Simon Faller Antwort. Der junge Kommissar – er hatte eben erst seine Ausbildung abgeschlossen und die letzten Prüfungen bestanden – reagierte wie ein fleißiger Schüler, bevor er fragte: »Wo ist die Chefin?« Es schwang ein leichter Vorwurf mit.

»Wird schon noch kommen, und da uns die Tote kaum wegrennen kann …«, merkte Nele lässig an, nahm einen letzten großen Schluck ihres Getränks, den sie eher herunterwürgte als trank, und entschied, den Rest bei der erstbesten Gelegenheit zu entsorgen.

Hinter sich hörten die beiden Beamten einen Wagen.

»Da ist sie ja«, sah sich Kommissar Faller genötigt, zu kommentieren, nicht ohne einen demonstrativen Blick auf die Uhr zu werfen, während Nele erleichtert aufatmete, als sie sah, dass ihre Vorgesetzte mehrere Kaffeebecher aus dem Auto balancierte.

»Scheißverkehr«, wurden sie von Hauptkommissarin Anja Gärtner begrüßt, die wortlos die Becher an ihre Mitarbeiter verteilte und sich einen ersten kurzen Bericht geben ließ.

»Was ist das hier genau für ein Ort?«, stellte die leitende Beamtin eine Frage, während sie sich umsah.

»Die *dunkle Seite* der beschaulichen Gemeinde Wörmshalde, genauer gesagt die Fabriksiedlung«, gab ihr Nele Bund Auskunft. Die Oberkommissarin fing den Blick ihrer Vorgesetzten auf und erklärte: »Ich hatte hier in der Nähe mal einen Freund. Nichts Ernstes, war aber ganz nett«, fügte sie noch mit einem Augenzwinkern an.

Hauptkommissarin Gärtner überraschte das nicht. Die zweiunddreißigjährige Kollegin sah erstens gut aus und strotzte zweitens vor Selbstbewusstsein. Kein Wunder, dass es ihr nie an Gesellschaft mangelte, auch wenn es ihr ganz offensichtlich schwerfiel, sich festzulegen.

»Jedenfalls ist das die weniger schöne Ecke«, fuhr Nele fort. Sie deutete mit dem Zeigefinger auf die gegenüberliegende Straßenseite. »Die alte Chemiefabrik wurde vor zwanzig Jahren geschlossen. Der Abriss ist zu teuer, also verrottet die Anlage. Die ehemalige Arbeitersiedlung besteht noch, allerdings ist die, wie man sieht, ganz schön runtergekommen.«

Hauptkommissarin Gärtner betrachtete die mehrstöckigen Mietshäuser. Eines schloss direkt an den Tatort an. Der Putz war an mehreren Stellen abgebröckelt, und Risse am Mauerwerk zeugten von schlechter Bauleistung. Die Fenster wirkten wie leblose Augen, obwohl hinter den meisten Scheiben diffuses Licht brannte. Auch bildeten sich teilweise die Silhouetten der Bewohner ab; sie hatten heute einen Logenplatz ergattert. Die Polizei konnte sie nicht verjagen, denn aus den eigenen vier Wänden zuzuschauen, war erlaubt. Anja nahm es ihnen nicht übel. Es war menschlich und vielleicht war es am Ende ebenjene Neugier, die ihnen helfen würde, den Fall aufzuklären.

»Wir müssen mit den Bewohnern des Nachbarhauses sprechen, und zwar mit allen«, gab sie deshalb Anweisung. »Gut möglich, dass jemand gestern Nacht etwas gesehen hat.«

Kommissar Faller, der bislang geschwiegen hatte, gab einen verächtlichen Laut von sich, bevor er bemerkte: »Als würden *die* mit der Polizei reden.«

Hauptkommissarin Gärtner atmete tief durch. Sie hatte schlecht geschlafen, war von Albträumen geplagt worden, hatte heute Morgen in einem kilometerlangen Stau gestanden und war außerdem bei widrigen Witterungsbedingungen zu einem Tatort gerufen worden. Eigentlich fehlte ihr die Lust und die Geduld, einem jungen Kommissar beizubringen, auch mal über den Tellerrand zu blicken, trotzdem sagte sie geduldig: »Glauben Sie mir, die werden reden. Niemand hat gerne eine Leiche im Vorgarten.« Sie besah sich die geteerte Fläche, die offensichtlich nur als Parkplatz und zur illegalen Müllentsorgung diente.

Oberkommissarin Bund war den Blicken ihrer Vorgesetzten gefolgt und ergänzte: »In Trucker-Kreisen wird der Platz als ruhige Parkmöglichkeit gehandelt, die Autobahnzufahrt ist quasi um die Ecke. Das würde auch erklären, was die Frau hier gemacht hat. Wie es aussieht, handelt es sich bei dem Opfer um eine Prostituierte, Jana Grün, dreiundzwanzig Jahre alt. Sie hatte Papiere bei sich und ist im System erfasst«, ergänzte Nele.

»Und nicht nur das«, mischte sich Kommissar Faller ein. »Vierhundert Euro befanden sich ebenfalls in ihrer Tasche, es war also kein Raubmord. Und ihr Zuhälter hätte das Geld sicher mitgenommen.«

»Ja, außerdem bringen die ihre Frauen normalerweise nicht um«, warf Nele ein.

Anja Gärtner verzog das Gesicht. »Überprüft den Mann trotzdem, vielleicht wollte er Jana Grün nur bestrafen, ein Exempel statuieren, und hat die Kontrolle verloren. Unterschätzt nie die Gewaltbereitschaft eines Menschen. So, und jetzt möchte ich die Leiche sehen.«

Der Gerichtsmediziner begrüßte die Kollegin freundlich. Wie viele andere schätzte auch er die zweiundfünfzigjährige Hauptkommissarin. Nicht nur für ihre beruflichen Fähigkeiten, sondern auch für die Menschlichkeit, die sie sich nach all den Jahren und selbst nach ihrem Unfall bewahrt hatte. Die meisten hatten damit gerechnet, dass Anja zu einer verbitterten Frau werden würde. Verstanden hätte es jeder. Aber Anja Gärtner trug ihr Schicksal und auch die Narbe, die seither quer über ihre rechte Wange verlief, mit Würde.

»Ist was?«, fragte sie verwirrt, als sie der Arzt anstarrte. Automatisch strich sie sich über die Haare, die sie zu einem langen grauen Zopf geflochten hatte, der ihr bis zur Taille reichte. Ihre braunen Augen funkelten schelmisch, als sie anfügte: »Ich habe doch nicht etwa Spinat zwischen den Zähnen, oder?«

Er lächelte, vor langer Zeit hatte er sehr viel mehr als nur Sympathie für die Frau empfunden, deshalb entging ihm nicht, dass sie müde aussah. Aber wie schon damals unterdrückte er seine wahren Gefühle und sagte stattdessen: »Ich bin einfach erleichtert, dass du den Fall hast. Der, der dafür verantwortlich ist, gehört schnellstmöglich aus dem Verkehr gezogen.«

Er führte sie ohne ein weiteres Wort zur Leiche.

Zum Glück verdeckt das Gestrüpp den Körper, dachte die Hauptkommissarin. *So ist die Tote wenigstens nicht den Blicken der Nachbarn preisgegeben.*

»Richtig üble Sache«, flüsterte der Gerichtsmediziner neben ihr, der bemerkte, wie Anja scharf die Luft einsog.

»Meine Güte«, sagte die nun mitfühlend, »wer hat dir das nur angetan?«

Während die meisten Beamten versuchten, den Toten mit professionellem Abstand zu begegnen, hatte Anja Gärtner von jeher die Angewohnheit, sehr persönlich an den Fall heranzugehen. Sie nannte die Opfer beim Namen und manchmal gewann man sogar den Eindruck, sie hätte sie gekannt.

»Armes Mädchen«, sagte sie erneut, bevor sie sich sachlich an den Gerichtsmediziner wandte. »Was ist hier geschehen?«

Sie betrachtete die halb nackte Frauenleiche, die blond gefärbten Haarsträhnen, an denen Dreck klebte, die aufgerissene Bauchhöhle, das getrocknete Blut, welches das Gesicht wie ein roter Schleier bedeckte. Dennoch sah man die angstvoll geweiteten Augen. Keine Frage, Jana Grün hatte gelitten. Die hohen Schuhe, der kurze Minirock und der durchsichtige Regenmantel, der sie sicher nicht vor der Kälte geschützt hatte, waren nur angezogen worden, um Freier anzulocken. Sie hatte ein Kostüm getragen, mit Sicherheit dabei die eigenen Bedürfnisse unterdrückt und vermutlich nicht das Glück in ihrem Leben gefunden, das Anjas Meinung nach jeder Mensch verdient hatte. Nicht einmal das friedliche Sterben war ihr vergönnt gewesen.

»Sie wurde geschlachtet wie ein Vieh«, zischte die Hauptkommissarin, als sie den langen vertikalen Schnitt betrachtete. »Fehlen Organe?«

»Auf den ersten Blick nicht«, antwortete der Gerichtsmediziner und fügte noch an: »Jedenfalls wurde, soweit ich das beurteilen kann, nichts entnommen. Allerdings befindet sich in der Bauchhöhle Erde.«

»Kann die vom Regen reingespült worden sein?«, hakte Anja sofort nach, bereits ahnend, dass das nicht der Fall war.

Der Arzt schüttelte den Kopf. »Nein, die hat man dort platziert. Vermutlich ist die sogar von hier, wir haben bereits Bodenproben genommen. Ansonsten wäre ich fertig. Können wir einpacken?«

»Bringt sie ins Trockene«, entgegnete Anja und sah sich nach ihren Mitarbeitern um.

Nele Bund und Kommissar Faller standen, beide blass im Gesicht, ein wenig abseits.

»Wie kam Jana Grün hierher?«, fragte ihre Vorgesetzte in die Runde. »Hier steht kein Fahrzeug. Also hat sie entweder jemand gebracht, in dem Fall würde ich auf den Zuhälter tippen, oder sie hat öffentliche Verkehrsmittel benutzt. Vielleicht gab es auch jemanden, der sie abholen wollte. Überprüft Busse und Bahnen und die Taxiunternehmen. Außerdem muss ich mit einem Kollegen von der Sitte sprechen, einem, der sich im Milieu auskennt.«

Zur gleichen Zeit in Wörmshalde

Ella Warth schnippelte die Paprika in kleine Stücke. Sie hatte Freude daran, das Messer ein wenig schneller über das Hackbrett gleiten zu lassen, so wie es die Profiköche im Fernsehen immer machten. Natürlich wagte sie es nicht, zu übertreiben. Die Klinge war scharf und eine Fingerkuppe unersetzlich. Da die Sechsunddreißigjährige an ihren Gliedmaßen hing, verlangsamte sie das Tempo, als die harten Karotten an die Reihe kamen. Eigentlich hätte sie sich die Arbeit sparen können, ihre Kinder mochten keine Karotten und würden jedes noch so kleine Fitzelchen aus der Gemüsepfanne heraussortieren und dabei lautstark ihre Weigerung kundtun, davon zu essen. Vor allem der siebenjährige Leo führte dabei das Wort, während die drei Jahre jüngere Luna einfach alles nachplapperte, was ihr großer Bruder von sich gab.

Ella lächelte, sie war glücklich, denn sie hatte sich ihre Träume erfüllt. Eine Familie in einem kleinen Häuschen, das sie liebevoll eingerichtet hatte, mitten in der *Wörmshalder Allee*. Das Klopfen an der Küchentür, die in den Garten führte, ließ sie aufschrecken und fast hätte sie sich tatsächlich mit dem Messer geschnitten.

»Ella, bist du da?«

Ella rollte so stark mit den Augen, dass es wirkte, als wollte sie ihre Augäpfel aus den Höhlen drücken, sagte dann jedoch freundlich »Ja-ha!« und öffnete die Tür.

Die beiden Frauen, die davorstanden, hätten unterschiedlicher nicht sein können. Bärbel Kreismann war korpulent und überragte mit ihren ein Meter achtzig die schmächtige Miriam Sauer, die dazu neigte, ein wenig gebückt zu gehen.

»Hast du schon gehört?«, fragte Bärbel aufgeregt.

Noch bevor Ella den Kopf schütteln konnte, platzte die andere heraus: »Überall Polizei, drüben bei der Fabrik! Es heißt, man hätte eine Leiche gefunden. Ein Mord, ist das nicht schrecklich?«

»Aber keiner der Bewohner«, mischte sich Miriam ein, die trotz ihrer optischen Zartheit ein äußerst schrilles Organ besaß. »Gott sei Dank!«, fügte sie noch an und erklärte: »Ich bin gleich los, um mich zu vergewissern, dabei habe ich zufällig Herrn Ahrens getroffen. Na ja, ihr kennt den ja.«

»Ein echter *Charmebolzen*«, fügte Bärbel ironisch an.

»Er ist mürrisch, das Leben war nicht immer gut zu ihm«, nahm ihn Ella in Schutz, was die beiden anderen Frauen jedoch ignorierten.

»Jedenfalls meinte der, es wäre die Nutte, die die LKW-Fahrer bedient.« Die aufgerissenen Augen ihrer Freundinnen ließen Miriam anfügen: »Das sind seine Worte, nicht meine.«

»Wenn das stimmt«, murmelte Bärbel verschwörerisch, »dann ist das nicht gerade förderlich für den Ruf von Wörmshalde. Ich will jedenfalls nicht in einem sozialen Brennpunkt leben und man kann sich ja denken, was das für die Immobilienpreise bedeutet.«

»Ich glaube, das kann man auch anders bewerten«, fiel ihr Miriam ins Wort. »Vielleicht endet dieses traurige Kapitel ›Unmoral‹ nun auch. Wir waren schließlich alle nicht begeistert, dass hier in der Gegend eine Prostituierte ihrem Geschäft nachging. Womöglich ist es deren Kolleginnen eine Lehre und die bleiben künftig fort.«

»So solltest du nicht reden«, tadelte Ella sie.

Die beiden anderen sahen ihr Gegenüber überrascht an. Ella war nicht gerade dafür bekannt, Widerworte zu geben oder eine eigene Meinung zu vertreten. Als wäre sie zu weit gegangen, begann Ella sich zu entschuldigen. »Du hast natürlich recht! Aber wir dürfen auch nicht zu hart mit denen ins Gericht gehen, die im Leben Pech hatten. Das habe ich nur gemeint, ich wollte dich nicht kritisieren …«

Das erneute Klopfen an der Tür ersparte ihr weitere Erklärungen. Wie zu erwarten gesellte sich nun auch Svenja, die Vierte im Bunde, zu ihnen.

Ausgerechnet, dachte Ella genervt.

Gemeinde Wörmshalde, Anwohnerbefragung in der Fabriksiedlung

Zwar waren die Bewohner des Hauses, das an den Tatort angrenzte, wie von Hauptkommissarin Gärtner angenommen ausgesprochen kooperativ, allerdings konnten sie kaum etwas zur Aufklärung beitragen. Immer wieder fiel jedoch der Name *Lukas Ahrens*, ein weiterer Mieter, der offenbar die Position eines inoffiziellen Haussprechers innehatte. Sätze wie: »Fragen Sie den Ahrens, wenn einer was weiß, dann der«, oder: »Der Herr Ahrens ist ein Gebildeter, mit dem müssen Sie sprechen«, veranlassten die Ermittler schließlich, entsprechenden Lukas Ahrens aufzusuchen.

Anja Gärtner hatte keine genaue Vorstellung von ihrem nächsten Zeugen, war dann aber doch überrascht, als ihr ein Mann Mitte fünfzig die Tür öffnete und sie mit unverhohlener Abscheu anstarrte. Im ersten Moment glaubte sie, sein abschätziger Blick gelte ihrer Narbe. Obwohl sie sich längst daran gewöhnt hatte, dass die Menschen sie deshalb gelegentlich länger betrachteten, als es gute Umgangsformen zuließen, war Lukas Ahrens' Verhalten extrem unhöflich. Allerdings stellte sich schnell heraus, dass es nicht Anja Gärtners Aussehen war, das ihn zu dieser Reaktion provozierte, sondern schlicht sein wenig umgänglicher Charakter.

»Polizei, nehme ich an«, empfing er sie gespreizt und sagte dann giftig: »Scheinbar bin ich der Letzte auf Ihrer Liste. Der unwichtige Lukas Ahrens wird zum Schluss also auch noch beehrt.«

Oberkommissarin Bund blickte spöttisch zu ihrer Vorgesetzten, so als wollte sie sagen: *Ist der ernsthaft beleidigt, weil wir ihn erst jetzt befragen?*

Anja Gärtner vermutete das zumindest und erwiderte

deshalb freundlich: »Wir haben in der obersten Etage mit unseren Befragungen angefangen. Sehen Sie es nicht als Wertung, sondern als Folge einer Strategie.«

Sein Gesicht verzog sich zu einem Grinsen, dem die Hauptkommissarin im Stillen das Adjektiv »diabolisch« anheftete.

»Sie sind vermutlich die, die das Sagen hat. Also sollte ich mich geehrt fühlen, dass ich mich nicht mit einem Grünschnabel in Uniform herumschlagen muss, der mir nicht in die Augen sehen kann.«

Hauptkommissarin Gärtner blieb gelassen und überging seine Stichelei, fragte stattdessen: »Dürfen wir vielleicht hereinkommen?«

»Sicher«, reagierte Ahrens großzügig und gab die Tür frei.

Die Beamtin konnte nicht umhin, sich Ahrens' kleine Wohnung besonders genau anzusehen. Der Mann unterschied sich deutlich von den anderen Bewohnern. Auch seine Räumlichkeiten waren nicht mit teuren Möbeln ausgestattet, aber anstelle der sonst üblichen Couchlandschaft gegenüber eines Flachbildschirms hatte er sich eine Art Bibliothek eingerichtet. Die hohen Wandregale waren mit Büchern und Magazinen regelrecht vollgestopft; auch auf dem abgewetzten Teppich lagen Zeitungen und aufgeschlagene Broschüren. Der Raum hätte gemütlich gewirkt, wären da nicht die dicken Staubschichten auf den freien Flächen gewesen. Außerdem nahmen die gebrauchten Kaffeetassen, die im Raum verteilt standen – Hauptkommissarin Gärtner zählte vier Stück und vermutete noch weitere zwischen dem Lesematerial –, und die überquellenden Aschenbecher dem Zimmer den Charme.

Mehr Schein als Sein, dachte die Beamtin und unterzog nun auch den Hausherrn einer weiteren Betrachtung.

In seinem Äußeren setzte sich der Eindruck, den Anja Gärtner bereits gewonnen hatte, fort. Lukas Ahrens war komplett in Schwarz gekleidet, sein grau meliertes Haar hatte er mit Gel zurückgekämmt. Auf den ersten Blick sah das ganz ordentlich aus, aber dann wanderte der Blick der Beamtin zu den ungepflegten Fingernägeln des Mannes und den Nikotinflecken an der Hand; außerdem fielen ihr die braungelben Zähne auf, die, wenn er grinste, abstoßend wirkten.

»Möchten Sie sich vielleicht setzen?«, fragte er nun ungeduldig.

Oberkommissarin Bund schob ohne Scheu ein getragenes Unterhemd von einem der Sessel und ließ sich darauf nieder.

Anja Gärtner nahm ebenfalls Platz, dabei bemerkte sie, dass das Fenster gegenüber schon lange nicht mehr gereinigt worden war.

»Sie wissen vermutlich, warum wir hier sind«, begann sie die Befragung.

Ahrens flegelte sich auf seinen Stuhl hinter dem provisorischen Schreibtisch, der ebenfalls mit Papier überladen war, und antwortete amüsiert: »Jeder weiß das mittlerweile. Die alte Jeschka hat die Leiche gefunden, als sie mit ihrem gottverdammten Köter draußen war.«

Anja Gärtner nickte, die Frau hatte die Polizei verständigt.

»Ich weiß nicht, ob wir hier im Viertel nicht sogar *vor* der Polizei informiert worden sind. Frau Jeschka ist täglich und äußerst eifrig bemüht, das Klischee des Klatschweibes zu bedienen.«

»Wir wissen mittlerweile, wer das Opfer ist«, fuhr die Hauptkommissarin unbeirrt fort.

»Gratuliere«, gab er spöttisch zurück, »vermutlich die Nutte, die hier schon seit etlichen Monaten für Aufregung sorgt.« Noch bevor Anja eine Frage stellen konnte, sprach Ahrens weiter: »Jetzt wollen Sie sicher wissen, woher ich meine Weisheiten habe.« Er öffnete eine Zigarettenkiste, hob sie in die Runde. Dass die Hauptkommissarin tatsächlich zugriff, brachte ihn dann doch ein wenig aus der Fassung, obwohl er seine Verwunderung überspielte, indem er sagte:

»Frau Jeschkas Beschreibung einer Halbnackten mit durchsichtigem Regenmantel und Stöckelschuhen ließ kaum einen anderen Schluss zu.«

»Sie kannten das Opfer also?«, hakte die Hauptkommissarin nach.

Lachend warf er den Kopf in den Nacken, und Anja Gärtner hatte mehr denn je das Gefühl, in einer dilettantischen Theateraufführung zu sitzen, in der Ahrens den gelangweilten, reichen Landedelmann gab. Dennoch unterbrach sie ihn nicht, sondern wartete ab, bis er sich beruhigt hatte.

»Nicht im biblischen Sinne«, antwortete er endlich geschwollen. »Aber ja, ich habe die Frau öfter gesehen und sie war nicht sehr beliebt.«

»Wie darf ich das verstehen?«

Er zog genüsslich an seiner Zigarette, bevor er erwiderte: »Mir ist es herzlich egal, was auf dem Parkplatz passiert, mittlerweile habe ich mich mit der Nachbarschaft arrangiert. Aber die Spießer in ihren uniformen Eigenheimen, die fanden das nicht so komisch.« Er schnippte die Asche in den randvollen Aschenbecher.

»Geht das auch ein wenig konkreter?«, fasste die Hauptkommissarin genervt nach.

»Fragen Sie mal die feinen Herrschaften in der Wörmshalder Allee, hinter den Bahngleisen. Jede Menge verantwortungsvolle Mütter, die sich ehrenamtlich für uns *gesellschaftlich Benachteiligten* engagieren und das älteste Gewerbe der Welt gewiss nicht in der Nähe ihrer gepflegten Vorgärten wissen wollen. Von denen abgesehen ist anzunehmen, dass auch der ein oder andere LKW-Fahrer, der sich von der Kleinen den Pinsel hat massieren lassen, zu Hause ein eifersüchtiges Weib sitzen hat.«

»Haben Sie gestern Nacht einen dieser Fahrer gesehen?«, fragte Anja Gärtner direkt.

»Nein, gestern war ich früh im Bett. Ich weiß nur, dass in letzter Zeit regelmäßig ein Fahrzeug der Spedition *Storzig* auf dem Parkplatz stand, und zwar das, das der Chef normalerweise fährt. Das ist mir zumindest aufgefallen«, fügte er noch boshaft an.

Oberkommissarin Bund wurde unruhig, das erste Mal seit den Befragungen hörten sie einen Namen. Die anderen Bewohner hatten zumindest behauptet, sich nicht mehr an parkende Fahrzeuge erinnern zu können.

»Das hilft uns sehr, vielen Dank«, entgegnete Anja Gärtner. »Sie sind der Erste, der uns einen Hinweis geben kann.«

Es folgte ein verächtliches Zungenschnalzen. »Was erwarten Sie denn? Die meisten, die hier im Haus leben, würden sich hüten, etwas über Storzig zu sagen. Gelegentlich braucht der Aushilfen für Lagerarbeiten, unter der Hand, versteht sich. Wenn den einer anschwärzt, gibt's keine Extrakohle mehr.«

»Aber Sie fürchten Storzig nicht, oder?«

»Ich fürchte niemanden und schon gar nicht so einen Versager«, brauste er plötzlich auf. Er hatte für einen Augenblick die Kontrolle verloren, die Maske fallen lassen; was darunter zum Vorschein kam, sah Anja Gärtner gerade ganz deutlich: Es waren Neid und Eifersucht.

Ahrens bereute seinen Ausbruch und bemühte sich um eine fadenscheinige Erklärung: »Ich finde es nicht richtig, wie er seine Arbeiter behandelt.«

»Warum haben Sie ihn nicht angezeigt?«, warf Oberkommissarin Bund ein. »Wenn Sie schon wissen, dass er die Leute nicht ordnungsgemäß angemeldet hat …«

»Weil mir die anderen das übel genommen hätten. Immerhin lebe ich hier, habe einen gewissen Ruf zu verlieren. Man vertraut mir und ich werde das nicht ausnutzen.«

Anja Gärtner sah ihn auffordernd an und Ahrens erklärte bereitwillig: »Ich helfe den Nachbarn öfter beim Ausfüllen von Anträgen, Formularkram und Behördenschreiben. Dafür habe ich immer jemanden, der mir eine Dichtung austauscht oder für mich kocht.« Er zuckte mit den Schultern. »Deshalb halte ich mich da raus.«

»Sie sollten es sich nicht zur Gewohnheit machen, sich bei Straftaten herauszuhalten«, erwiderte die Hauptkommissarin ruhig.

»Gewiss nicht!« Er hob die Finger zum Schwur. »Versprochen!«

»Dann erzählen Sie uns noch von den Herrschaften in der Wörmshalder Allee«, wählte Anja bewusst die Worte ihres Gegenübers.

Lukas Ahrens drückte die Zigarette aus und zündete sich die nächste an. Dieses Mal unterließ er es, der Beamtin das Holzkästchen hinzuhalten.

»Für mich sind das gelangweilte Hausfrauen im Wolkenkuckucksheim, die zwischendurch in das reale Leben eintauchen möchten. Nett hergerichtete Tussen, die uns regelmäßig mit Kleiderspenden und Weihnachtsfeiern daran erinnern, dass es Menschen gibt, die alles haben. Zum Kotzen, wenn Sie mich fragen. Obwohl«, fuhr er mit einem Grinsen fort, »ich es sehr nett finde, dass man mich mit Gratisfutter für meinen Geist versorgt.« Es folgte eine ausladende Handbewegung. »Die Damen bringen mir die ausgelesenen Zeitungen ihrer Gatten vorbei und gelegentlich ein altes Buch, das sonst im Altpapier landen würde. Reizend, nicht wahr?«

»Und diese Gruppe hatte Probleme mit dem Opfer?«, kam die Hauptkommissarin wieder auf den Mord zu sprechen.

»Ha!«, stieß er übertrieben hervor. »Die kleine Nutte passte nicht in ihre heile Welt. Deren Wohltätigkeitsverein hat Beschwerdebriefe eingereicht und wollte Unterschriften sammeln als Protest. Bei mir waren sie auch, habe es allerdings abgelehnt, meinen Namen für eine Hexenjagd herzugeben. Könnte mir vorstellen, dass die nicht vor Trauer vergehen werden, weil die Frau tot ist.«

»Wissen Sie sonst noch von jemandem, der mit dem Opfer Kontakt hatte oder Streit?«

»Bedauere«, antwortete er und es klang spöttisch. »Aber ich werde mich selbstverständlich sofort bei Ihnen melden, wenn sich aus den Untiefen meines Geistes weitere sachdienliche Hinweise ergeben.«

Hauptkommissarin Gärtner stand auf. »Ich danke Ihnen für Ihre Zeit und Ihre Mithilfe«, sagte sie zum Abschied.

Die Blicke der beiden trafen sich, und die Polizistin hatte das ungute Gefühl, dass ihr der Mann auf seine Weise gerade eine Kampfansage gemacht hatte.

»Lukas Ahrens wird überprüft, und zwar gründlich«, war deshalb das Erste, was sie zu ihrer Oberkommissarin sagte, als die beiden wieder im Dienstwagen saßen.

KAPITEL 2

Gemeinde Wörmshalde, gegen 23.00 Uhr am Abend

Petra Kämmerer schloss gähnend das Schulgebäude ab. Die vierzigjährige Direktorin der Wörmshalder Grundschule fühlte sich, als wäre sie einen Marathon gelaufen. Ein resigniertes Lächeln huschte ihr bei dem Gedanken über das aparte Gesicht, das von blondem, schulterlangem Haar umrahmt war.

Ein Zweiundvierzig-Kilometer-Lauf ist vermutlich ein Klacks im Vergleich zum heutigen Tag, dachte sie, während sie einen letzten Blick auf die Außenfassade warf.

Sie hatte gerade den ersten Elternabend des Jahres hinter sich gebracht. Kein leichtes Unterfangen – vor allem, wenn man bedachte, dass in den Klassen Kinder zweier Welten aufeinanderprallten, die unterschiedlicher nicht hätten sein können. Die Schüler, die in der Wörmshalder Allee aufwuchsen, kamen aus finanziell stabilen Verhältnissen und kannten im Gegensatz zu den Kindern aus der Fabriksiedlung keinen Verzicht. So galt es neben dem Vermitteln der Lehrpläne auch immer einen Weg zu finden, Schulausflüge für alle bezahlbar zu machen, kostspielige Arbeitsmaterialien zu vermeiden und dafür zu sorgen, dass in den Klassen ein friedliches Miteinander herrschte. Tatsächlich waren es meist nicht die Kinder, die ihre Anstrengungen sabotierten, sondern vielmehr deren Eltern, die mit ihren Forderungen Petra Kämmerer gelegentlich an ihre Grenzen brachten.

Seufzend dachte sie an die Elternsprecherin, Svenja Orth. Eine sehr attraktive Frau und mindestens genauso boshaft und arrogant. Die Direktorin wusste, dass jene Svenja Orth hinterrücks Stimmung gegen die Schüler aus der Fabriksiedlung machte. Leider übertrug sich dieses Verhalten auf Svenjas siebenjährige Tochter Alissa, die man deshalb schon ermahnen musste. Auch heute war Petra Kämmerer gezwungen gewesen, in einem Vieraugengespräch der Mutter mitzuteilen, dass das Töchterchen ein unverschämtes kleines Biest war. Natürlich wurde das so nicht ausgesprochen. »Ihre Tochter ist intelligent und gelegentlich unterfordert, was wiederum dazu führt, dass sie gegenüber ihren Klassenkameraden ein ungewöhnlich bestimmendes Verhalten an den Tag legt. Manchmal führt das dann zu Streit.«

So oder so ähnlich hatte Petra Kämmerer versucht, die Mutter anzustoßen, der Tochter ins Gewissen zu reden. Es war anzunehmen, dass das nicht auf fruchtbaren Boden gefallen war.

Die Direktorin hatte ihren Wagen fast erreicht. Der Parkplatz war bereits leer, jedoch hell erleuchtet. Ohne Eile ging Petra zu ihrem Fahrzeug, atmete die kalte Nachtluft ein und öffnete in Gedanken bereits die Flasche Rotwein, die zu Hause auf sie wartete. Eine Belohnung für den überstandenen Abend.

Plötzlich hörte sie Schritte hinter sich. Reflexartig drehte sie sich um, wollte etwas sagen, wurde aber sofort angegriffen. Der Stich in den Bauch ließ sie die Hände abwehrend nach oben reißen, das Messer war jedoch bereits zurückgezogen worden. Beim zweiten Mal landete es am Hals und durchschnitt mühelos die Kehle der Lehrerin. Die sackte in die Knie, kippte zur Seite und verlor das Bewusstsein. Beide Wunden waren tödlich, der Blutverlust so groß, dass der Herzstillstand wenig später eintrat. Man würde Petra Kämmerer am nächsten Morgen finden – aber die ersten Stunden der Totenwache leisteten, wenn überhaupt, die Raben, die bei Tagesanbruch die Mülleimer und den Pausenhof nach Brotkrumen und Obstresten durchsuchten.

Hätte man Petra Kämmerer so zurückgelassen, wäre das

schon kaltblütig genug gewesen, doch das grausame nächtliche Töten sollte damit nicht enden.

»Du hast heute die Verabredung deines Todes.« Das Wortspiel entlockte der Gestalt, die nun flink in die Tasche griff, ein kurzes Kichern. »Ich bin der, der dir süße Träume beschert, der dafür sorgt, dass du sie fühlen, schmecken und genießen kannst.« Es folgte ein dumpfer Schlag, konzentriert ausgeführt mit Hammer und Meißel, so als würde einer expliziten Anweisung gefolgt werden. Das Geräusch wiederholte sich, erinnerte an das Zerbrechen von etwas, das willentlich oder versehentlich auf einem harten Fliesenboden landete und zersprang. Allerdings zerbrach hier nicht altes Geschirr, sondern die Schädeldecke von Petra Kämmerer.

»Sie sagen, das alles ist erklärbar, dass es keine Geheimnisse in uns gibt. Aber das ist falsch, denn hier verbergen wir unsere Träume.« Es war ein groteskes Schauspiel, begleitet von bizarren Reden, die eifrig wiederholt wurden. Die Ausdauer war es schließlich, die dazu führte, dass ein Teil der Schädeldecke geöffnet werden konnte. »Ich bin der, der dir deine Träume stiehlt«, erklang ein erregtes Flüstern, dann wurde das Messer in die rosa Gehirnmasse gerammt und darin herumgestochert, um schließlich ein etwa handflächengroßes Stück zu entnehmen. »Wir werden es schön machen, es soll ein schöner Traum werden …« Das Flüstern verstummte und nach einiger Überlegung folgten die Worte: »Nein, es soll ein *leckerer* Traum werden.« Das entnommene Gewebe lag auf dem Boden, während das Messer es zu einem kleinen Würfel formte, der anschließend mit einer dunklen Flüssigkeit beträufelt wurde. Mit wenigen Handgriffen war das Ritual vollzogen, und die Gestalt, die eben noch unheimliche Schatten geworfen hatte, verschwand in der Dunkelheit. Kurz hörte man noch ein leises Murmeln: »Jetzt ist es, wie es sein soll. Mein Zorn, dein Schmerz.« Dann war es wieder still.

Zur gleichen Zeit, zu Hause bei Hauptkommissarin Anja Gärtner

Thomas hatte ihr die Klinke quasi in die Hand gegeben und ihr zugerufen, dass eine Lasagne im Backofen stand, bevor er davongehastet war. Es war *sein* Abend. Vermutlich würde er viel früher zurückkehren als nötig, immer mit der Befürchtung, Anja das Gefühl zu geben, sie im Stich zu lassen. Sie hatten schon Hunderte Male darüber diskutiert, aber trotz ihrer Versicherungen fiel es ihm schwer, zu gehen.

»Mama?«

Anja lächelte. Jessica hatte einen guten Tag, sie sprach, äußerte Wünsche und schien fast völlig klar.

»Ich komme schon, mein Schatz«, antwortete die Hauptkommissarin leichthin und betrat das Zimmer der mittlerweile Fünfundzwanzigjährigen. Heute hatte auch Anja einen guten Tag, ignorierte die Tatsache, dass Jessica nie wieder gesund werden würde, und freute sich einfach darüber, dass das Mädchen sie anlächelte.

»Soll ich dir etwas vorlesen?«

Jessica nickte, wirkte dabei wie ein kleines Kind, unschuldig und verletzlich. Nun musste Anja doch gegen die Tränen ankämpfen, schnappte sich schnell das Buch und schlug die Seite auf, in der das Lesezeichen steckte. Es war eine Fotografie, aufgenommen vor sechs Jahren, kurz nach Jessicas Abitur.

»Das ist meine Familie«, bemerkte das Mädchen und schmiegte sich an die Mutter, während Anja zu lesen begann.

Bald spürte sie den ruhigen, gleichmäßigen Atem der Tochter, die schwer in ihrem Arm lag. Anja verstummte, wagte jedoch nicht, aufzustehen. Sanft streichelte sie das weiche Haar und lenkte ihre Gedanken schnell auf den aktuellen Fall, um nicht über die Vergangenheit nachgrübeln zu müssen.

Wie sich herausgestellt hatte, war Lukas Ahrens, der Zeuge aus dem Mietshaus, in seiner Vergangenheit ein wenig rastlos gewesen. Abgebrochenes Literaturstudium, Aushilfsjobs bei Verlagen und Zeitungen, Versuche, sich in der Kunstszene einen Namen zu machen, wobei er sich sowohl im Schreiben, Malen und Schauspielern ausprobiert hatte als auch als Sänger und Bildhauer. Später war er Mitbegründer einer Internetzeitung, deren Arbeit wegen mangelnder Werbeaufträge und Abonnenten wieder eingestellt werden musste. Die Texte, die er online verfasst hatte, waren allesamt eine Anklage der Gesellschaft, der Menschheit und des Systems. »Politische Worthülsen und triefendes Selbstmitleid«, so hatte es Kommissar Simon Faller zusammengefasst.

Seinen beruflichen Werdegang komplett zu rekonstruieren, war ihnen bisher noch nicht möglich gewesen. Zumindest hatte Oberkommissarin Bund herausgefunden, dass er laut den älteren Nachbarn immer schon in der Fabriksiedlung gelebt und die Wohnung von seinen Eltern übernommen hatte. Die Bewohner schienen ihn nicht sonderlich zu mögen, waren sich allerdings darin einig, dass er sich sehr gut in behördlichen Dingen auskannte und man ihm deshalb seine schroffe Art verzeihen sollte. Ahrens selbst schlug sich mit Artikeln und Beiträgen für diverse Kunstmagazine und staatlichen Hilfen durch. In seinem Lebenslauf gab es lange Phasen der Arbeitslosigkeit, unterbrochen von schlecht bezahlten Gelegenheitsjobs.

Anja Gärtner mochte Lukas Ahrens nicht besonders, gestand aber ein, dass der Mann vermutlich nur deshalb so abweisend war, weil es eben nicht viel Grund zur Freude in seinem Leben gab. Unterm Strich war er in vieler Hinsicht gescheitert. Anzunehmen, dass ihm die Tatsache, dass er den anderen in seinem Umfeld überlegen war, Trost spendete.

So ein Mensch ist zum Morden fähig, ging es Anja durch

den Kopf. »Vermutlich nicht nur schlau, sondern auch äußerst gerissen«, murmelte sie leise.

Jessica brummte und drehte sich zur Seite.

»Entschuldigung, Liebling«, flüsterte die Hauptkommissarin und biss sich auf die Lippen.

Ihre Gedanken wanderten weiter zu dem Besuch bei Wilfried Storzig, dem Spediteur und Kunden von Jana Grün.

»Wer sind Sie und was wollen Sie?«, hatte sie Frau Storzig im Bürogebäude begrüßt.

Ihr Ton war barsch, beinahe aggressiv gewesen und erst dachten die Beamtinnen, sie ständen einer eifersüchtigen Ehefrau gegenüber. Allerdings klärte sich schnell auf, dass sie es mit Wilfried Storzigs Mutter zu tun hatten. Eine resolute Fünfundsechzigjährige namens Erna, die den Polizisten äußerst feindselig begegnete.

Wilfried Storzig, groß und breit, zeigte sich ebenfalls unzugänglich. Anzunehmen, dass er bereits wusste, warum die Polizei ihn aufsuchte. Jedenfalls reagierte er nicht überrascht, als man ihm mitteilte, worum es ging. Dennoch war er nicht bereit, mit den Beamten ohne Anwalt zu sprechen.

»Man weiß ja, wie das läuft. Einem unschuldigen Mann werden die Worte im Mund herumgedreht, darauf lasse ich mich nicht ein.«

»Kein Wunder, dass der keine Frau hat und sich mit Prostituierten trifft, ist ja ein echter Kotzbrocken«, raunte ihr Nele Bund zu, während sie vor der Tür auf den Anwalt warten mussten.

Dicke Stiefel und Jacken konnten nicht verhindern, dass ihnen die Kälte unter die Haut kroch. Erst als der Rechtsbeistand auf dem Hof erschien, durften sie gemeinsam mit dem Mann das Bürogebäude betreten. Erna Storzig meckerte zornig über faule Beamte, die anständige Bürger belästigten.

Hauptkommissarin Gärtner war versucht, mit einer Anzeige wegen Beamtenbeleidigung zu drohen, entschloss sich dann aber dagegen, um die Stimmung nicht noch weiter aufzuheizen.

Der Anwalt schien ebenfalls ein vernünftiger Mann zu sein, denn in befehlsgewohntem Ton sagte er: »Frau Storzig, lassen Sie uns jetzt bitte allein.«

Offensichtlich kam es für Erna unerwartet, dass man in dieser Weise mit ihr sprach, weshalb der Alten der Mund offen stehen blieb. Der Zeitpunkt für eine passende Erwiderung wurde versäumt und so zog sie mit vor Zorn gerötetem Gesicht ab.

Wer allerdings glaubte, der Anwalt wäre den Beamtinnen gegenüber freundlicher gestimmt, wurde augenblicklich eines Besseren belehrt.

»Frau Hauptkommissarin«, fuhr er fort, »ich musste eben ein wichtiges Meeting verlassen, kommen wir also gleich zur Sache.«

»Wir haben Sie nicht hergebeten«, erinnerte ihn Anja Gärtner gelassen, »etwaige Terminprobleme sollten Sie daher mit Ihrem Mandanten besprechen. Uns interessiert nur seine Zeugenaussage.«

Der Rechtsbeistand, ein smarter Typ um die vierzig, wie Nele Bund bemerkte, ohne Ring am Finger, zeigte tadellose Zähne. Sein Grinsen war weder charmant noch höflich, sondern eher bissig wie das Zähnefletschen eines Hundes. Dennoch blieb die Retourkutsche aus und er sagte in gemäßigterem Tonfall: »Sie kennen die Strafprozessordnung, Sie wissen also auch, dass mein Mandant in diesem Rahmen keine Fragen beantworten muss.«

Wilfried Storzig grunzte triumphierend, so als hätte er verstanden, was sein Anwalt damit meinte.

»Sicher. Wir beide wissen aber auch, dass ich mühelos einen offizielleren Rahmen schaffen kann. Wäre es da nicht auch im Interesse Ihres wichtigen Meetings sinnvoller, die Befragung zügig zu erledigen?«

Falls den Juristen die schnippische Reaktion ärgerte, dann konnte er das gut verbergen. Ihm hatte es offensichtlich genügt, die Muskeln spielen zu lassen, denn ohne weitere Widerworte gab er den Beamtinnen mit einem Handzeichen zu verstehen, die Befragung zu beginnen.

»Sie kennen Frau Jana Grün, das Mordopfer?«

Storzig sah erst zu seinem Anwalt, bevor er auf dessen Kopfnicken hin antwortete: »Frau Grün war eine Prostituierte, mit der ich regelmäßig sexuellen Kontakt hatte. Wir trafen uns auf dem Parkplatz in der Fabriksiedlung. Ich rief sie an, wenn ich ihre Dienste benötigte, auf ihrem Handy.«

Gut, dachte Hauptkommissarin Gärtner, *er streitet es nicht ab, das erspart uns einiges an Zeit.*

»Hatten Sie auch gestern Abend ein Treffen mit Jana Grün?«

Es folgte ein knappes »Ja«.

»Wann genau?«

Storzig wurde bockig, aber der Anwalt half nach, indem er seinem Mandanten einen auffordernden Blick zuwarf. Vermutlich hatte der Rechtsbeistand bei dem im Vorfeld geführten Telefonat bereits darauf hingewiesen, dass Leugnen zwecklos wäre. Sicher hatte er seinen Klienten auch auf die Gefahr von DNA-Spuren aufmerksam gemacht.

»Als ich ging, hat sie noch gelebt«, schnauzte Storzig.

»Um wie viel Uhr war das?«

»Gegen 23.00 Uhr. Ich fuhr direkt nach Hause, meine Mutter wird Ihnen das bestätigen.«

»Sie waren mit einem der LKWs dort?«

Storzig nickte. »Bei der Kälte stehe ich ja nicht ins Freie, der Truck hat eine gemütliche Schlafkabine.« Er grinste anzüglich. »Wer sagt denn, dass man die nur zum Schlafen benutzen kann?«

»Dürfen wir den LKW sehen?«, fragte die Hauptkommissarin harmlos. Sie wussten zwar, dass das Opfer im Freien getötet worden war, aber der Mörder hatte sicher Spuren an sich. Spuren, die sich möglicherweise in dem Fahrzeug wiederfinden würden.

»Können Sie gern«, antwortete ihr Gegenüber generös, »allerdings erst in vierzehn Tagen, wenn er aus Marokko zurück ist.«

Kurz überlegte die Hauptkommissarin, damit zu drohen, den Wagen stoppen zu lassen. Aber erstens war der bereits über die Grenze gefahren, was dieses Unterfangen um einiges schwieriger machte, und zweitens war es unwahrscheinlich, dass sie dafür einen Beschluss bekommen würde.

»Hatte Jana Grün nach Ihnen denn noch eine weitere Verabredung?«

»Woher soll ich das wissen?«, erwiderte der Mann genervt. »Ich war schließlich nicht ihr Zuhälter, allerdings sollten Sie den mal in die Mangel nehmen. Vielleicht ist er dahintergekommen, dass sie gelegentlich auf eigene Rechnung arbeitete.«

»Und das hat Ihnen Frau Grün erzählt?«

Storzig zögerte, konnte aber nicht mehr zurückrudern und bestätigte deshalb.

»Wie nahe standen Sie sich denn?«, hakte die Beamtin interessiert nach.

Tatsächlich zog eine leichte Röte über Storzigs Gesicht. Gepresst entgegnete er: »Ich hab die Kleine gevögelt, sonst nichts. Wir hatten keine Beziehung, wie hätte das denn funktionieren sollen? Ich bin Geschäftsmann, ich kann keine Ex-Nutte zur Frau nehmen, meine Mutter würde …«

»Ich denke, die Beamtinnen haben ihre Antwort«, schritt der Anwalt ein.

Doch sein Mandant war nicht zu stoppen: »Ich war immer großzügig, manchmal haben wir noch eine Zigarette zusammen geraucht, da redet man eben ein bisschen. Ich war nicht verliebt«, ereiferte er sich weiter. »Wir reden hier über eine *Nutte.*«

»Sie waren nicht verliebt«, wiederholte die Hauptkommissarin nachdenklich, auch um den Mann aus der Reserve zu locken.

»Nein, das war ich nicht«, blaffte der wütend.

»Sind Sie auch zu anderen Prostituierten gegangen?«

»Nein«, erwiderte er vehement.

»Augenscheinlich gefiel Ihnen Jana Grün also besonders gut«, ließ die Hauptkommissarin nicht locker.

»Augenscheinlich war Herr Storzig einfach nur zu bequem, sich ständig nach einer neuen Dienstleisterin umzusehen. Warum eine funktionierende Geschäftsverbindung beenden? Sie wechseln ja auch nicht jede Woche die Bank oder den Friseur«, mischte sich der Anwalt spöttisch ein.

Anja Gärtner warf ihm einen vielsagenden Blick zu, sie wussten beide, dass der Vergleich hinkte und durchaus anzunehmen war, dass Wilfried Storzig mehr für die Prostituierte empfand, sich zumindest zu ihr hingezogen gefühlt hatte.

»Hat es Sie nicht gestört, dass Frau Grün auch andere Liebhaber hatte?« Die Hauptkommissarin formulierte ihre Frage absichtlich so provokant.

»War mir doch egal, so ist das eben bei Nutten.« Wie er das sagte und seiner Körpersprache nach zu urteilen, hatte die Beamtin den Nagel jedoch auf den Kopf getroffen.

»Waren Sie eifersüchtig?«, setzte sie noch einen obendrauf.

Bevor Storzig sich um Kopf und Kragen reden konnte, sprang der Anwalt ein: »Ich denke, mein Mandant hat Ihre Fragen ausführlich beantwortet. Sonst noch was?«

»Eine DNA-Probe zum Abgleich«, entgegnete Anja Gärtner lässig.

Auch darauf hatte sich der Jurist bereits vorbereitet und antwortete deshalb geschäftsmäßig: »Selbstverständlich. Herr Storzig hat ja bereits zugegeben, mit Ihrem Opfer intim gewesen zu sein. Daher ist es mehr als wahrscheinlich, dass man seine DNA auch an der Leiche findet, so wie vermutlich die von weiteren Männern. Machen Sie Ihre DNA-Probe und verschwenden Sie das Geld der Steuerzahler.«

Anja Gärtner war bereits zu lange im Job, um sich über solche Sprüche zu ärgern. Ohne Hast stand sie auf und erwiderte ruhig: »Wir werden trotzdem eine Probe nehmen. Heute verzichten wir zugunsten des Opfers, das Gerechtigkeit verdient hat, aufs Sparen.«

»Ich war es nicht«, murmelte daraufhin Storzig. »Ich hätte ihr nie etwas tun können.«

Beinahe rechneten die Anwesenden damit, dass der Mann in Tränen ausbrechen würde, aber schnell war der Anflug von Schwäche vorbei und er sagte grob: »Ich habe noch ein Geschäft zu führen.«

Daraufhin hatten sich die beiden Beamtinnen knapp verabschiedet.

Nele Bund hatte später Kommissar Faller erklärt: »Wäre nicht das erste Mal, dass sich ein Freier in eine Prostituierte verliebt. Sie will oder kann nicht aus dem Milieu aussteigen und er bringt sie um, nach dem Motto: Wenn ich sie nicht haben kann, dann keiner.«

»Aber wir haben nicht genug Beweise, oder?«, war Fallers Antwort gewesen.

»Bis jetzt noch nicht«, hatte sich die Oberkommissarin kampfeslustig gegeben.

Anja Gärtner schmunzelte bei der Erinnerung an diese Bemerkung. Sie wusste, wie verbissen ihre Kollegin sein konnte, wenn es um einen Fall ging. Vorsichtig stand die Hauptkommissarin nun doch auf. Behutsam zog sie Jessica die Decke über den Oberkörper und flüsterte: »Was soll nur werden, wenn wir eines Tages nicht mehr da sind?«

Zum Glück hörte sie in diesem Augenblick die Haustür, Thomas war zurück. Sie atmete durch, drängte die Angst vor der Zukunft, die in ihr aufgestiegen war, zurück und trat ihm lächelnd entgegen.

Weit nach Mitternacht, in der Wörmshalder Allee

Ella wusste, dass die Kinder in ihren Zimmern ruhig schliefen, und streckte sich in ihrem Ehebett aus. Im Bad hörte sie ihren Mann Max. Der Vierzigjährige war spät nach Hause gekommen, den Elternabend hatte er verpasst. Sie hatte ihn angerufen, kurz von dem Gespräch mit der Direktorin berichtet. Er war mürrisch gewesen, gestresst und am Ende hatte er sie angeblafft, ihr durch die Blume vorgeworfen, als Mutter zu versagen. »Du verwöhnst den Jungen zu sehr. Lass ihm nicht alles durchgehen, wir reden später«, hatte er kurz angebunden das Gespräch beendet.

Ella rollte ihre Augen, obwohl sie sich das eigentlich abgewöhnen wollte. Einmal hatte sie sich nämlich dabei im Spiegel beobachtet und fand ihr Gegenüber in jenem Moment äußerst unattraktiv. Die Gesichtsentgleisung galt der Direktorin Petra Kämmerer. »Ihr Sohn ist gelegentlich unkonzentriert und voller Bewegungsdrang, auch im Unterricht. Das lenkt die anderen Schüler ab.«

Eigentlich eine Frechheit, dachte Ella. Vermutlich wurde Leo von den anderen angestiftet und außerdem schienen die Lehrkräfte nicht in der Lage zu sein, die Schulstunden so zu gestalten, dass Leo Spaß daran hatte. Es war doch nicht die Schuld des Kindes, wenn andere ihren Job nicht beherrschten. Leo war ein guter Junge, nur ein bisschen wild, so wie Jungs eben waren.

Ihre Gedanken wanderten weiter zu Max. Wie lange würde es dieses Mal gehen? Eigentlich hatte sie den Eindruck, es wäre bald vorüber.

»Ella-Schatz, bist du noch wach?« Nur mit einem Handtuch um die Hüften kam er aus dem Bad.

Sie wusste, was das bedeutete, er würde sie nun gleich ganz sanft berühren, sie streicheln und liebkosen und dann in ihr Ohr flüstern: »Möchtest du ein bisschen Spaß haben?«

Ella war bereit.

Tatsächlich setzte er sich auf die Bettkante und begann ihre Wange zu berühren. »Tut mir leid, dass ich am Telefon so kurz angebunden war. Ich weiß doch, dass es für dich nicht immer einfach ist. In letzter Zeit hatte ich furchtbar viel zu tun. Ich werde sehen, dass ich mir ein bisschen mehr Zeit für euch nehme.«

Sie nickte, führte ihre Hand an seine und sagte zärtlich: »Du trägst viel Verantwortung. Mach dir keine Sorgen, ich werde immer für dich da sein.«

Er küsste sie, ließ das Handtuch auf den Boden fallen und kroch zu ihr unter die Bettdecke. Seine Berührungen waren sanft und Ella genoss es, wie er ihre Haut ertastete. Max war ein einfühlsamer Liebhaber, verlangte nie etwas von ihr, das sie nicht mochte, und beklagte sich auch nicht darüber, dass seine Frau ein wenig prüde war.

Sie stöhnte leise, als sie den Höhepunkt erreichte, auch weil sie wusste, dass er es gut fand, wenn sie sich benahm wie eine unerfahrene Braut in der Hochzeitsnacht. Max genoss den Sex ebenfalls und als er danach langsam zur Seite rollte, sagte er sogar: »Vielleicht hast du recht, ein drittes Kind wäre doch irgendwie schön.«

Ella hätte vor Freude fast aufgeschrien, besann sich aber und antwortete leise: »Wirklich? Meinst du das ernst? Du weißt, dass ich mir nichts sehnlicher wünsche. Mit drei Kindern wären wir komplett.«

»Dann werde ich zusehen, dass ich deine Wünsche erfüllen kann«, sagte er anzüglich. »Aber lass uns morgen weiter daran arbeiten, heute brauche ich meinen Schlaf.«

Sie säuselte »Ich liebe dich«. Es war wieder einmal überstanden. Max hatte seine Affäre beendet und war zu ihr zurückgekehrt. Reuig und bereit, alles zu tun, um sein schlechtes Gewissen zu beruhigen.

Ella hatte schon zu Beginn ihrer Beziehung begriffen, dass Max ein notorischer Fremdgänger war. Als sie das erste Mal bemerkt hatte, dass er regelmäßig außereheliche Beziehungen pflegte, war eine Welt für sie zusammengebrochen. Sie wusste nicht, was sie tun sollte. Zur Rede stellen oder schweigen? Alles geschah während ihrer ersten Schwangerschaft. Das Nest war gebaut, wie konnte sie da an Scheidung denken? Keinesfalls sollte das Kind ohne Vater groß werden. Ella hatte fieberhaft nach einer Lösung gesucht, in Foren im Internet gelesen, Frauenzeitschriften durchgeblättert und sich alle möglichen Berichte und Reportagen angesehen, die irgendwie mit dem Thema zu tun hatten. In über neunzig Prozent aller Fälle war dem Betrogenen zu einer Trennung geraten worden. Ella war jedoch an den restlichen zehn Prozent hängen geblieben. Irgendwer hatte nämlich geschrieben: »Ich mache doch seiner Affäre nicht so einfach Platz.«

Ella empfand das genauso und spielte die Unwissende, war besonders liebevoll und verständnisvoll und machte ihm nie Vorwürfe. Das führte dazu, dass er meist sehr zuvorkommend war, vor allem, wenn er mitten in einer Affäre steckte. Seine Gewissensbisse ließen ihn zu einem äußerst großzügigen Mann werden. Dann, nach einer meist relativ kurzen Zeit, wurde er seiner Liebschaften überdrüssig. Er kehrte, wie auch heute Nacht, reumütig zu ihr zurück, bereit für einen Neuanfang. Ihr Plan war wieder einmal voll und ganz aufgegangen.

Am frühen Morgen

»Das gibt es doch nicht«, rief Hauptkommissarin Gärtner ärgerlich, als man sie verständigte.

Ihr Mann Thomas wälzte sich neben ihr im Bett auf die andere Seite, und sie senkte rücksichtsvoll die Stimme, während sie aufstand und sich in Windeseile anzog.

Auf dem Schulhof in Wörmshalde angekommen, wiederholte sie ihre Worte. Bislang waren die Kollegen von der Streife, die Kriminaltechnik und der Gerichtsmediziner vor Ort.

»Ich wünschte, wir würden uns unter anderen Umständen so häufig treffen«, rutschte es Letzterem heraus.

Erleichtert stellte er jedoch fest, dass Anja Gärtner in seine unbedacht geäußerte Bemerkung offensichtlich nichts Zweideutiges hineininterpretierte.

»Gleicher Tathergang?«, fragte sie, statt darauf einzugehen.

»Allenfalls ähnlich«, entgegnete der Arzt und führte sie zur Leiche.

Anja seufzte traurig beim Anblick der toten Frau. »Was ist da passiert?«

»Man hat ihr die Schädeldecke geöffnet«, antwortete der Arzt und strich das blutige Haar zur Seite. »Nicht professionell, eher mit brachialer Gewalt. Vermutlich wurden ein Hammer und ein Meißel benutzt.«

»Warum?«, schnauzte Anja, wohl wissend, dass sie keine Antwort erwarten konnte.

Der Gerichtsmediziner besah sich die Tote genau, bevor er eine Vermutung äußerte: »Dieses Mal scheint man etwas entnommen zu haben.«

»Entnommen?«, erwiderte die Hauptkommissarin perplex.

»Gehirngewebe«, wurde der Mediziner deutlicher. Er zeigte mit seinen behandschuhten Fingern auf den Boden.

»Hier liegen Reste.« Er blickte auf und beobachtete die Raben, die sich auf dem flachen Dach des Gebäudes versammelt hatten und gelegentlich zornig krähten. »Kann aber auch sein, dass sich die gefiederten Schreihälse an ihr zu schaffen gemacht haben.«

Stimmen im Hintergrund wurden lauter. Offensichtlich trafen nun immer mehr Eltern ein, die ihre Sprösslinge in die Obhut des Lehrkörpers geben wollten. Die Uniformierten hatten bereits abgesperrt, hielten sich jedoch mit Informationen zurück.

Ein Fluch kam über Anjas Lippen, bevor sie sanfter fragte: »Wer hat dir das nur angetan?«

Sie hatte sich an die Leiche gewandt. Durch die nächtliche Kälte hatte die Haut der Toten einen bläulichen Schimmer. Hefte und Bücher verteilten sich um die Direktorin, eine Handtasche lag ebenfalls auf dem Boden.

»Geld, Papiere, Schmuck, alles da«, stellte die Hauptkommissarin nüchtern fest.

Neben ihr sagte jemand: »Die Menge wird unruhig. Sollte man die Leute nicht nach Hause schicken?« Der Mann, ein Kollege von der Streife, der es vermied, die Leiche zu betrachten, sah Anja flehend an.

»Sie haben recht«, entgegnete die sofort. »Wegen der Kinder kein Wort über den Mord. Sagen Sie einfach, dass das Gelände aufgrund von Ermittlungen nicht freigegeben werden kann, die Eltern werden später von der Schulleitung informiert.« Er wollte sich schon abwenden, da hielt sie ihn zurück. »Und bitten Sie die anderen Lehrer einen Moment zu warten.«

Der Gerichtsmediziner fuhr mit seiner Untersuchung fort und murmelte: »Einstich im Unterleib, durchtrennte Kehle. Das könnte das gleiche Messer wie bei der toten Prostituierten gewesen sein.«

»Wieder Erde in der Bauchhöhle?«

Der Arzt schüttelte den Kopf. »Nein, keine weiteren sichtbaren Verletzungen. Aber das ist eigenartig.« Sein Blick blieb an den Mundwinkeln der Toten hängen. »Irgendeine getrocknete Flüssigkeit an der Lippe.« Vorsichtig tupfte er eine Probe davon in ein spezielles Behältnis, bevor er seine Assistentin bat, ihm behilflich zu sein. Die nach dem Tod eingetretene Erschlaffung der Muskulatur hatte dafür gesorgt, dass der Mund des Opfers geöffnet war, was es dem Arzt erleichterte, mit einer Pupillenleuchte den Rachenraum zu untersuchen. »Da steckt etwas in ihrem Hals«, stellte er sofort fest und ließ sich eine Pinzette reichen. Vorsichtig umschloss er das kleine Etwas mit dem chirurgischen Werkzeug und zog es langsam aus der Kehle der Toten. Man reichte ihm ein weiteres Gefäß und jetzt sah auch Hauptkommissarin Gärtner den kleinen dunkelbraunen Brocken.

»Ist das eine Praline? Sieht aus wie Krokantgebäck oder ein Granatsplitter«, bemerkte sie fassungslos.

»In der Tat scheint es mit Schokolade überzogen, aber ehrlich gesagt halte ich es nicht für eine Nascherei.« Sein Blick drückte Unbehagen aus. »Ich habe eher die Vermutung, dass sich unter der Glasur ein Teil des vermissten Gehirngewebes befindet.«

Der Hauptkommissarin blieb eine Antwort erspart, denn in diesem Augenblick näherten sich die anderen Team-Mitglieder.

Während die Leiche abtransportiert wurde, setzte Anja Gärtner ihre Kollegen ins Bild.

»Ähnliches Vorgehen, unterschiedliche Rituale«, bemerkte Kommissar Faller, der ein wenig verschnupft wirkte.

»Da war wohl jemand gestern Nacht feuchtfröhlich unterwegs«, zog ihn Oberkommissarin Bund auf.

Überraschend humorlos entgegnete Faller daraufhin: »Wenn ich am nächsten Tag Dienst habe, gehe ich bestimmt nicht auf Sauftour. Das Einzige, was ich mir vorwerfen kann, ist der Aufenthalt an einem zugigen Tatort und eine daraus resultierende Erkältung.«

KAPITEL 3

Für die Beamten folgte ein langer Tag. Ein Teil der Kollegen übernahm im Zusammenhang mit der Ermordung der Prostituierten die Befragungen der Taxi-, Bus- und Bahnunternehmen.

Wie sich herausstellte, hatte sich Jana Grün tatsächlich einen Wagen für die Anfahrt geordert. Außerdem wurden die Handydaten der Toten ausgewertet und bestätigten die Aussage des Spediteurs Storzig. Zudem stimmten einige der DNA-Spuren auf der Leiche mit dessen DNA überein. Angesichts der Tatsache, dass die beiden Sex gehabt hatten, war das jedoch nicht überraschend. Der LKW, in dem das Stelldichein stattgefunden hatte, war mittlerweile in Südeuropa angekommen und stand momentan nicht zur Verfügung.

Hauptkommissarin Gärtner und Kommissar Faller hatten es übernommen, mit den Kollegen der Schuldirektorin und einigen Eltern zu sprechen. Die anderen Lehrkräfte beschrieben ihre Vorgesetzte als umgänglich und sehr engagiert, weshalb sie auch so gut wie kein Privatleben gehabt hatte. Sollte es jemals einen Freund gegeben haben, dann war es ihr gelungen, den vor allen zu verheimlichen. Von Feinden im üblichen Sinne wusste niemand etwas, allerdings bestätigten die Mitarbeiter von Petra Kämmerer, dass es Reibereien mit Eltern gegeben hatte; allesamt harmlos und durchaus üblich.

Interessant war, dass zwei Namen auftauchten, die die Beamten bereits im Zusammenhang mit dem Mord an der Prostituierten gehört hatten – es handelte sich um Svenja Orth und Ella Warth. Beide Frauen leiteten einen kleinen Wohltätigkeitsverein, der es sich auf die Fahne geschrieben hatte, die Menschen in der Fabriksiedlung zu unterstützen. Svenja Orth agierte als Vorsitzende, während Ella Warth die Rolle der Stellvertreterin übernahm. Dem Vorstand gehörten noch zwei weitere Mitglieder an, Bärbel Kreismann und Miriam Sauer.

Die Hauptkommissarin beschloss daraufhin, mit den Frauen zu sprechen, und war gespannt, was sie Neues erfahren würde. Nicht nur der Mieter Lukas Ahrens hatte ihnen erzählt, wie schockiert sich die Mitglieder des Vereins darüber gezeigt hatten, dass eine Prostituierte in der Fabriksiedlung ihrem Gewerbe nachging.

Am Nachmittag trafen sich die beiden Beamten mit Svenja Orth. Hauptkommissarin Gärtner hatte bereits eine Vorstellung von der Frau und lag dieses Mal richtig. Mit hocherhobenem Haupt öffnete ihnen die Hausherrin die Tür. Die Frisur saß, jede Wimper war akkurat in einer Außenwelle nach oben gekämmt, der Fingernagellack glänzte in einem Ton, der dem neusten Look entsprach – kurzum: Jeder Zentimeter dieser Frau rief »Luxus«. Auch das Gebäude selbst und der Vorgarten bestätigten das. Interessanterweise besaß das Haus der Orths einen Anbau, der als Wintergarten diente und sich dadurch deutlich von den benachbarten Bauten abhob. Für einen Moment dachte Anja Gärtner an mittelalterliche Städte, errichtet um die Burg, in der die Königin thronte.

Svenja Orth bat die Beamten würdevoll herein. Hätten nicht Spielsachen verstreut auf dem Boden gelegen, hätte die Hauptkommissarin geglaubt, ein Musterhaus zu betreten. Im Stillen seufzend dachte sie an das eigene heimische Chaos, die zerknüllten Kissen auf der Couch, die vergessene Chipstüte neben den gelesenen Zeitschriften und das sonstige Durcheinander, musste aber auch zugeben, dass sie sich dennoch wohl in ihren vier Wänden fühlte. Bei Svenja Orth hingegen fröstelte sie, obwohl die moderne Heizungsanlage eine angenehme Temperatur schuf. Den pflichtschuldig angebotenen Kaffee lehnten die Polizisten ab, während sie auf bequemen Sesseln Platz nahmen.

»Wir sind schockiert, was da in der Schule passiert ist«, begann Svenja Orth das Gespräch.

»Sie haben die Direktorin Frau Kämmerer gekannt?«, fragte die Hauptkommissarin unbedarft.

»Nicht privat«, hielt die Zeugin sofort dagegen, als würde sie eine schwere Anschuldigung von sich weisen. Erklärend fügte sie an: »Wir verkehrten quasi nur beruflich miteinander, ich bin Elternbeiratsvorsitzende, und Alissa wird, Verzeihung …«, verbesserte sie sich, »wurde von Frau Kämmerer unterrichtet.«

Plötzlich nahm Anja im Augenwinkel eine Bewegung wahr. Für eine Sekunde war ein Haarschopf hinter der Couch aufgetaucht.

»Ja wer belauscht uns denn da?«, unterbrach die Hauptkommissarin die Befragung deshalb in amüsiertem Tonfall. Keinesfalls sollte ein Kind mitbekommen, was die Erwachsenen zu besprechen hatten.

Die Mutter reagierte jedoch nicht ganz so geduldig, sondern stöhnte genervt: »Alissa, was habe ich dir gesagt?«

Der Kopf schoss erneut in die Höhe und ein hübsches Mädchen mit großen haselnussbraunen Augen und glänzendem dunklen Haar trat hervor. Sie mochte sieben Jahre alt sein und ließ Anja Gärtners Herz schneller schlagen, so hinreißend war der Anblick des Kindes.

Das sollte sich jedoch ändern, als sich dessen Gesicht verzog und es boshaft zischte: »Du hast mir gar nichts zu sagen, du blöde Kuh.«

»Alissa«, stieß die Mutter entsetzt hervor und lief dunkelrot an.

Dennoch glaubte die Hauptkommissarin nicht, dass sie die Worte der Tochter geschockt hatten. Eher schien es so, als wäre das eigentliche Problem, dass die Beamten bei der verbalen Attacke anwesend waren.

»Du gehst jetzt sofort auf dein Zimmer«, schimpfte Svenja, was zu einem bockigen Abgang der Kleinen führte.

Die stapfte bei jedem Schritt, den sie die geschwungene Treppe nach oben marschierte, mit den Füßen auf und meckerte: »Na warte.«

Es dauerte einige Minuten, bis der darauf folgende, im oberen Stockwerk ausgelebte Wutanfall abebbte.

»Sie ist im Moment in einer schwierigen Phase«, erklärte Svenja, ohne dass es wie eine Entschuldigung klang.

Dann freu dich auf die Pubertät, dachte Anja Gärtner bei sich, sagte jedoch diplomatisch: »Ein aufgewecktes Mädchen. Und so hübsch.«

Die Mutter lächelte, offenbar zufrieden mit dem Kommentar.

»Mein Mann ist ein sehr gefragter Unternehmensberater und viel unterwegs. Er arbeitet auch mit großen Firmen im Ausland zusammen. Oft bleibt er mehrere Wochen von zu Hause fern, was Alissa noch nicht versteht. Sie hängt sehr an ihrem Vater.«

Wie um diese Worte zu unterstreichen, erfolgte über ihren Köpfen ein heftiger Knall. Vermutlich war nun ein Stuhl umgeschmissen worden.

Svenja lächelte ihr huldvolles Königinnenlächeln. »Wir überlegen, sie nach der vierten Klasse auf ein Internat zu schicken, damit sie besser gefördert wird.«

»Hatten Sie denn den Eindruck, dass Petra Kämmerer dazu nicht in der Lage war?«, fragte Anja Gärtner harmlos.

Es folgte ein kleines Zucken der Mundwinkel. Svenja Orth, die von der Beamtin auf Mitte dreißig geschätzt wurde, verfügte über eine extrem starre Gesichtsmimik. Anzunehmen, dass man bei ihr künstlich nachgeholfen hatte, um ein möglichst faltenfreies Antlitz zu schaffen. »Die Klassengröße macht eine individuelle Betreuung kaum möglich. Abgesehen davon müssen ja auch die schwächeren Schüler mitgeschleppt werden«, antwortete Svenja schnippisch.

»War Frau Kämmerer denn eine schlechte Lehrerin?«

»Das habe ich nicht gesagt«, entgegnete ihr Gegenüber und es klang wie ein »Ja«. »Sie hatte eben ihre eigenen Vorstellungen, ließ es gelegentlich an Fantasie fehlen, aber wer kann es ihr verdenken? Kinder anderer Leute zu betreuen ist ja nun keine erfüllende Aufgabe.«

»Einem jungen Menschen beim Start ins Leben zu helfen und ihm Wissen zu vermitteln, kann ich mir schon als sehr erfüllend vorstellen. Vermutlich muss man dafür jedoch geboren sein«, erwiderte die Hauptkommissarin unverbindlich, obwohl sie langsam begann, sich über die arrogante Art der anderen zu ärgern. »Sie hatten regelmäßig Auseinandersetzungen mit der Toten?«, sprach sie deshalb auch ein wenig gereizter weiter.

Svenja verlor einen Augenblick die Fassung. »Wie Sie das sagen, hört es sich ja so an, als hätten wir uns geprügelt. Ich vertrat gelegentlich eine andere Ansicht, ansonsten sind wir gut ausgekommen.«

»Und wie war das mit der Prostituierten, die auf dem Parkplatz in der Fabriksiedlung Männer getroffen hat?«

»Furchtbar«, stieß Svenja theatralisch hervor. »Und das bei uns. Ich hoffe wirklich, dass sich das nicht noch einmal wiederholt.« Ihr Blick wanderte abschätzig über die Beamten. »Warum unternehmen Sie da eigentlich nichts? Wir haben hier investiert, uns ein Heim errichtet. Schlimm genug, dass dieses *Elendsviertel* die Gegend verschandelt. Sexgeschäfte jedoch sind eine echte *Zumutung*.«

»Ich dachte, Sie engagieren sich für die Menschen in der Fabriksiedlung?«

Offensichtlich bemerkte ihre Gastgeberin nicht, dass sie mit dem Begriff »Elendsviertel« zu weit gegangen war, und plapperte munter weiter: »Natürlich hilft man, wo man kann, wir sind ja keine Unmenschen, aber unter uns …« Sie machte eine vielsagende Pause, bevor sie sagte: »Hat nicht jeder sein Schicksal selbst in der Hand?«

»Manche meinen das«, gab ihr die Hauptkommissarin neutral Antwort. In ihrer Stimme schwang jedoch etwas mit, das Kommissar Faller aufhorchen ließ.

Er verhielt sich bislang stets zurückhaltend bei Befragungen, aber aus irgendeinem Grund konnte er heute nicht den stillen Zuhörer spielen, sondern platzte mit einer Frage heraus: »Und wie weit würden Sie persönlich gehen, um das Schicksal selbst in die Hand zu nehmen?«

Die Frau blickte ihn verständnislos an, während seine Vorgesetzte keine Anstalten machte, ihn zu stoppen.

Innerlich nervös, nach außen hin völlig ruhig wirkend, sagte er: »Sie haben sich über die Aktivitäten auf dem Parkplatz beschwert, Sie waren mit der Klassenlehrerin Ihrer Tochter nicht zufrieden ...«

»Bezichtigen Sie mich etwa einer Straftat?«, unterbrach ihn Svenja schrill.

Hauptkommissarin Gärtner griff ein, allerdings nicht, um die Zeugin zu beruhigen. Stattdessen sagte sie: »Vielleicht wären Sie so freundlich, uns Ihre Alibis für die Tatzeiten zu nennen.« Die Beamtin trug die entsprechenden Daten vor, woraufhin die Hausherrin wutentbrannt erklärte: »Ich war im Bett, wo denn sonst?«

»Zeugen?«, ließ die Hauptkommissarin nicht locker.

Wieder lief Svenja rot an. »Mein Mann arbeitet außerhalb, das hatte ich Ihnen bereits erklärt.« Sie räusperte sich. »Ich bin zu Hause und kümmere mich um unsere Tochter. Und nein, ich ziehe nachts nicht los und ermorde andere Frauen. Außerdem würde ich mein Kind niemals alleine lassen.« Wieder folgte ein Räuspern, dann ein Glattstreichen einer imaginären Knitterfalte, schließlich stand Svenja Orth auf. »Ich denke, das Gespräch ist beendet. Ich würde Sie bitten, nun zu gehen.«

Dieses Mal reagierte die Hauptkommissarin versöhnlich: »Sicher, Sie haben uns sehr geholfen.«

Auf der Straße wollte sich Kommissar Faller für sein Eingreifen entschuldigen, aber Anja Gärtner unterbrach ihn: »Das war gut, man muss Zeugen manchmal auf den Zahn fühlen. Sie hat keine Alibis.«

»Glauben Sie wirklich, dass das die Taten einer Frau waren?«

Die Hauptkommissarin sah ihn fast mitleidig an. »Weder wurden die Leichen transportiert, noch waren für die Morde übermäßige Kraftanstrengungen notwendig. Warum also nicht eine Frau?«

»Wegen der brutalen Vorgehensweise?«, stotterte Faller und ruderte zurück: »Ich weiß, das war jetzt eine unprofessionelle Einschätzung.«

Die Hauptkommissarin lächelte. »Ehrlich gesagt tippe ich bei solchen Bluttaten auch immer zuerst auf einen männlichen Täter, zumindest gibt uns die Statistik recht. Aber beim jetzigen Stand der Ermittlungen müssen wir offen für alles sein, auch für das Unwahrscheinliche. Denn unwahrscheinlich heißt noch lange nicht unmöglich. Ganz nebenbei haben wir übrigens einen weiteren Verdächtigen ohne Alibi dazugewonnen.«

Der fragende Blick ihres Kollegen ließ die Hauptkommissarin fortfahren: »Bis jetzt wissen wir noch nicht, wo sich der Ehemann von Svenja Orth während der Morde aufgehalten hat. Wenn er die Ansichten seiner Frau teilt, ist er ein ebenso guter Verdächtiger wie seine Gattin.«

Ein wenig später in der Fabriksiedlung

Lukas Ahrens saß an seinem Schreibtisch und schob geschäftig einige Unterlagen hin und her. Wieder war er ganz in Schwarz gekleidet, hatte sogar eine Lesebrille auf der Nase.

Alles in allem erinnerte er an ein Autorenporträt auf der Rückseite eines Bestsellers.

Auch heute gab er sich wenig Mühe im Umgang mit seinen Mitmenschen. Das bekam selbst Ella Warth zu spüren, obwohl er die nach eigenem Bekunden mochte.

»Schon von der Polizei vernommen worden?«, fragte er lauernd und bemerkte sehr wohl, dass die Frage sein Gegenüber nervös machte.

Ihr lässiges Schulterzucken überzeugte ihn nicht.

»Unangenehm, was?«, bohrte er nach.

Wie er erwartet hatte, brach Ellas Widerstand und sie nahm ihm gegenüber Platz. Nicht das erste Mal saßen sie so beieinander. Er, der Lauscher, der begierig ihre Klatschgeschichten aufsaugte, und sie, stets bereit, ihm diesen Gefallen zu tun, wohl wissend, dass er dadurch milder wurde.

Keine der Frauen ging gerne zu Ahrens, so war er zu Ellas *Projekt* geworden. Die Mitglieder des Wohltätigkeitsvereins besuchten die Bewohner der Fabriksiedlung, um Kleider- und Sachspenden vorbeizubringen. Ella hingegen versorgte Ahrens mit Lesematerial. Eigentlich sollten auch Zusammenkünfte organisiert werden. Meistens jedoch blieb es bei der alljährlichen Weihnachtsfeier. Ella dachte mit Schrecken an die letzte zurück.

Es gab hinter der alten Fabrikanlage ein Jugendhaus, das über einen größeren Saal verfügte und ihnen für Feierlichkeiten zur Verfügung stand. Wie immer hatte alles perfekt sein sollen. Svenja hatte eine Nordmanntanne geordert und ihren Weihnachtsbaumschmuck vom letzten Jahr zur Verfügung gestellt. Natürlich sah der Baum wunderschön aus, vorausgesetzt, man stand auf moderne Dekoration. Jedenfalls kamen die völlig in mattem Weiß gehaltenen Kugeln und Engel nicht besonders gut an. Auch die Lichterkette, ebenfalls in Weiß, versprühte keine Weihnachtsstimmung. Das Gleiche galt für die auf Svenjas Geheiß in Weiß gehaltene Tischdeko, die ebenfalls kein

Lächeln auf die Gesichter der Gäste zauberte. Als dann alle auf den langen Stuhlreihen Platz genommen hatten, begann das Programm. Einige Kinder sangen mühsam ein paar Weihnachtslieder; keines konnte den Text und offensichtlich waren manchen auch die Melodien fremd. Der zuständige Gemeindepfarrer von Wörmshalde sprach ein Gebet, danach musste Ella die Danksagung übernehmen. Svenja hatte ihr ein vorbereitetes Blatt in die Hand gedrückt. Die wohlwollenden Floskeln über das Engagement der Vorsitzenden stießen jedoch auf taube Ohren. Ella bemerkte, wie die Blicke der Menschen in Richtung Büffet abschweiften. Der Applaus am Ende von Ellas Vortrag war verhalten und verstummte auch sofort wieder.

Das Essen spendierte ein Caterer aus Stuttgart, allerdings war der zu sehr auf Svenjas Vorstellungen eingegangen. Die Leckereien waren köstlich, aber auch kostspielig – und so gab es kaum genug für alle. Davon abgesehen einigte man sich noch darauf, beziehungsweise bestimmte Svenja, dass es keinen Alkohol geben sollte. Unzufriedenheit machte sich breit und eine ältere Frau meinte leise zu ihrer Begleitung: »Ist ganz schön langweilig dieses Jahr«, woraufhin man ihr bereitwillig zustimmte.

Zu allem Übel gab dann auch noch Svenjas Tochter Alissa eine Einlage mit ihrer Geige; ein Instrument, das man dem Kind nie hätte überlassen dürfen. Die Darbietung erinnerte an Fingernägel, die über eine Tafel kratzten, und selbst die Schwerhörigen unter den Gästen verzogen schmerzvoll das Gesicht. Svenja war natürlich begeistert gewesen und hatte sich dann rechtzeitig verabschiedet, bevor es ans Aufräumen ging.

»An was denken Sie?«, fragte Ahrens neugierig, der bemerkt hatte, dass sein Gegenüber einem Tagtraum nachhing.

»An die Weihnachtsfeier«, gab sie ehrlich Antwort.

Er lachte auf. »Oh ja …« Der allgegenwärtige spöttische Unterton in seiner Stimme verstärkte sich. »Ich habe davon gehört. Manch einer hat sich hinterher gefragt, ob Ihre *Lady Svenja* überhaupt weiß, was Weihnachten ist.«

Diese Bemerkung ließ Ella lächeln.

»Na sehen Sie«, reagierte Ahrens wohlwollend, »jetzt habe ich Ihnen den Tag versüßt.«

Ihr Lächeln wurde breiter und sie sagte übertrieben freundlich: »So wie immer. Jeder weiß doch, dass Sie ein Sonnenschein sind.«

Tatsächlich antwortete er mit einem gurgelnden Lachen. »Sie sind mir wirklich die Liebste. Ihnen nehme ich Ihr Mitgefühl wenigstens ab und jetzt …« Er wedelte ungeduldig mit der Hand. »… erzählen Sie mir, wie der Tod in der Welt der Prominenz gewütet hat. Was genau ist passiert, was wollte die Polizei wissen?«

Ella seufzte und lehnte sich zurück. »Also schön«, begann sie zusammenzufassen und erzählte ihm von dem Mord an der Schuldirektorin.

»Wie genau hat man sie getötet?«, hakte Ahrens nach.

»Keine Ahnung, das sagen die uns doch nicht«, erwiderte Ella und ignorierte seine daraufhin folgende Schimpftirade über Behörden, die Informationen zurückhielten.

»Von mir wollten sie wissen, ob ich die Frau gekannt habe, so was eben.«

»Und was noch?«, fragte Ahrens ungeduldig.

»Es ging noch um das erste Opfer.«

»Aha«, stieß Ahrens aus und lehnte sich genüsslich zurück. »Hat die Frau Hauptkommissarin also ihre Arbeit gemacht.«

Der irritierte Blick von Ella ließ ihn triumphierend sagen: »Ich habe die Polizei auf Ihre Spur gebracht.«

Ellas Gesichtsausdruck änderte sich.

Für einen Moment nahm er an, sie wäre ihm böse, dann entspannten sich ihre Züge jedoch und sie fragte ruhig: »Und aus welchem Grund?«

»Weil ihr eine Hexenjagd begonnen hattet. Ich wollte,

dass ihr feinen Damen einmal erlebt, wie sich das anfühlen kann.«

»Wir haben uns lediglich dafür eingesetzt, das Viertel und insbesondere die Kinder, die darin leben, zu schützen.«

»Wer nicht der Norm entspricht, muss weg«, fing Ahrens wieder an zu politisieren.

»Unsinn, aber es gibt geeignetere Orte für Prostitution als ein Gebiet, in dem auch Familien wohnen.«

Sie stand auf. Was nun folgen würde, waren die üblichen langatmigen gesellschaftskritischen Monologe, dafür hatte sie heute weder Lust noch Zeit. »Ich muss los. Ich weiß noch nicht, ob ich es nächste Woche schaffe, die Zeitschriften vorbeizubringen«, entgegnete sie deshalb schnell.

»Im Zweifel schmeißen Sie den Kram in den Müll, aber kommen Sie bloß nicht auf die Idee, mir eines dieser Hohlgeschosse zu schicken.«

»Herr Ahrens, müssen Sie immer so gemein sein?«

»Ich bin Künstler, ich darf das«, knurrte er, während sie ihm kopfschüttelnd den Rücken zudrehte und ging.

Die Hohlgeschosse waren seine Spitznamen für Miriam und Bärbel. An guten Tagen betitelte er Svenja als Lady, an schlechten … Aber an dieses Vokabular wollte sie nicht einmal denken. Noch bevor sie jedoch die Tür erreichte, hielt er sie zurück, indem er fragte: »Und? Gehören Sie jetzt zu den Verdächtigen?«

Ella erstarrte einen Moment, gab ihm aber keine Antwort mehr, sondern zog die Tür hinter sich zu.

Die Wahrheit war, dass sie sich wirklich sehr unwohl bei der Befragung gefühlt hatte. Man wollte sogar ihre Alibis prüfen. Sie hatte gelogen, behauptet, mit ihrem Ehemann zu Hause gewesen zu sein. Was hätte sie auch sagen sollen? Etwa, dass ihr Mann zu den Tatzeiten nicht da gewesen war, weil er eine außereheliche Affäre hatte? Außerdem bekam Max so ebenfalls ein Alibi. Sie hatte ihn bereits eingeweiht. Ihm gegenüber hatte sie erklärt, dass sie sich bei der Aussage geirrt habe, sich aber blöd vorkomme, das bei der Polizei im Nachhinein richtigzustellen. Er war sofort einverstanden gewesen, die Version beizubehalten, denn natürlich machte das auch sein Leben sehr viel leichter.

Ella atmete durch, als sie wieder auf der Straße stand. Langsam drehte sie sich um die eigene Achse. Hinter den grauen Fassaden gab es viel Verzweiflung. Ahrens hatte recht, sie hatte Mitgefühl mit denen, die in der Fabriksiedlung festhingen, die von der Hand in den Mund leben mussten und nicht wussten, ob das Geld bis zum Ende des Monats reichte. Ein tiefes Gefühl der Erleichterung durchflutete sie, als ihr wieder einmal bewusst wurde, welch angenehmes Leben sie doch führte. Dafür war sie gerne bereit zu akzeptieren, dass ihr Mann seine Fehler hatte. Sie würde ihn jedenfalls niemals verstoßen, egal, was auch immer er tun würde.

Währenddessen hatte sich Oberkommissarin Bund auf den Weg gemacht, um mit Bärbel Kreismann zu sprechen. Aufgeregt öffnete die der Beamtin die Tür.

Keine Frage, dachte Nele, *die genießt das Ganze.*

Bärbel war, wie auch ihre Mitstreiterinnen beim Wohltätigkeitsverein, etwa Mitte dreißig und überragte die Oberkommissarin locker um einen Kopf. Dazu kam noch die stattliche Körperfülle, sodass die Beamtin keinen Zweifel daran hatte, dass Bärbel Kreismann körperlich zu vielem – auch zu einem Mord – fähig sein könnte.

»Kommen Sie, kommen Sie«, rief sie einladend, »wir warten schon.«

»Und wer ist *wir?*«, fragte die Beamtin gutmütig.

Sie bekam anstatt einer Antwort eine weitere Frau zu Gesicht.

»Das ist Miriam Sauer, meine Freundin. Als wir erfuhren, dass Sie uns beide vernehmen möchten, da dachten wir, es wäre doch günstiger, gemeinsam auszusagen.« Sie strahlte dabei über das ganze Gesicht. Anscheinend war in ihrem Leben schon lange nichts Spannendes mehr passiert.

Die Oberkommissarin ärgerte sich, so überfahren worden zu sein. Eigentlich wäre es besser gewesen, die Frauen einzeln zu befragen, Hauptkommissarin Gärtner würde das überhaupt nicht gefallen. Allerdings hatte die ihr auch beigebracht, Zeugen nicht zu vergrätzen, also schluckte sie ihren Zorn herunter und sagte lediglich: »Nun dann.«

In einem überheizten Wohnzimmer mit geschätzten eintausend Porzellankatzen war bereits ein Kaffeetisch gedeckt worden. In der Mitte thronte eine Käsesahnetorte, die man eben angeschnitten hatte. Freundlich lud man die Beamtin zu einer Tasse Kaffee ein.

Als Bärbel Kreismann ihr ein extra großes Stück Torte auf einen Teller wuchten wollte, griff die Beamtin ein. »Für mich bitte nicht«, sagte sie übertrieben streng, um der Situation Herr zu werden. »Das ist kein Freundschaftsbesuch, sondern eine Befragung. Die Angelegenheit ist ernst.«

Als hätte sie sich an eine der leblosen Katzen gewandt, überging die Hausherrin den Tadel, nahm das abgeschnittene Stück Kuchen selbst, leckte Sahnespritzer von ihren Fingern und erwiderte atemlos: »Ich weiß, furchtbar ernst, und wir mittendrin.«

Sie schaufelte sich einen Happen Torte in den Mund, sodass auch Miriam Sauer die Gelegenheit bekam, etwas zu sagen: »Schrecklich ernst«, ereiferte die sich, verzog dabei missbilligend das Gesicht und ergänzte noch: »Genau, wie wir es befürchtet hatten.«

Endlich fand Nele einen Ansatz und hakte sofort nach. »Was genau hatten Sie denn befürchtet?«

»Dass mit der Hure auch das Verbrechen in unser Zuhause kommt, und jetzt haben wir den Beweis.«

»Und wie passt da Ihrer Meinung nach die Schuldirektorin Frau Kämmerer dazu?«

Miriam Sauer neigte den Kopf ein wenig und begann zu flüstern. Ihr Gesicht war bereits, wenn sie schwieg, nicht besonders ansprechend, aber wenn sie zu sprechen begann, lag zusätzlich noch ein boshafter Zug um ihren Mund. »Petra Kämmerer war längst nicht so tugendhaft, wie alle annehmen.«

»Miriam«, zischte Bärbel, so als wollte sie die andere stoppen. Gleichzeitig glühten jedoch ihre Wangen vor Begeisterung bei dem Gedanken, unschöne Gerüchte in Umlauf zu bringen.

Jackpot, dachte Nele bei sich. Vielleicht war das nicht die Art Befragung, die sie sich vorgestellt hatte, dafür würde sie jedoch danach zumindest einige Geheimnisse dieser so harmlos wirkenden Gemeinde kennen.

»Wenn eine angeblich so lange single ist, dann hat sie sicher etwas mit einem verheirateten Mann. Für eine Lehrerin war sie sowieso overdressed. Die vierzig hatte sie ja immerhin überschritten«, erklärte Miriam und verzog missbilligend das magere Gesicht, sodass die feine Haut über den Knochen spannte. »Man soll zwar nicht schlecht über die Toten reden, dennoch traue ich mich festzustellen, dass es bei Frau Kämmerer gelegentlich angebracht gewesen wäre, den Rock bis *über* die Knie zu tragen.«

Bärbel schnappte aufgeregt: »Ja, die hatte keinen Style!«

»Haben Sie denn einen bestimmten Mann in Verdacht?«, fragte Nele Bund geradeheraus.

Bärbel hielt in ihrer Bewegung inne, sodass die leeren Gabelspitzen über dem Teller schwebten, während Miriams Mund spitz wurde und sie ablehnend die Arme vor der Brust verschränkte.

So einfach ließen sich die Damen offenbar nicht dazu herab, ihr Gift zu versprühen. Sofort ärgerte sich die Oberkommissarin über die eigene Plumpheit und versuchte, den

Schnitzer wiedergutzumachen, indem sie sagte: »Wissen Sie, für uns Beamte ist es immer wichtig, Zeugen zu haben, deren Urteilsvermögen man vertrauen kann, die so wie Sie über gesunden Menschenverstand verfügen.« Einschmeichelnd sprach sie weiter: »Zudem behandeln wir alle Informationen mit der größtmöglichen Diskretion.«

Der verbale Hofknicks wurde akzeptiert, denn Bärbel Kreismann führte die Kuchengabel aufatmend in die Käsesahneschnitte auf ihrem Teller.

Zeitgleich lehnte sich Miriam verschwörerisch nach vorne. »Wir sind uns ziemlich einig, dass Bjarne ein guter Kandidat wäre.« Zufrieden warfen sich die optisch ungleichen Freundinnen einen Blick zu.

»*Bjarne*, wer ist das?«, fragte Nele perplex, da ihr der Name bisher noch nicht untergekommen war.

»Bjarne Orth, der Mann von Svenja, Svenja Orth«, ergänzte Miriam ungeduldig.

»Die Vorsitzende Ihres Wohltätigkeitsvereins?«, kam es Nele über die Lippen.

»Die Vorsitzende von so ziemlich allem«, brummte Bärbel ungehalten.

Oha, dachte die Oberkommissarin, *mit der Freundschaft ist es da ja nicht weit her.* »Nervig, wenn jemand immer die ganze Aufmerksamkeit auf sich ziehen möchte«, wagte Nele Bund daher einen Vorstoß und schien damit den richtigen Schalter umgelegt zu haben.

»Zum Kotzen«, brach es aus Bärbel heraus, die erst über ihre eigene Reaktion erschrak, dann aber, als sie den verständnisvollen Blick der Beamtin bemerkte, sich nicht mehr zurückhalten konnte. »Elternbeirat, Elternsprecher, Vorsitzende hier, Vorsitzende da. Immer ganz vorne, wenn die vom Wörmshalder Kurier ein Foto schießen. Die Erste auf jeder Gästeliste, diejenige mit dem größten Haus, dem reichsten Mann, dem talentiertesten Kind. Ekelhaft, diese ständige Angeberei!«

Miriam, überrascht von der Vehemenz ihrer sonst in diesen Dingen eher zurückhaltenden Freundin, hatte das Bedürfnis, die Aussage etwas abzumildern. »Svenja entwickelt immer einen gewissen Ehrgeiz und hat dabei oft nicht das freundlichste Wesen.«

»Sie hat bei den Vorbereitungen für die letzte Weihnachtsfeier vor versammelter Mannschaft empfohlen, jemand anderen als mich mit der Deko zu beauftragen. ›Nichts für ungut, liebe Bärbel‹«, äffte die Frau am Tisch plötzlich den arroganten Tonfall von Svenja Orth nach. »›Aber es sollte besser jemand erledigen, der *gelenkiger* ist. Wir haben es schließlich mit eng stehenden Tischreihen zu tun.‹« Bärbel atmete durch. »Das war ein Schlag ins Gesicht. Zumal ich bereits sechs Kilo abgenommen habe. Abgesehen davon wissen wir ja, wie beschissen die Tische am Ende ausgesehen haben.«

»Das war wirklich eine Frechheit«, stichelte Miriam weiter, »vermutlich ist sie nur neidisch auf dich, weil sich der Pfarrer an Ostern bei dir bedankt hat. Sie müssen wissen, dass Bärbel sehr begabt ist, wenn es um Blumenschmuck geht. Der Altar sah wunderschön aus.«

Die Frauen ereiferten sich weiter, nannten ähnliche Beispiele für Svenjas unverschämtes Verhalten, und Nele Bund fragte sich, warum die beiden nicht einfach den Kontakt zu ihrer angeblichen Freundin abbrachen. Miriam äußerte gerade zornig: »Mich als flachbrüstig zu bezeichnen, ist eine blanke Frechheit!«

»Ganz so hat sie es nicht gesagt«, legte dieses Mal Bärbel den Finger in die Wunde. »Wenn ich mich recht entsinne, sprach sie von deinen fehlenden *Attributen* für einen Dirndl-Ausschnitt.«

Augenscheinlich bemerkten die Frauen Neles verständnislosen Blick, denn erklärend fügte Miriam an: »Wir hätten ihr schon längst die Freundschaft aufgekündigt, aber das hieße auch, dass unsere liebe Ella ihr schutzlos ausgeliefert wäre.«

»Ella Warth?«, ergänzte die Beamtin.

»Genau«, erwiderte Bärbel, die sich zurückhielt, ein weiteres Stück von der Torte abzuschneiden. »Ella ist wahrhaft ein Engel, etwas naiv, und natürlich nutzt Svenja das auch aus.«

»Und wenn Sie sich alle drei zurückziehen würden?«, konnte die Oberkommissarin nicht anders.

Daraufhin folgten empörte Ausrufe: »Das wagen wir nicht«, lamentierte Bärbel, »was würde denn dann aus den Leuten in der Fabriksiedlung werden? Unser Verein ist eine große Hilfe für die Menschen dort. Ohne uns würde Svenja die Arbeit der letzten Jahre zunichtemachen. Nein, nein«, fuhr sie wichtigtuerisch fort, »das ist eben der Preis, den man für Wohltätigkeit zahlen muss. Wir ertragen Svenja den armen Menschen zuliebe.«

Die Oberkommissarin hatte jedoch ihre eigene Theorie. Sie nahm an, dass die beiden gar nicht wussten, was sie sonst tun sollten, außer Svenja Orths Fußabtreter zu spielen. Ein typisches Beispiel dafür, weder miteinander noch ohne einander zu können.

Wie auch immer, dachte Nele, sie hatte den beiden genug Spielraum gelassen, sich warm zu quatschen, jetzt war es Zeit für Informationen.

»Ich würde gerne noch einmal auf den Mann von Svenja Orth zurückkommen«, sagte sie deshalb.

»Toller Mann«, warf Bärbel ein und Miriam nickte. »Niemand versteht, warum er sich für Svenja entschieden hat. Angeblich vergöttert er sie. Zumindest wenn man ihren Aussagen trauen darf.« Das knochige Gesicht verzog sich erneut, dieses Mal zu einem Zwinkern. »Wenn eine ihren Mann so in den Himmel hebt, dann ist etwas faul.«

»Oberfaul«, krähte Bärbel. »Bjarne Orth könnte jede haben. Er ist nicht oft in Wörmshalde, aber wenn, dann flirtet er schamlos mit der ganzen weiblichen Gemeinde. Der Direktorin war er immer ganz besonders zugetan.«

»Und wie hat Frau Orth darauf reagiert?«

Das erste Mal schien keine der beiden eine Antwort parat zu haben. Schließlich versuchte es Miriam mit einer Erklärung. »Sie tut so, als würde sie es nicht mitbekommen, wendet den Blick ab. Gegenüber Bjarne benimmt sie sich wie ein Lämmchen. Ist doch ein weiterer Beweis dafür, dass sie sich nicht sicher ist, ob er bei ihr bleibt.«

»Sonst noch etwas?« Nele wusste nicht, ob sie die Aussage ernst nehmen konnte. Womöglich benutzte man sie gerade, um an Svenja Rache zu üben. Wenn die Ermittler im Privatleben der Orths herumschnüffeln würden, dann wäre das für Miriam und Bärbel sicher befriedigend.

»Sie hat todsicher geweint«, warf Bärbel ein.

»Wann?«, wollte die Beamtin wissen.

»Nach dem Wörmshalder Straßenfest im Sommer. Am nächsten Morgen hatte sie ganz verquollene Augen. Bei dem Fest hat es Bjarne nämlich so richtig krachen lassen. Hatte ganz schön viel intus und eine lose Zunge. Meinte zu mir, dass ich schöne Grübchen hätte«, erzählte Bärbel und winkte ab. Die Röte, die ihr jedoch ins Gesicht stieg, zeigte deutlich, dass sie das Kompliment wesentlich mehr genossen hatte, als sie zugeben wollte.

»An jenem Abend, war da auch Petra Kämmerer bei dem Fest gewesen?«, stellte Nele Bund eine naheliegende Frage.

»Oh ja«, entgegnete Miriam zufrieden, »und die beiden haben sich hervorragend verstanden.«

»Haben Sie Frau Kämmerer und Herrn Orth auch zu einem späteren Zeitpunkt irgendwann einmal zusammen gesehen?«

Dieses Mal schüttelten beide verneinend den Kopf.

»Was ist mit der ermordeten Prostituierten?«, hakte die Oberkommissarin nach.

»Bjarne müsste nie zu einer Prostituierten gehen, der

braucht für Sex bestimmt nicht zu bezahlen«, warf Bärbel ein.

Innerlich seufzte die Polizistin, hätte Bärbel gerne erklärt, dass die Welt nicht ganz so einfach funktionierte und keineswegs nur unansehnliche Männer sich gewisser Dienste bedienten. Aber sie wollte Informationen und niemanden belehren.

»Kannten Sie die Frau? Sie hieß Jana Grün«, fuhr die Beamtin daher fort.

Wieder empörtes Verneinen.

»Aber Sie sammelten Unterschriften, um sie loszuwerden.«

»Das stimmt. Woher wissen Sie das?«

Nele zuckte mit den Schultern zum Zeichen, dass sie ihre Quelle nicht preisgeben würde.

»Ach, das war bestimmt dieser Ahrens. Ekelhafter Typ, würde mich nicht wundern, wenn der Ihr Killer ist«, ereiferte sich Miriam.

»Moment«, unterbrach Bärbel ihre Freundin, »ist der nicht auch eine Zeit lang in der Schule herumgeschlichen?«

Nele wurde hellhörig. »Wissen Sie das genau?«

»Ja«, gaben die Frauen einhellig Antwort. »Irgendein Kunstprojekt mit der ersten Klasse. Ich mag den Typ ja nicht in der Nähe meiner Kinder wissen, Gott sei Dank sind die bereits in der zweiten und dritten Klasse«, gab Miriam Auskunft, während Bärbel verlegen aufsprang, um angeblich frischen Kaffee zu holen.

Kaum hatte sie das Zimmer verlassen, flüsterte ihre Freundin: »Bei Bärbel hat es mit den Babys noch nicht geklappt, immerhin ist sie schon vierunddreißig, liegt an ihr.« Sie seufzte theatralisch. »In einem Gebiet mit lauter Familien zu wohnen und selbst einen unerfüllten Kinderwunsch zu haben, ist nicht leicht. Aber ihr Mann ist ein Netter, dem ist es anscheinend egal«, plapperte Miriam munter weiter.

Bärbel kam ohne Kaffeekanne zurück und setzte sich

fahrig. Für Nele Bund war es ohnehin an der Zeit, unauffällig nach den Alibis der beiden Frauen zu fragen.

Beim Mord an der Prostituierten gaben beide an, im Bett gelegen zu haben, und nannten die Ehemänner als Zeugen. Nach dem Elternabend hingegen hatte es noch einen kleinen Umtrunk in der ansässigen Kneipe gegeben, wo der Geburtstag eines Bekannten gefeiert worden war. Wie sich später herausstellen sollte, herrschte dort ein buntes Kommen und Gehen und damit taugte das Alibi nichts.

Die Oberkommissarin verabschiedete sich, immer noch mit sich hadernd, ob das eben geführte Gespräch informativ oder Zeitverschwendung gewesen war.

KAPITEL 4

Am Abend

Nach zwei Morden erwachten die Erinnerung an andere Opfer und der Wunsch, einer lieb gewonnenen Gewohnheit nachzugehen. Auch heute war es, wie in ein Fotoalbum zu blicken anstatt in ein Buch. Jedes Wort konnte man sofort mit Bildern, dem Bekannten und Vertrauten verknüpfen. Die nachfolgend beschriebene Szene fing an, lebendig zu werden, vermischte sich mit der vergangenen Realität …

Mitten im Raum stand das Sofa, dort der Tisch, ganz links in der Ecke ein kaputtes Regal. Unter dem dreckigen Fenster an der Heizung stapelten sich Schuhe, von denen ein schweißiger Geruch ausging. Feuchte Erde klebte an ihnen, Grashalme und Blätter. Zwar hatte man eine alte Zeitung unter die Sohlen gelegt, aber das war nur halbherzig geschehen. Die matschigen Abdrücke auf dem abgewetzten Teppich waren noch immer nicht getrocknet.

Es lag noch ein anderer Geruch in der Luft, durchdringend, fast schon penetrant. Er ging von der Frau auf der Couch aus. Sie hatte am Morgen versucht, ihr Leben in den Griff zu bekommen, so wie am Morgen davor, so wie jeden Morgen in den letzten Jahren. Die guten Vorsätze endeten mit dem Erscheinen des Briefträgers. Eine weitere Mahnung, eine letzte Erinnerung, eine Drohung mit dem Gerichtsvollzieher. Wie sollte sie das hinbekommen? Wie konnte sie überhaupt annehmen, ihr Leben je wieder in geordnete Bahnen lenken zu können? Die letzten Münzen, zwei fand sie glücklicherweise in der Sofaritze, reichten gerade so für eine Packung Zigaretten. Eigentlich sollte sie nicht rauchen, das wusste sie – aber für wen oder was vernünftig sein? Für das Kind in ihrem Bauch. Ach ja, das hatte sie schon wieder vergessen. Sie zögerte, konnte dann jedoch nicht länger widerstehen. »Wenn ich jetzt nicht sofort eine Zigarette rauche, dann drehe ich durch«, rechtfertigte sie ihre Undisziplinierheit.

Aus einer Zigarette wurde eine halbe Schachtel, aus den guten Vorsätzen ein Gelage mit Schnaps und Wein. Am Ende schnarchte die Frau ausgestreckt auf der Couch, unbeweglich, ordinär mit breiten Beinen, die Kleidung verrutscht. Eine der Flaschen war umgekippt. Ein Rest des süßlichen Rotweins schwappte heraus und versickerte im Teppich. Der Fernseher lief und übertönte die Schritte, die sich näherten.

»Ich rette, was nicht zu retten ist«, sprach die Gestalt hinter der Frau. Es war nicht nötig, die Stimme zu senken, sie zu verstellen oder überhaupt zu versuchen, sich anzuschleichen. Das ausgewählte Opfer bekam nicht mit, was in direkter Umgebung geschah. Deshalb erklangen jetzt auch laut die Worte: »Der Retter, der die Elemente beherrscht, wird das Feuer über dich bringen. Für ein besseres Leben.«

Mehrfach klickte das Feuerzeug, wurde dann an die Couch gehalten, entflammte den Stoff aber nicht sofort. Es waren zahlreiche Versuche notwendig, bis es endlich zu brennen begann, dann jedoch ging es sehr schnell.

Erneut folgte der Satz: »Ich rette, was nicht mehr zu retten ist«, *bevor eine kleine Explosion die Nachbarn aufschreckte …*

Die Erinnerung verblasste und die geschriebenen Worte rückten wieder in den Vordergrund. Dort stand, wie sich ein Körper unter den Flammen wand, wie die menschlichen Fette schmolzen, die Körperflüssigkeiten verdampften und das Gewebe wie ein Steak in der Pfanne brutzelte. Schmerzhaft für jemanden, der bei Bewusstsein war. Hatte das Opfer Glück, wurde es vom sich entwickelnden Rauchgas dahingerafft, das war dann wie Einschlafen. Das Kapitel endete mit den Worten: *Die Flammen stiegen in die Höhe und nahmen die Seelen der Unglücklichen mit.*

Am späten Abend traf das Team um Hauptkommissarin Anja Gärtner wieder zusammen. Sie hatten die Informationen, die sie bei den Befragungen erhalten hatten, ausgetauscht. Aus der Gerichtsmedizin kam die Nachricht, dass es sich bei dem Beweisstück, das man im Mund der Direktorin gefunden hatte, tatsächlich um Hirngewebe handelte, das der Mörder mit Schokolade überzogen hatte.

»Handelsübliche Schokosoße, wie man sie benutzt, um Eisbecher oder Pfannkuchen zu garnieren«, zitierte Simon Faller den Gerichtsmediziner.

»Ich werde wohl beides nie wieder essen«, murmelte Oberkommissarin Bund und seufzte.

Anja Gärtner sah sich, während sie ihren Kollegen zuhörte, die Ermittlungstafel an, die sich bereits mit Fotos und Notizen gefüllt hatte. »Gefällt mir nicht, dass die beiden Morde so kurz hintereinander begangen wurden. Das zeigt, dass wir es mit jemand sehr Kaltblütigem zu tun haben.« Erklärend fügte sie noch an: »Wäre die erste Tat im Affekt passiert, würde unser Täter jetzt sicher versuchen, nicht aufzufallen, und jedes Risiko meiden, aber kurz darauf einen zweiten Mord zu begehen, bedeutet, dass er sich sehr sicher fühlt. Außerdem hat er Spaß zu experimentieren. Laut Gerichtsmedizin hat er das gleiche Messer benutzt und doch ist sein Vorgehen unterschiedlich. Die eine Frau schneidet er auf, der anderen entnimmt er Hirngewebe.«

»Wenn er so überzeugt von sich ist, wird er eventuell leichtsinnig und begeht Fehler«, warf Kommissar Faller ein.

»Ja, aber das könnte im schlimmsten Fall bedeuten, dass

wir auf einen weiteren Mord warten müssen, um ihn zu überführen. Und das gefällt mir ebenfalls nicht.«

Sie besah sich die Fotografien der Opfer. »Wenig Gemeinsamkeiten zwischen den toten Frauen«, murmelte sie.

Oberkommissarin Bund trat zu ihr. »Beide weiblich und blond, das war's dann«, sagte die und gähnte.

»Beide hielten sich in Wörmshalde auf«, ergänzte Kommissar Faller.

»Vielleicht finden wir die Verbindung nicht über das Aussehen, sondern über die Menschen, die sie kannten. Einer davon könnte der Mörder sein.«

Nele Bund schnappte sich einen Stift und notierte auf der Magnettafel den ersten Namen. »Storzig, dieser zwielichtige Spediteur, steht da für mich ganz oben. Der kannte die Prostituierte und sicher auch die Direktorin. In so einem kleinen Dorf kennt doch jeder jeden. Lukas Ahrens würde ich direkt darunter setzen, der kannte definitiv beide Frauen.«

Sie hatten mittlerweile auch von Petra Kämmerers Kollegen erfahren, dass Lukas Ahrens eine kurze Zeit in der Schule ein Kunstprojekt geleitet hatte. Allerdings war das bei den Eltern nicht auf große Begeisterung gestoßen. Offenbar hatten die lieben Kleinen nämlich ein paar der weniger charmanten Sprüche des Künstlers am gemeinsamen Esstisch wiedergegeben, sodass das Projekt abgebrochen werden musste. Ahrens hatte wütend und lautstark darauf reagiert.

»Womöglich hat er zuerst Jana Grün umgebracht«, fing der Kommissar an zu mutmaßen, »und als er das Gefühl hat, damit durchzukommen, übt er auch gleich noch Rache wegen dieser alten Geschichte.«

Die beiden Frauen widersprachen nicht. Gemordet wurde aus den unterschiedlichsten Gründen, und Rache stand immer mit ganz oben auf der Liste.

»So gesehen«, überlegte die Hauptkommissarin laut, »könnte *jeder* männliche Einwohner von Wörmshalde infrage kommen. Ein Freier von Jana Grün und parallel der geheimnisvolle Liebhaber der Schuldirektorin.«

»Und das Motiv?«, fragte Kommissar Faller interessiert.

»Vielleicht etwas Sexuelles«, schlug Nele vor. »Er kriegt ihn nicht mehr hoch, bestraft erst die Prostituierte und dann die Geliebte. Vielleicht wollte ihn eine der beiden auch auffliegen lassen.«

»Bei was?«, warf die Hauptkommissarin ein. »Er hätte nichts Illegales getan. Die Wahrheit über seine Besuche bei einer Prostituierten und der Ehebruch mit Petra Kämmerer hätten ihm das Leben vielleicht eine Zeit lang unbequem, aber sicher nicht nachhaltig schwer gemacht. Allenfalls wäre es zu einer Scheidung gekommen. Reicht das für zweifachen Mord aus?«

»Ist schon vorgekommen«, warf Nele Bund ein. »Du sagst doch selbst immer, dass das Motiv nur für den Mörder stark genug sein muss.«

»Richtig, womöglich war es ein Ehemann, der den Skandal gefürchtet hat, aber dann könnte ich mir eine eifersüchtige Ehefrau noch eher vorstellen«, spekulierte die Beamtin weiter. »Das, was wir bei unseren Befragungen gehört haben, macht es ziemlich deutlich. In diesem beschaulichen Ort gibt es jede Menge Neid und Eifersucht. Nehmen wir doch nur dieses Frauenquartett. Svenja Orth, Ella Warth, Bärbel Kreismann und Miriam Sauer. Die wollten gegen Opfer Nummer eins Unterschriften sammeln und ließen im Prinzip kein gutes Haar an Opfer Nummer zwei. Auch wenn die Ausführungen der Morde eher auf einen Mann schließen lassen, sollten wir zu diesem Zeitpunkt eine *Täterin* noch nicht ausklammern.«

»Ich traue diesen Idyllen sowieso nicht«, stimmte ihr Oberkommissarin Bund zu. »All die biederen Hausfrauen, die sich in ihrem Vorstadtglück zu Tode langweilen und dann noch so tun, als wäre es das Erstrebenswerteste, was einer Frau passieren kann«, kam Nele in Fahrt. »Was für ein Leben, jeden Tag mit der eigenen Brut im Bau zu hocken und zu warten, bis Papa am Abend das Futter bringt.«

»Was ist so schlecht an einem geregelten Leben?«, unterbrach sie plötzlich Kommissar Faller.

Nele hatte sich nichts dabei gedacht, sie sprach oft aus, was ihr gerade so durch den Kopf ging. Hauptkommissarin Gärtner hatte es längst aufgegeben, sie darauf hinzuweisen, dass Diplomatie eine frei verfügbare Ware war. Auch Kommissar Faller hätte seine Kollegin inzwischen gut genug kennen müssen, um derlei Reden nicht ernst zu nehmen, aber heute schien er deshalb genervt.

»Ich bitte dich, das ist doch langsames Versauern. Irgendwann wachst du auf, die Kinder sind aus dem Haus, du selbst bist fünfzig und mitten in den Wechseljahren, übergewichtig und ergraut. Was bleibt dann noch? Über Krankheiten jammern, die du dir allesamt nur deshalb zugezogen hast, weil du dich für eine undankbare Familie aufgeopfert hast.«

»Ach, bloß weil es für dich nicht funktioniert, ein normales Leben zu führen, ist das jetzt scheiße?«, fuhr sie der jüngere Kollege an.

»Jeder, wie er will«, gab sie schnippisch zurück. »Aber wer kann, sollte rechtzeitig abhauen.«

»Das ist so typisch für dich«, ereiferte sich Faller weiter. »Immer alles schlechtmachen. Nur du weißt, wie die Dinge funktionieren, die anderen sind in deinen Augen ja eh Vollidioten.«

»He, was soll das denn jetzt?«, reagierte Nele überrascht.

Das war kein freundliches Sticheln unter Kollegen mehr, sondern entwickelte sich zu einem Streit.

»Ich hab dein großkotziges Getue so was von satt«, platzte der Kommissar heraus.

»Sag mal, geht's noch?«, fuhr ihn Nele aggressiv an.

»Das reicht«, mischte sich die Hauptkommissarin ein. »Kommissar Faller, Sie gehen sofort an die frische Luft.«

Er wollte widersprechen, aber sie schüttelte den Kopf,

sagte leise, jedoch sehr bestimmt: »Raus!«, und ließ ihm damit keine Möglichkeit mehr, noch etwas Unüberlegtes anzufügen.

»So ein Arschloch«, blaffte Nele, nachdem die Tür hinter dem Kollegen ins Schloss gefallen war.

Sie wartete auf die Zustimmung der Vorgesetzten, doch die blieb aus.

»Was?«, reagierte die Oberkommissarin deshalb schrill. »Bin ich jetzt schuld?«

Ein vielsagendes Stirnrunzeln erschien auf Anja Gärtners Gesicht, bevor sie erwiderte: »Wir hatten das Thema ja schon öfter: Manchmal kann *Schweigen* ein Segen sein.«

»Du nimmst ihn in Schutz?«, meckerte Nele erneut.

»Himmelherrgott«, fuhr die Vorgesetzte aus der Haut, »als du gemerkt hast, dass er sich angepisst fühlt, hättest du es einfach gut sein lassen können.«

»Ich hab's nicht gemerkt«, wollte sich die Beamtin herausreden, aber Anja Gärtner hob die Augenbrauen, bis die Kollegin einlenkte. »Ich gebe zu, dass er mich manchmal reizt mit seiner Überkorrektheit und seiner kleinen heilen Welt, seinen Plänen vom Einfamilienhaus, bla, bla, bla. Konnte ja nicht ahnen, dass er das so ernst nimmt. Tut mir leid.«

»Sag *ihm* das«, konterte die Hauptkommissarin.

»Von mir aus.«

»Aber morgen, für heute reicht es. Geh nach Hause, ich werde mit ihm sprechen.«

Nele Bund tat so, als würde es sie nicht kümmern, was eben geschehen war, und verließ mit einem fröhlichen Gruß das Büro. Anja Gärtner blieb kopfschüttelnd zurück. Sie kannte die Geschichte ihrer Oberkommissarin, wusste genau, warum die junge Beamtin manchmal solche abwertenden Kommentare gab, wenn es um Familienidylle ging; ebenso war ihr auch klar, dass man Menschen nicht ändern konnte. Ihr blieb jetzt nur die traurige Aufgabe, das zerschlagene Porzellan wieder zu kitten.

»Kindergarten«, murmelte sie müde lächelnd, während sie sich auf den Weg zu Kommissar Faller machte.

Zur gleichen Zeit in der Wörmshalder Allee

Bärbel Kreismann saß schluchzend in ihrem Badezimmer. Es war schon wieder passiert, am Abend hatte die Menstruationsblutung eingesetzt.

»Was stimmt nicht mit mir?«, flüsterte sie leise.

Ihrem Mann war es gleichgültig gewesen. »Dann probieren wir es eben weiter und genießen solange die Freiheit, die man ohne Kinder hat.«

Sie hasste es, wenn er so reagierte. Spürte er denn nicht ihren Schmerz? Manchmal nahm sie an, er wollte gar keine Kinder mit ihr. Oder hielt er sie vielleicht für unfähig, sowohl zum Mutter-Werden als auch zum Mutter-Sein? Sie verkrampfte sich, die Beschwerden im Unterleib schienen wie eine zusätzliche Strafe.

Normalerweise wäre sie jetzt eine Runde um den Block gegangen, das tat sie öfter. Sie mochte es, wenn es auf den Straßen still war. Angst hatte sie nie gehabt – warum auch? Hier in der Wörmshalder Allee fühlte sie sich sicher. Aber bei allem, was gerade passierte, wagte sie es nicht, das Haus zu verlassen. Zudem musste ja niemand von ihren nächtlichen Spaziergängen erfahren. Nicht einmal ihr Mann wusste Bescheid, der schlief immer wie ein Murmeltier.

Interessante Dinge hatte Bärbel bei ihren späten Ausflügen erfahren. So manches Schlafzimmerfenster konnte man in der Nacht einsehen. Es beruhigte sie zu wissen, dass sie nicht die Einzige mit Problemen war. Gerne hätte sie mit jemandem darüber gesprochen. Bei dem Gedanken vergaß sie für einen Augenblick ihren Kummer. Geheimnisse mit sich herumzutragen, gehörte nicht zu Bärbels Stärken. Es brannte ihr auf der Zunge, aber gleichzeitig hatte sie gewisse Befürchtungen. Waren die Dinge erst einmal ausgesprochen, konnte man sie nicht zurücknehmen und was, wenn dadurch das ganze Gefüge ins Wanken geriet? Sie hasste es, wenn Svenja sie von oben herab behandelte, war manchmal voller Wut gegenüber Ella, die immer so tat, als hätte sie nichts gehört, und Miriam, ihrer engsten Freundin, würde sie gelegentlich gerne den dürren Hals umdrehen. Aber nichtsdestotrotz brauchte sie die anderen. Sie, Bärbel Kreismann, hatte es in den Kreis der Beliebten geschafft, gehörte zu denen, die den Ton angaben, das sollte sich nicht ändern. Die Verzweiflung kam zurück. Wenn sie jetzt nicht bald schwanger wurde, dann drohte ihr Stuhl in der Mitte dieser Elite zu wackeln. Die anderen drei hatten bereits Kinder, mehr oder weniger im gleichen Alter. Sie war sich ziemlich sicher, dass weder Svenja noch Miriam weiteren Nachwuchs wollten. Ella hingegen schien nicht abgeneigt. Svenja würde bald als Elternbeirat in einer der weiterführenden Schulen Unruhe stiften, damit wäre die Grundschule dann Bärbels Reich.

In Gedanken sah sie sich bereits vorneweg stürmen, um die Interessen der Elternschaft zu vertreten. Immer wieder verwischte ihre Vision und an ihrer statt erschien das Bild der stets perfekt gestylten Svenja.

Ich werde wieder abnehmen, nahm sie sich fest vor. Die Hormonbehandlung blieb nicht ohne Folgen. Bei dem Gespräch mit der Polizei hatte sie gelogen, die sechs Kilo gab es noch und es waren sogar weitere dazugekommen. Erst hatte sie es für eine gute Idee gehalten, gemeinsam mit Miriam die Polizisten zu empfangen. Im Nachhinein jedoch ärgerte sie sich, den Vorschlag aufgegriffen zu haben. Miriam hatte sie bloßgestellt. Die Oberkommissarin mochte vielleicht ganz nett sein, aber letzten Endes war die Beamtin eine Fremde. Miriam hatte nicht das Recht gehabt, ihr von Bärbels unerfülltem Kinderwunsch zu erzählen.

Ein Fluch kam ihr über die Lippen, dann jedoch verzog

sich ihr Mund gehässig und sie säuselte wie ein Kind, das ein anderes hänseln wollte: »Dafür weiß *ich* etwas, was *du* nicht weißt!«

Miriam Sauer hockte auf dem Boden und murmelte: »Tu mir nichts, ich bin doch unschuldig!«

»Dann hüpf für mich.«

Sie tat wie ihr geheißen und versuchte das Hoppeln eines Kaninchens nachzuahmen. Das weiße Ganzkörperkostüm mit den riesigen Stehohren, das sie trug, machte es ihr nicht gerade einfach – aber wenn es dazu diente, sich andere Peinlichkeiten zu ersparen, war sie auch dazu bereit. Es würde ohnehin nicht lange dauern. Sie hüpfte in dem Hasenkostüm, das ihren Hintern nicht bedeckte, geduldig auf und ab, während ihr Mann sich selbst befriedigte. Um das Ganze zu beschleunigen, rief sie mehrmals. »Ich bin ein kleines Häschen, bitte tu mir nichts!«

Sie hörte ihn stöhnen und keuchen und sein »Ja, ja, ich will dich erlegen« signalisierte ihr, dass es auch für heute Abend wieder geschafft war.

»War schön, danke«, murmelte er, während er ihr einen Kuss auf die Stirn drückte.

»Ja, fand ich auch«, erwiderte sie mit einem schüchternen Lächeln und begann, sich aus dem albernen Kostüm zu schälen.

Er zottelte ein wenig beschämt Richtung Bett, während sie ins Bad marschierte. Zufrieden betrachtete sich die Siebenunddreißigjährige im Spiegel. Sie war etwas älter als die anderen und ihrer Meinung nach auch weiser. Miriam war sich durchaus bewusst, dass sie nicht das Aussehen einer Svenja Orth besaß. Dafür jedoch verfügte sie über weit mehr Entschlossenheit. Zugegeben, in der Wahl ihres Gatten hatte sie sich vertan. Aber wer konnte schon ahnen, dass der acht

Jahre ältere Jens ein dunkles Geheimnis mit sich herumschleppte? Eigentlich hatte sie ihn wegen seiner Unscheinbarkeit ausgesucht. Ein Typ, der von den Frauen nicht beachtet wurde, der dankbar für jede Zuwendung war und sich leicht handhaben ließ. Jens war Beamter, verdiente gut und hatte damit auch einen sicheren Job. Das Haus war längst abbezahlt, auch weil ihr Mann ein großzügiges Erbe von seinen Eltern erhalten hatte. Hochzeit, Kinder, Häuschen, alles war gut gelaufen, bis sie ihn erwischt hatte. Tränenreiche Entschuldigungen und das Geständnis, nicht widerstehen zu können.

»Die Besuche bei den Nutten hören sofort auf, sonst bin ich weg«, hatte sie ihm damals gedroht. Natürlich war ihr klar gewesen, dass sie niemals gehen würde. Sie wollte in der Wörmshalder Allee bleiben, hier war ihr alles vertraut, hier war sie Teil von etwas, hier hatte sie Freundinnen. Um zu verhindern, dass jemals jemand von Jens' Eskapaden erfuhr, hatte sie sich ihm gegenüber verständnisvoll gezeigt. »Alles, was dich glücklich macht, macht auch mich glücklich«, waren ihre Worte gewesen und dann hatte sie ihn aufgefordert, ganz offen zu sein, damit sie ihm künftig seine Wünsche erfüllen konnte.

Mittlerweile duschte Miriam. So gesehen hatte sie Glück gehabt, er stand nicht auf Fesseln oder Würgen, er wollte noch nicht einmal Geschlechtsverkehr. Ihn erregten diese absurden Jagdszenen. Der flüchtende, hoppelnde Hase, das Rehlein, das ängstlich in der Ecke kauerte, oder der flügellahme Vogel auf der Flucht. Also schlüpfte Miriam bei Bedarf in ein Kostüm, jammerte: »Oh, böser Jäger, lass mich frei!«, und hatte Jens damit wieder unter Kontrolle.

Während sie sich den Schaum aus den Haaren spülte, dachte sie: *Eigentlich ein geringer Preis. Und später werde ich einmal eine sehr glückliche Witwe sein. Jedenfalls werde ich mir meine Zukunft von niemandem kaputtmachen lassen.*

KAPITEL 5

In einem Polizeigebäude herrschte nie Ruhe. Ladenschluss gab es nicht und so ging Hauptkommissarin Gärtner durch belebte Gänge und traf immer wieder auf Kollegen, die sie grüßten.

Einer schien ihr am Gesicht abzulesen, wen sie suchte, denn ohne dass sie fragen musste, sagte er: »Falls du nach deinem Kommissar Ausschau hältst, der hat eben wütend den Mülleimer auf dem hinteren Parkplatz zur Sau gemacht.«

Sie lächelte milde, was den anderen dazu verleitete, neugierig zu fragen: »Ärger im *Dream-Team?* Ich wette, Nele hat erneut ihren spitzen Schnabel nicht halten können.«

Die Hauptkommissarin glaubte wieder einmal, dass die Wände Ohren hatten, entgegnete jedoch gelassen: »Keine Ahnung, was du meinst«, und provozierte damit ein herzhaftes Lachen.

Als sie schließlich Kommissar Simon Faller durch die Glasscheibe des Hintereingangs erblickte, wirkte der irgendwie hilflos. Anja fragte sich, wie viele ihrer Mitarbeiter tatsächlich brav auf Kommando an die frische Luft gegangen wären und vor allem so lange in der Kälte verweilt hätten.

Sie öffnete die Tür und rief: »Kommen Sie, wir trinken einen Kaffee, draußen ist es ja ekelhaft kalt.«

Wie ein ausgesperrter Hund trottete Faller in ihre Richtung und sie erkannte an seinen Gesichtszügen, dass etwas im Argen lag.

»Gehen wir in mein Büro«, schlug sie vor und als er sie widerwillig ansah, ergänzte sie: »Wir werden alleine sein, Nele habe ich in den Feierabend geschickt.«

Daraufhin nickte er und marschierte mit gesenktem Kopf neben ihr her, so als würde man ihn zu seiner Hinrichtung begleiten. Im Büro bot ihm Anja einen Stuhl an und goss zwei Becher Kaffee ein. »Unserer ist besser als der in der Kantine«, bemerkte sie und schob ihm noch die Milchtüte hin. Im Team kannte man die gegenseitigen Vorlieben, wenn es ums Kaffeetrinken ging.

»Was wollen Sie jetzt von mir hören?«, begann er bockig das Gespräch.

»Na ja«, reagierte Anja, »als Erstes hören Sie etwas von mir, und zwar, dass ich solche Auseinandersetzungen im Team nicht dulde.«

Sein Mund öffnete sich, aber sie hob die Hand zum Zeichen, dass er schweigen sollte. »Wir machen deshalb kein Fass auf«, sagte sie ruhig. »Jedem reißt mal der Geduldsfaden, und Oberkommissarin Bund hat ihren Teil sicher dazu beigetragen, aber wenn es grundsätzlich ein Problem zwischen Ihnen und der Kollegin gibt, dann will ich das wissen.«

»Nein«, widersprach Faller sofort vehement. »Es war nicht Neles Schuld, ich nehme das auf meine Kappe, ich habe überreagiert.«

Wieder einmal dachte die Hauptkommissarin, was Faller doch für ein gutmütiger Kerl war. Ein anderer hätte die Gelegenheit genutzt und wäre über die immer stichelnde Oberkommissarin hergefallen, aber der junge Kommissar verhielt sich vorbildlich.

»Ich werde mich natürlich bei ihr entschuldigen«, fügte er an.

»Das finde ich gut. Unterschiedlicher Meinung zu sein, ist wichtig für unsere Arbeit und man muss sich auch nicht jeden Spruch gefallen lassen.« Sie sah ihn durchdringend an, hoffte, er würde verstehen. »Aber bitte kein Brüllen, Drohen und Beschimpfen.«

»Wird nicht wieder vorkommen«, versprach Faller mit blasser Miene.

»Dann denke ich …«, fuhr Anja fort, unterbrach sich

aber selbst, als sie bemerkte, dass der junge Mann ihr gegenüber die Fassung verlor.

Plötzlich schlug er die Hände vors Gesicht und begann zu weinen.

Völlig perplex starrte ihn die Hauptkommissarin an.

Viele Kollegen hatten schon in ihrem Beisein geweint, ihr selbst war es mehr als einmal passiert, dass sie die Tränen nicht mehr hatte zurückhalten können. Manche Schicksale der Opfer, Gespräche mit Hinterbliebenen, grausame Taten selbst brachten die Beamten regelmäßig an ihre Grenzen. Aber auch Enttäuschungen im Privaten; auf Letzteres tippte sie bei ihrem Kommissar. Das Leben eines Kriminalbeamten folgte selten den normalen Bürozeiten, man konnte sich nicht um alles kümmern, versäumte viel. Richtig bewusst wurde das den jungen Kollegen meist erst mit der Zeit. Automatisch fragte sie deshalb sanft: »Zu Hause alles in Ordnung?« Sie wusste, dass Faller verheiratet war und eben erst mit seiner Frau eine Eigentumswohnung gekauft hatte. Kinder waren geplant, ein Leben, wie es sich eben die meisten wünschten.

Ihre Nachfrage ließ seine Schultern beben. Wie befürchtet hatte sie ins Schwarze getroffen.

Wortlos reichte sie ihm die Schachtel Taschentücher, die sie immer in der Schublade verwahrte.

Faller schnäuzte sich und stammelte: »Gott, jetzt heule ich auch noch vor meiner Chefin, peinlicher geht es wohl kaum.«

Hauptkommissarin Gärtner war froh, dass ihr Kommissar ein wenig von seinem Sinn für Humor zeigte, und entgegnete amüsiert: »Glauben Sie mir, es geht noch weitaus peinlicher. Das hier ist nichts, da mussten wir alle schon einmal durch.«

»Oberkommissarin Bund sicher nicht«, meckerte er, bemühte sich jedoch um ein Grinsen.

»Wir haben alle unsere schlechten Tage«, antwortete ihm

die Hauptkommissarin ausweichend und meinte auffordernd: »Wollen Sie mir nicht erzählen, was passiert ist?«

Innerlich hatte sich Anja gewappnet, rechnete mit einer tragischen Krankheitsentwicklung, vielleicht einem nicht erfüllbaren Kinderwunsch oder dem Tod eines nahen Verwandten, aber als der Kommissar dann traurig erzählte, dass ihn seine Frau verlassen hatte, blieb der Hauptkommissarin für einen Augenblick der Mund offen stehen. Sie hatte Marlene Faller kennengelernt, zwar nur flüchtig, aber immer mit dem Eindruck, dass Simon den sprichwörtlichen »Deckel« gefunden hatte. Sie selbst, in einer mehr als glücklichen Ehe und das schon seit sechsundzwanzig Jahren, glaubte fest an die Dauerhaftigkeit einer Liebe. Sie war keine Träumerin, wusste um die Klippen, die man in einer Partnerschaft umschiffen musste, auch, dass man dabei scheitern konnte. Aber die Ehe der Fallers schien ihr bisher stabil.

»Erst hieß es, ich bin ihr im Weg. Sie will sich entwickeln.« Es tat ihm offenbar gut, darüber zu sprechen, denn jetzt, da der Knoten erst einmal geplatzt war, da sprudelten die Worte nur so aus ihm heraus.

»Natürlich habe ich sie bekniet, ihr versichert, ihr alle Freiheiten zu lassen. ›Geh studieren, such dir ein Hobby, triff dich mit Freundinnen.‹ Mir war alles recht, Hauptsache, sie wäre geblieben. Aber es war nicht nur das, plötzlich störte sie mein Dienstplan. ›Du bist nie da, immer muss ich überall alleine hin.‹« Er seufzte. »Ich war sogar bereit, die Polizei aufzugeben, und das wäre mir wirklich schwergefallen. Der Job ist wichtig für mich, aber für Marlene hätte ich darauf verzichtet«, sagte er mit Nachdruck.

Jetzt füllten sich seine Augen doch noch einmal mit Tränen, die er schnell wegblinzelte. »Aber darum war es ihr gar nicht gegangen. In Wirklichkeit hatte sie schon längst einen anderen. Habe es gestern erfahren.«

»Scheiße«, entgegnete die Hauptkommissarin, auch weil

es ihr der passendste Kommentar war und ein »Tut mir leid« zu nichtssagend gewesen wäre.

»Ja, Scheiße«, brach es aus ihm heraus. »Es gab einen Riesenstreit. Sie warf mir vor, dass ich ein Spießer sei, der sie erdrücken, ihr die Luft zum Atmen nehmen würde. Und heute, als Nele so vom Leder zog, da war ich einfach drüber.« Simon seufzte, ließ die Schultern hängen und schüttelte unglücklich den Kopf. »Ich hatte alles so schön geplant. Mein Leben lief perfekt, unser Leben lief perfekt. Das mit der Eigentumswohnung war auch Marlenes Idee gewesen. Jetzt darf ich dafür einen Käufer suchen, während meine Frau mit einem Kitelehrer nach Ibiza fliegt. Ehrlich gesagt weiß ich gar nicht, warum ich noch weitermachen soll. Alle meine Pläne wurden über den Haufen geworfen …«

Anja Gärtner war bei seinen Worten sehr still geworden, überlegte, ob sie überhaupt etwas dazu sagen sollte, denn die momentane Verzweiflung, die ihr Gegenüber spürte, konnte man nicht einfach wegreden. Dennoch bemerkte sie nach einer Pause: »Das mit dem Pläneschmieden ist so eine Sache. Manchmal ist es besser, sich mit dem zufriedenzugeben, was momentan machbar ist.«

»Sie haben leicht reden«, erwiderte er, ohne nachzudenken, »bei Ihnen ist vermutlich immer alles nach Plan gelaufen.«

Sie sah ihn erst bestürzt an, verzog dann jedoch das Gesicht und antwortete ironisch: »Das war vermutlich die größte Fehleinschätzung, die Sie jemals geäußert haben.«

Sofort lief Simon rot an. »Der Unfall, oh mein Gott, das tut mir leid«, stammelte er. »Ich habe nicht nachgedacht. Natürlich habe ich von der tragischen Geschichte gehört, aber …« Er wurde noch verlegener. »… ich wollte das nicht erwähnen, es tut mir aufrichtig leid. Man hat mir gesagt, dass es schlimm war …«

»Hören Sie auf«, schnitt ihm die Hauptkommissarin das Wort ab. »Ich weiß, dass die Kollegen jeden Neuen ins Bild setzen. Sie versuchen mich zu schützen, mir dämliche Fragen wegen der Narbe zu ersparen, und dafür bin ich auch dankbar. Allerdings lässt sich so etwas nicht einfach totschweigen. Jeden Abend, wenn ich nach Hause komme, werde ich daran erinnert, und ich lebe damit, also hören Sie auf, sich zu entschuldigen, dafür gibt es keinen Grund.«

»Wie haben Sie nur weitermachen können?«, rutschte ihm eine Frage heraus, die er umgehend bedauerte.

Sie reagierte jedoch nicht ärgerlich, sondern sagte wahrheitsgemäß: »Ich habe es gelernt.«

»Darf ich fragen, was genau in jener Nacht geschehen ist?«

Die Hauptkommissarin stand auf, und Faller glaubte, zu weit gegangen zu sein, befürchtete, nun rausgeworfen zu werden. Aber Anja Gärtner holte sich lediglich einen frischen Kaffee, bevor sie nachdenklich sagte: »Ist nur fair, wenn ich Ihnen von dem Moment erzähle, in dem alle *meine* Pläne über den Haufen geworfen wurden.«

Zur gleichen Zeit stand Ella Warth am Fenster und blickte in die Nacht. Max war heute nicht wie vereinbart zum Abendessen nach Hause gekommen. Angeblich ein später Kundentermin. Sie hatte sich also geirrt, die Affäre dauerte noch an. Heute überlagerte die Wut die Trauer. Er sollte ihr ein drittes Kind machen und nicht irgendeine Schlampe vögeln.

»Mama, ich habe Durst«, sagte hinter ihr eine weinerliche Kinderstimme.

Natürlich Leo, der jede Gelegenheit nutzte, nicht schlafen zu müssen.

Wäre sein Vater da, würde er sich solche Spielchen nicht erlauben, aber bei Ella benahm er sich manchmal unmöglich. Trotzdem reagierte sie geduldig und reichte ihm ein Glas

Wasser, das er auf einmal trank, um dann fröhlich zu verkünden: »Mehr, mehr!«

Sie schüttelte den Kopf, ignorierte sein wütendes Schnauben und schob ihn liebevoll, aber bestimmt Richtung Treppe.

»Schlafenszeit«, kommentierte sie ihr Verhalten und war selbst überrascht, dass der Junge ohne Widerworte nach oben ging. Alles machte sie also nicht falsch.

Im Wohnzimmer blieb sie stehen und betrachtete das gerahmte Hochzeitsbild. Max war immer schon ein fröhlicher Mensch gewesen, auch auf der Fotografie strahlte er über das ganze Gesicht. Seine Eltern hatten anfangs Bedenken gehabt, dass ihr Goldjunge eine so durchschnittliche Frau heiraten wollte, noch dazu eine, die nichts in die Ehe mitbrachte. Das änderte sich jedoch mit der Geburt der Kinder. Vor allem ihre Schwiegermutter fing an, Ella zu schätzen. »Ich bin so froh, dass ich Enkelkinder habe. Viele moderne Frauen möchten ja überhaupt keine Kinder mehr. Gut, dass er dich genommen hat.« Und das sagte sie nicht nur wegen der Enkel. Max' Mutter wusste um das unstete Wesen ihres Sohnes. Ella hatte sich anfangs an sie gewandt, in der Hoffnung, bei ihr Unterstützung zu finden. Überraschenderweise war das Gespräch anders verlaufen als erhofft.

»Das hat er von seinem Vater«, hatte die Schwiegermutter resigniert erklärt. »Männer sind eben so.«

Ella schaltete das Licht aus und stieg langsam die Treppe hinauf. Sie würde durchhalten, an ihren Plänen festhalten. Sie war kein Feigling, aber auch keine Frau, die ihren Mann zur Rede stellen würde. Sie kämpfte auf ihre eigene Weise und war dabei genauso unerbittlich wie manch anderer.

Svenja Orth hatte einen unruhigen Abend verbracht. Mittlerweile war es schon spät und ihr Mann Bjarne würde jeden

Augenblick nach Hause kommen. Sie hatte es aufgegeben, ihre Tochter ins Bett zu schicken.

»Ich warte auf Papa«, hatte die Siebenjährige auf jede ihrer Aufforderungen trotzig reagiert und sich dann in einen Sitzstreik auf der Couch begeben. Als Svenja das Mädchen hochheben wollte, schlug es nach ihr. Es war natürlich kein schmerzhafter Schlag, aber er tat dennoch weh, denn er verletzte Svenjas Gefühle. Sie hatte sich einfach umgedreht, war in die Küche gegangen und hatte sich auf einen der Hocker gesetzt.

Tränen waren ihr in die Augen gestiegen und sie hatte sich die Frage gestellt, warum jetzt alles schieflaufen musste. Reichte es nicht, dass überall die Polizei herumschnüffelte? Vor wenigen Stunden war der Anruf gekommen: »Wir würden gerne mit Ihrem Mann sprechen, wo ist er erreichbar?«

Sie hatte keine andere Wahl gehabt, als den Beamten die Handynummer und die Adresse von Bjarnes Kunden mitzuteilen. Sicherlich war ihr Mann deshalb verärgert. Das fehlte noch: Fast zwei Wochen war Bjarne auf Dienstreise gewesen und nun kehrte er genervt zurück. Von Alissas Verhalten ganz zu schweigen. Und dann nagte da noch etwas anderes an ihr. Eine Bemerkung von Bärbel Kreismann hatte sie aus dem Konzept gebracht. Was wusste diese dämliche Kuh? Ausgerechnet Bärbel, dieses Klatschmaul. Nicht dass Miriam besser gewesen wäre, aber die besaß zumindest genügend Verstand, um über gewisse Dinge zu schweigen. Weiter kam sie nicht mit ihren Überlegungen, denn im Schloss der Haustür drehte sich ein Schlüssel.

»Papa!«, rief Alissa im Wohnzimmer aufgeregt und stürmte zum Flur.

»Da ist ja meine Prinzessin«, hörte Svenja ihren Mann sagen, bevor ein lautstarkes Geplänkel zwischen den beiden begann.

Es dauerte eine ganze Weile, bis die Begrüßungszeremonie zu Ende war und Bjarne fragte: »Wo ist denn Mama?«

Was das Kind antwortete, konnte Svenja nicht verstehen, nur das verschwörerische Kichern danach drang an ihre Ohren. Kurz darauf näherten sich Schritte. Automatisch fasste sich Svenja ins Haar, kontrollierte die Frisur, bevor ihr Mann den Raum betrat. Bjarne war groß gewachsen und muskulös, Alissa, die er auf seinen Armen trug, wirkte neben ihm winzig. Svenja erinnerte sich noch gut, wie sie ihn das erste Mal gesehen hatte. *Den muss ich haben*, war ihr einziger Gedanke gewesen und dann hatte sie alles darangesetzt, ihn auch zu bekommen. »Das ist der tollste Mann der Welt«, hatte sie ihrer Mutter damals vorgeschwärmt und sich ins Zeug gelegt. Seine damalige Freundin war chancenlos gewesen. Ein melancholisches Lächeln erschien auf Svenjas Gesicht, es galt nicht Bjarne, sondern der Erinnerung.

»Papa ist da«, unterbrach Alissas aufgeregtes Geschnatter ihre Rückschau.

»Ja«, sagte Bjarne und blickte seine Frau grinsend an. »Papa ist zu Hause.«

Zur gleichen Zeit im Dienstgebäude der Polizei

»Zu sagen, das sei der Moment gewesen, in dem meine Pläne über den Haufen geworfen wurden, ist eigentlich viel zu harmlos ausgedrückt«, begann Anja Gärtner und blickte zu ihrem Gegenüber.

Kommissar Simon Faller nickte verständnisvoll.

»In jener Nacht hat man mir den Boden unter den Füßen weggerissen und ich bin tief gefallen. Zumindest hat es sich so angefühlt und das viele Monate lang. Noch heute liege ich manchmal wach und frage mich, warum ich diese Strecke gewählt habe, warum wir genau zu diesem Zeitpunkt dort waren und warum ausgerechnet an jenem Abend Jessica auf dem Beifahrersitz saß.« Sie verzog das Gesicht, versuchte zu scherzen. »Für mich als Polizistin ist es besonders unerträglich, keine Antworten auf meine Fragen zu bekommen.«

Mit beiden Händen umschloss sie ihren Kaffeebecher und nippte daran, bevor sie weitersprach: »Ich habe den anderen Wagen nicht kommen sehen, vermutlich waren es sogar zwei Fahrzeuge, das ist zumindest die Annahme der Sachverständigen gewesen. Auch entsprechende Bremsspuren deuteten darauf hin. Die Kollegen gingen von einem illegalen Autorennen aus. Einer der Fahrer kam vermutlich ins Schleudern, als er mich überholt hat, und rammte uns mehrfach, ich verlor die Kontrolle. Nachdem sie mich rausgeholt hatten, sagte man mir im Krankenhaus, dass ich unglaubliches Glück gehabt hätte, einen Schutzengel. Heftige Prellungen und der Schnitt im Gesicht. Allerdings könnte man die Narbe kosmetisch korrigieren.« Die Hauptkommissarin atmete tief ein und aus. »Jessica hatte nicht so viel Glück. Verletzungen am Rückgrat, schweres Schädel-Hirn-Trauma, sehr viel medizinisches Kauderwelsch und dann die Prognose: irreparabel.«

Noch einmal machte Anja eine Pause, sammelte sich, bevor sie fortfuhr: »Die haben mir erzählt, dass meine Narbe kosmetisch zu korrigieren sei, und im nächsten Satz teilte man mir mit, dass mein Kind …«

Mit einer Handbewegung fegte sie durch die Luft. Es war nicht nötig, alles auszusprechen, Simon hatte verstanden und sie bemerkte, wie er sie mit ehrlichem Mitgefühl anblickte.

»Jedenfalls haben uns die Ärzte keine Hoffnungen gemacht. Es hieß, Jessica würde vermutlich nie wieder selbstständig gehen, und ob sie jemals überhaupt das Bett verlassen könnte, blieb ebenfalls fraglich.«

»Ich wusste nicht, dass es so schlimm um Ihre Tochter steht«, warf Faller mit tiefem Bedauern ein.

Müde lächelnd fuhr Anja fort: »Anfangs war es tatsächlich so und wir waren hilflos. Ich sah sie in diesem Krankenzimmer liegen, so jung, voller Träume und wunderschön. Ich hatte sie geboren, aber verdammt noch mal, ich wollte sie keinesfalls beerdigen.« Sie zuckte mit den Schultern, blinzelte ein paar Tränen weg und sprach mit beherrschter Stimme weiter: »Ich weiß nicht, woher ich die Kraft nahm. Ich denke, mein Mann Thomas hat sie mir gegeben. Manche Paare zerbrechen an solchen Schicksalsschlägen, andere raufen sich zusammen. Wir hatten Glück und wir nahmen die Dinge selbst in die Hand. Zuerst konsultierten wir Spezialisten, dann informierten wir uns über alternative Medizin und schließlich fanden wir für unser Mädchen einen Weg. Ich will nicht alles aufzählen, was wir probiert haben, jedenfalls nahmen wir Jessica mit nach Hause. Im ersten Jahr haben wir uns zusammen um unsere Tochter gekümmert, danach wollte ich eigentlich nicht mehr zurück zur Polizei, sondern bei ihr bleiben Tag und Nacht. Mein Mann hat interveniert. Heute sage ich: Gott sei Dank.«

Der fragende Blick ihres Kommissars ließ sie erklären: »Ich wurde zur Glucke.«

»Verständlich«, warf Faller ein.

»Ja, aber auch nicht hilfreich.« Sie seufzte. »Jessica erholte sich entgegen den schlechten Prognosen. Sie hat wieder einmal, wie schon so oft in ihrem jungen Leben, alle überrascht. Die Bewegungstherapie schlug gut an, wir haben mit ihr geübt und trainiert und heute kann sie ohne Hilfe gehen.«

Sie wusste, was er sagen wollte, und kam ihm zuvor. »Ja, es hat fünf lange Jahre gedauert, aber wir haben nicht aufgegeben und werden es auch weiterhin nicht.«

»Das ist doch eine positive Entwicklung, oder?«, fragte er zaghaft.

»Ja, was die körperliche Seite angeht, haben wir Hoffnung, aber die geistigen Fähigkeiten …« Sie schüttelte den Kopf. »Dennoch hat sich auch in dem Bereich einiges gebessert. Allerdings waren die Verletzungen sehr schwer. Wir haben einen ausgezeichneten Neurologen gefunden und der hat es ungefähr so ausgedrückt: ›Nimmt man die Befunde, also Laborwerte, MRT, EEG und so weiter, dann dürfte Ihre Tochter gar nicht in der Lage sein, aufrecht zu sitzen. Daher vergessen wir das und konzentrieren uns auf die Patientin, die uns zeigt, dass Aufgeben keine Option ist, zumal das menschliche Gehirn längst noch nicht in seiner Gänze erforscht wurde.‹« Munter sagte die Hauptkommissarin: »Und deshalb machen wir weiter. Natürlich hatten wir andere Pläne. Dinge, wie nach der Pensionierung mit dem Wohnmobil durch Europa zu reisen, mindestens einen Hund zu haben und nur noch gesund zu essen. Aber mittlerweile bin ich um jeden Tag froh, den wir zu dritt haben, und bei Gott, ich würde mein Leben geben, könnte ich Jessica damit helfen.«

Es war ein sehr emotionaler Moment, und Simon Faller schwieg, kämpfte selbst um Fassung und bedauerte nun noch mehr seine unbedachte Bemerkung von vorhin.

Anja räusperte sich und sagte: »Thomas hat seinen vorzeitigen Ruhestand angetreten und mich zur Arbeit geschickt. Mein Mann macht nicht viele Worte, aber wenn er etwas zu sagen hat, dann kann er sehr direkt sein.« Sie zitierte: »Du erstickst das Mädchen und gehst mir dabei ebenfalls kaputt. Ich bleibe daheim, betreue Jessica und lasse ihr Luft zum Atmen. Du gehst zurück in deinen Job und wir drei werden anfangen, ein Leben in unserer ganz eigenen Normalität zu führen.« Sie blickte Faller durchdringend an und ergänzte: »Pläne ändern sich, aber wir haben immer noch uns drei.«

Simon Faller räusperte sich. »Wenn man den, der dafür verantwortlich ist, wenigstens gefasst hätte.«

»Vermutlich war es besser, dass er unauffindbar blieb. Ich weiß ehrlich gesagt nicht, was ich damals getan hätte. Ich habe schon Eltern erlebt, die ihre Kinder rächen wollten, am Ende machte es die Tragödie nur noch schlimmer.«

»Verstehe«, murmelte Simon und das tat er tatsächlich.

Anja Gärtner sah auf die Uhr. »Ist spät geworden«, sagte sie bemüht, unbeschwert zu klingen. »Jedoch nicht zu spät, um Ihnen das Du anzubieten. War längst überfällig, und nach unserem gemeinsamen Seelenstriptease …« Sie lächelte und streckte ihm die Hand entgegen.

Am nächsten Morgen

Svenja hievte sich aus dem Bett. Das Aufstehen fiel ihr heute schwer. Wie eine alte Frau humpelte sie ins Bad und betrachtete ihr Gesicht im Spiegel. Sie war nicht hässlich, das wusste sie, und mit ein paar Make-up-Tricks konnte sie sogar umwerfend aussehen, aber heute würde das nicht reichen. Die Augen wirkten verquollen, die kleinen Fältchen um den Mund zeichneten sich deutlicher als sonst ab und ihre Haut glänzte ungesund.

Unten hörte sie Bjarne und Alissa. Die Kleine war anscheinend allein aufgestanden. Sonst gab es jeden Morgen ein Drama, aber wenn Papa da war, dann änderte sich alles.

Als man sie rief, erschrak Svenja, antwortete aber wahrheitsgemäß: »Ich dusche!«

Der Wasserdampf machte es ihr unmöglich, zu sehen, wer daraufhin die Badezimmertür öffnete.

»Liebling …« Es war Bjarne.

»Ich komme gleich«, entgegnete Svenja hektisch, wollte sich das Handtuch angeln und berührte seine Hand, die ebenfalls danach griff.

»Du bist wunderschön«, sagte er bewundernd. »Die schönste Frau, die sich ein Mann wünschen kann.«

Sie lächelte schüchtern, murmelte: »Danke.«

»Ist alles in Ordnung?«, fragte er besorgt. »Dir fehlt doch nichts, oder?«

»Nein, alles bestens.« Sie zog am Handtuch, aber er hielt es fest. »Lass mich dich noch einen Augenblick anschauen. Ich habe ja so lange darauf verzichten müssen. Außerdem entschädigt mich das ein wenig für diesen bescheuerten Termin bei der Polizei.«

»Soll ich dich begleiten?«, fragte Svenja sofort und zog erneut am Handtuch. Dieses Mal ließ er los.

»Wozu? Zumal du dich um Alissa kümmern musst.«

»Ja, natürlich«, erwiderte sie mit einem Lächeln.

Er küsste sie auf die feuchte Stirn, zog sie an sich, indem er ihr eine Hand in den Nacken schob, und berührte mit seinen Lippen zärtlich ihren Mund.

Obwohl Svenja nicht in Stimmung war, ließ sie geschehen, was dann folgte, so unbedingt wollte sie ihren Mann glücklich machen. Sie seufzte leidenschaftlich und stöhnte leise, hoffte, er würde ihr die gespielte Lust abkaufen.

Nachdem er seinen Höhepunkt erreicht hatte, flüsterte er zärtlich: »Ich liebe dich«, und ließ sie im Bad zurück.

Mit der Handfläche wischte Svenja über den beschlagenen Spiegel. Dieses Mal blickte sie in ein hartes Gesicht, das Gesicht einer Lügnerin. »Ich bin nicht besser als diese tote Hure«, flüsterte sie leise, bevor sie in Tränen ausbrach.

Zur gleichen Zeit in der Psychiatrie, geschlossene Abteilung

Dr. Laura Heinrich schritt zügig den graugrün gestrichenen Flur entlang. Die ihr entgegenkommenden Pfleger grüßte sie mit einem reservierten Nicken.

Nur nicht zu kumpelhaft, sagte sich die knapp ein Meter sechzig große blonde Frau, *sonst nehmen die dich nicht ernst.*

Laura hatte gelernt, sich durchzusetzen. Zuerst war sie

dafür jedoch durch eine harte Schule der Enttäuschungen gegangen. Kluge Menschen wurden selten gemocht, das hatte sie schon im Kindesalter zu spüren bekommen. Ihr fiel es leicht, zu lernen, und sie hatte Spaß daran, aber dem Rest der Klasse war es oft nicht so gegangen. Entweder hatte man sie daher gemobbt oder ausgenutzt. Mittlerweile war Laura abgebrühter und mit sich im Reinen. Sie hatte keine falschen Freunde gebraucht, um ihr Ding durchzuziehen. Und ihr Ding hieß Medizin. Trotz aller finanzieller Widrigkeiten hatte sie ihr Medizinstudium begonnen und steckte jetzt mitten in der Facharztweiterbildung zur Psychiaterin.

»Warum sucht man sich so einen Beruf aus?«, wurde sie oft gefragt.

Ihre Standardantwort lautete: »Weil ich Menschen helfen möchte.« In Wahrheit trieb sie jedoch vor allem die Neugier an. Die Neugier, mehr über Menschen und ihre Beweggründe zu erfahren.

Sie passierte die Sicherheitsschleuse und hatte ihr Ziel erreicht.

Der leitende Oberarzt begrüßte sie mit einem süffisanten Grinsen. »Frau Dr. Heinrich, wie schön, dass Sie immer noch nicht das Handtuch geworfen haben.«

»Kommt vielleicht noch«, murmelte sie reserviert, auch weil sie gelernt hatte, dass es besser war, nicht zu ehrgeizig zu wirken.

»Na dann«, reagierte er und schloss die Tür auf. Das »Viel Spaß« verkniff er sich, weil es unprofessionell geklungen hätte. Aber auch ohne den verbalen Schnitzer hatte die Sechsundzwanzigjährige nicht gerade den Eindruck, dass er viel von seinem Beruf verstand. Etwas, das sie ebenfalls für sich behielt, während sie mit einem Lächeln durch die Tür schritt.

Gegenüber von Patienten zeigte sich Frau Dr. Heinrich

von einer anderen Seite. Ruhig, einfühlsam und sehr geduldig.

Die Frau am Fenster drehte der Ärztin den Rücken zu. Laura kannte das schon und tat, als wäre ihr die Ignoranz der Patientin nicht aufgefallen. In aller Ruhe breitete sie deshalb ihre Unterlagen auf dem Tisch aus, baute den Laptop auf, checkte das Handy und stellte es auf Aufnahme, bevor sie sich setzte.

»Wie geht es Ihnen heute?«, fragte sie, als säße die andere ihr gegenüber.

Eine Erwiderung blieb aus. Das schulterlange, leicht gekräuselte graue Haar jedoch bewegte sich. Ein sicheres Zeichen, dass die Patientin mit der Nummer 3760 sie durchaus verstanden hatte.

Laura tippte auf der Tastatur, als würde sie eine Antwort notieren, was dazu führte, dass Bewegung in die Gestalt am Fenster kam.

»Was schreiben Sie da auf?«, fuhr die jetzt gereizt herum.

»Was möchten Sie denn, das ich aufschreibe?«, entgegnete Laura gelassen, das übliche Spiel zwischen den beiden hatte begonnen.

Zuerst sträubte sich die Patientin gegen das Gespräch, unterstellte der Ärztin unlautere Absichten, beschimpfte sie gelegentlich und wollte am Ende zurück in ihr Zimmer gebracht werden.

Laura Heinrich spielte wie üblich mit. Gelegentlich fiel ihr Blick auf den Bildschirm des Laptops. Die Datei über Daniela Parov war umfangreich. Die Dreiundfünfzigjährige lebte immerhin schon seit knapp siebenundzwanzig Jahren in der psychiatrischen Einrichtung.

»Sie nennen es *sichere Unterbringung*«, sagte die Patientin gerade. »Sie behaupten, die anderen wären nicht sicher vor mir, aber bin ich sicher vor denen?«

Wie gewöhnlich ging die Ärztin auch auf dieses Thema

ein, und endlich bequemte sich die Frau, ihr gegenüber Platz zu nehmen.

Fahrig fummelte Daniela Parov an ihren Fingern, knetete die Kuppen mit den abgekauten Nägeln und zupfte an der aufgerauten Haut.

Laura wusste, dass die Frau eine Art Waschzwang entwickelt hatte, der sich durch ein übertriebenes Bedürfnis, sich die Hände zu reinigen, äußerte. Wenn sie die Rötungen der Finger richtig beurteilte, dann war es wieder schlimmer geworden.

»Wie ist es Ihnen die letzten Tage ergangen?«, fragte Laura deshalb harmlos, um den Auslöser für die Verschlechterung herauszufinden.

»Sehr gut«, antwortete Daniela Parov, blickte jedoch nicht auf. »Jemand bringt meine Arbeit zu Ende«, murmelte sie leise.

Laura Heinrich konnte kaum ihre Aufregung verbergen. Seit über zwanzig Jahren hatten diverse Kollegen vor ihr versucht, die Frau zum Reden zu bringen. Die hatte sich jedoch seit der Gerichtsverhandlung geweigert, mit den Ärzten über ihre Taten zu sprechen.

Ohne es zu wollen, bekam Laura eine Gänsehaut. Unauffällig schaute sie auf ihr Handy, die Aufnahme lief, jetzt brauchte es Fingerspitzengefühl.

»Wieso glauben Sie das?«, begann sich die Ärztin vorzutasten.

»Steht in der Zeitung«, kam prompt die Antwort und ließ Laura vorsichtig fragen: »Und was genau steht dort?«

»Tote Frauen in Wörmshalde«, erwiderte die Patientin, die nun anfing, nervös mit dem Fuß zu trippeln.

»Sie hatten in Wörmshalde gelebt, oder?« Natürlich wusste Laura, dass das so war, aber sie brauchte die Kooperation der Patientin. Ihr die Möglichkeit zu geben, etwas von sich zu erzählen, konnte dabei hilfreich sein.

»Ich habe in der Fabriksiedlung gelebt und versucht, für Gerechtigkeit zu sorgen.«

»Und ist Ihnen das gelungen?«

Daniela Parov war nicht dumm, ein Gutachter hatte ihr im Verfahren neben den massiven psychischen Störungen sogar einen überdurchschnittlichen IQ bescheinigt. Deshalb betrachtete sie die Ärztin jetzt auch misstrauisch. »Sie verarschen mich doch nicht, oder?«

»Ich bin hier, um Ihnen zu helfen, und ich würde gerne wissen, was damals passiert ist.«

Daniela schnaufte, sodass eine der Haarsträhnen, die ihr vors Gesicht gefallen war, in die Höhe flatterte. »Mir hat noch nie jemand geholfen. So eine dürre, kleine Person wie Sie wird das auch nicht schaffen. Hier sind mächtige Gegner am Werk.« Ihr Blick traf Laura und es lag Provokation darin.

»Was für Gegner?«

»Die, die das Geld verdienen, die die anderen in der Tasche haben, die sich von allem freikaufen können. Gegen die man nicht ankommt, es sei denn, man ist bereit, Grenzen zu überschreiten.«

Laura schwieg, Daniela Parov litt an ausgeprägter Paranoia. Sie sah ständig und überall Verschwörungen, deshalb waren ihre Worte nichts Neues. Dennoch unterließ es Laura, sie vom Gegenteil zu überzeugen, sondern nickte, sozusagen als vertrauensbildende Maßnahme.

Unendlich lange Minuten herrschte Stille, dann durchbrach Daniela Parov das Schweigen. »Sie sitzen überall und beobachten Menschen wie mich, Menschen, die nicht länger den Mund halten wollen.«

»Und wer ist das genau?« Auch das wusste Laura bereits, denn was ihr Gegenüber gerade von sich gab, deckte sich eins zu eins mit allem, was in der Gerichtsakte stand. Trotzdem wollte sie es hören, auch um damit ihre Theorie zu untermauern, dass nämlich keine der angewandten Therapien bei Patientin Nummer 3760 bisher angeschlagen hatte.

»Wen genau meinen Sie, Frau Parov?«, fragte sie deshalb noch einmal.

»Die aus der Fabrik. Wer aufgemuckt hat, wurde von denen krank gemacht.«

»Und dafür musste jemand bestraft werden«, folgerte Laura interessiert.

Wieder warf ihr die Patientin einen misstrauischen Blick zu, dennoch schien das Eis gebrochen, dann schließlich sprach sie weiter: »Ich habe getan, was getan werden musste. Außer mir war ja niemand dazu bereit.«

»Menschen sind gestorben«, warf die junge Ärztin vorsichtig ein.

»Das waren keine Menschen, das waren Monster.«

Laura öffnete in aller Ruhe eine Akte. Es war Zeit für die Konfrontation. Vorsichtig schob sie eine Fotografie über den Tisch. »Dieser Mann hat als Vorarbeiter in der Fabrik gearbeitet. Er verbrannte in seinem Haus zusammen mit seiner Ehefrau, weil Sie dort ein Feuer gelegt haben.«

»Ich weiß«, erwiderte Daniela Parov kalt. »Er war ein Handlanger von denen.«

»Die Ehefrau war unschuldig«, wagte die Ärztin Widerworte.

»War sie nicht. Sie hat mit einem Monster das Bett geteilt.«

»Die beiden hinterließen einen zwölfjährigen Jungen. Sie haben dem Kind die Eltern genommen.«

Daniela Parov gab einen verächtlichen Laut von sich. »Ich habe ihm einen Gefallen getan. Ohne diese widerlichen Monster war er gewiss besser dran.«

Die Ärztin ging nicht weiter auf das Thema ein, sondern breitete mit Bedacht ein weiteres Bild auf dem metallenen Tisch aus. Es zeigte eine ältere Frau. »Sie starb an einer Rauchgasvergiftung, hinterließ Kinder und Enkelkinder. Warum?«

»Sie hat eines der Monster geboren. Ihr Sohn war der Werksleiter, das reicht doch.«

Laura Heinrich nickte, um zu signalisieren, dass sie verstand und nicht urteilte.

Die dritte Fotografie, die die Ärztin nun ausbreitete, zeigte eine junge blonde Frau. »Sie war schwanger, womöglich von einem der Fabrikarbeiter. Hatte sie deshalb sterben müssen?« Lauras Ton wurde vorwurfsvoll, um ihr Gegenüber ein wenig aus der Reserve zu locken. »Außerdem hinterließ sie eine neun Jahre alte Tochter.«

»Das war ich nicht«, reagierte Daniela Parov prompt. »Nicht dass Sie es nicht verdient hätte.«

Die junge Ärztin biss sich auf die Lippen. Genau das Gleiche hatte die Frau damals auch nach ihrer Verhaftung und vor Gericht behauptet. Daniela Parov hatte insgesamt sechs Brände im Großraum Stuttgart zugegeben. Zum Glück waren nicht bei jedem Menschen gestorben. Alle Anschläge richteten sich gegen Mitarbeiter der Wörmshalder Chemiefabrik oder Menschen, die im weitesten Sinne mit dem Unternehmen zu tun hatten. Nachdem man Daniela Parov überführt hatte, war sie zu einem umfassenden Geständnis bereit gewesen. Nur den Mord an der schwangeren Frau, den hatte sie vehement geleugnet – so wie jetzt auch. Warum war das so?

Laura wagte einen weiteren Versuch. »Es gab Zeugen, die Sie gesehen haben, und zwar im Streit mit der Frau.«

»Ich habe damals mit vielen gestritten, ich war oft zornig. Mein Anwalt hat diese Anschuldigung in der Luft zerrissen. Ihr angebliches Opfer war nämlich eine Säuferin, die Kette geraucht hat. Und woher hätte ich überhaupt wissen sollen, wer der Vater des ungeborenen Balgs ist? Bei einer Nymphomanin lässt sich das wohl kaum erraten. Anfangs hielten selbst die Behörden den Brand für einen Unfall. Aber dann plötzlich wollte man es mir anhängen.«

»Ist das wirklich so verwunderlich?«, hakte die Ärztin erneut unschuldig nach.

Ein falsches Grinsen erschien auf Daniela Parovs Gesicht. »Hören Sie, Kleine. Sie können Ihre Fragen verdrehen, rückwärts sprechen oder auf Chinesisch stellen. Ich hatte mit dem Tod dieser Schlampe nichts zu tun.« Sie baute sich ein wenig auf. »Glauben Sie, ich merke nicht, was Sie gerade abziehen?«

Laura sagte beschwichtigend: »Niemand will irgendetwas *abziehen*.«

Daniela Parov ignorierte den Kommentar und schnauzte: »Sie tanzen hier an, in Ihrem akkurat sitzenden Arztkittel, machen auf Freundin und Verständnis, bla, bla, doch in Wahrheit geht es Ihnen nur darum, mich zu manipulieren. Ist das irgendein beschissener Wettbewerb unter euch Ärzten?« Sie verstellte die Stimme und rief affektiert: »Wem gelingt es, die Parov einer Gehirnwäsche zu unterziehen?«

Plötzlich krachte ihre geballte Faust auf den Tisch, und Laura verspürte den Wunsch, aufzuspringen und zu gehen.

Es gab einen Notknopf direkt neben ihr am Tischbein, sie brauchte ihn nur zu drücken, und schon würde ein Krankenpfleger kommen und die renitente Patientin unter Kontrolle bringen. Aber Laura unterdrückte diesen Impuls, lehnte sich sogar entspannt zurück, um zu signalisieren, dass sie keine Angst vor der anderen hatte. Sie ging sogar noch einen Schritt weiter und sagte ruhig: »Ich kann Sie voll und ganz verstehen.«

Das irritierte die Patientin und ließ sie in ihrer Wut innehalten. Laura sprach schnell weiter: »Vielleicht wäre es gut, mir die ganze Geschichte noch einmal zu erzählen, so wie Sie sie erlebt haben.«

Mürrisch blickte Daniela Parov die Ärztin an. »Was soll das Wiedergekäue bringen? Ich weiß, was passiert ist, und ich weiß, was jetzt in Wörmshalde passiert. Es gibt andere wie mich, die bereit sind, das Notwendige zu tun.«

Laura hatte natürlich ebenfalls von den Morden in der Zeitung gelesen. Eigentlich wollte sie das Gespräch auf die Vergangenheit lenken, herausfinden, wie viel Reue ihr Gegenüber nach über zwanzig Jahren empfand, ob da irgendein Bedauern war, aber wie es schien, hatte sich das auch über die lange Zeit nicht entwickelt. Deshalb versuchte die Ärztin auf einem anderen Weg, zu der Patientin vorzudringen.

»Die Fabrik ist seit zwei Jahrzehnten geschlossen, niemand spricht mehr darüber, das Gebäude zerfällt, die Menschen arbeiten woanders, pendeln nach Stuttgart oder Pforzheim. Warum also glauben Sie, dass Sie da draußen einen Verbündeten haben?«

Offenbar fühlte sich die Patientin ernst genommen genug, um zu antworten. »Die Leute von der Fabrik haben die Menschen erst vergiftet und sich dann aus der Affäre gezogen. Ich habe meinen Vater sterben sehen. Die Chemikalien, die er als Arbeiter eingeatmet hat, haben ihn getötet. Das Zeug hat ihn von innen aufgefressen. Wissen Sie, wie es einem dabei geht?«

»Soviel ich weiß, starb Ihr Vater …«

Die Patientin fiel Laura ins Wort: »Ich weiß, was in seiner Krankenakte steht, aber das ist nicht die Wahrheit. Ich war bis zum Schluss bei ihm. Hören Sie …« Daniela lehnte sich zurück, entspannte sich und sprach mit ruhiger Stimme weiter: »Ich habe nicht um das hier gebeten.« Sie machte eine ausladende Handbewegung, um anzuzeigen, dass sie die Unterbringung in der Psychiatrie meinte. »Ich nehme an, die Richter hatten ihre Gründe, mich auf diese Weise aus dem Verkehr zu ziehen. Immerhin kann man mich in einem Irrenhaus leicht mundtot machen. Seit ich in diesem netten Etablissement angekommen bin, will man von mir hören, dass ich bereue, dass ich verrückten Stimmen gefolgt bin oder dass ich unter Wahnvorstellungen leide.« Sie lehnte sich nach vorne und flüsterte: »Aber ich weiß, was ich weiß. Diese Fabrik hat die Menschen krank gemacht, ich war gezwungen gewesen, etwas zu unternehmen.«

»In so einem Fall gibt es andere Wege.«

»Lesen Sie meine Akte, da steht es. Ich habe andere Wege versucht. Wochenlang stand ich bei Wind und Wetter draußen und wollte die Menschen informieren. Die meisten lachten mich aus oder mieden mich, weil sie Angst um ihren Arbeitsplatz hatten. Ich wurde davongejagt wie ein streunender Hund. Ich sprach mit der Polizei, nahm mir einen Anwalt, der mir für eine Stunde seiner Zeit mehr abgeknöpft hat, als ich im Monat verdient habe. Aber ich gab nicht auf.«

»Es wurden Gutachten erstellt, eine Gefährdung der Arbeiter konnte nicht festgestellt werden …«

»Lügen!«, schrie Daniela Parov erregt. »Alles Lügen! Die haben sich verschworen. Selbst die, die anfangs mit mir gekämpft haben, zogen den Schwanz ein, als es ernst wurde.« Sie lachte heiser auf. »Wenn ich da noch an diesen angeblichen *Journalisten* denke. Ein Schwätzer, nichts weiter. Lukas Ahrens, nur ein unfähiger Scheißkerl!«

Zur gleichen Zeit in der Wörmshalder Allee

Svenja Orth hatte sich wie jeden Morgen zurechtgemacht. Ihre schlanke Gestalt steckte in einer Kombination aus Kaschmirhose und schlichtem Rollkragenpullover, bei dem nur das angebrachte Modelabel erkennen ließ, wie teuer er war. Ihre Haare saßen wie gewöhnlich akkurat, nur das Make-up war für den frühen Morgen etwas großzügiger aufgetragen, als es vielleicht angebracht gewesen wäre. Sie hatte sich für Rosa- und Lilatöne entschieden, auch weil dieser Look die geröteten Augen kaschierte.

Die feinen goldenen Armreifen klimperten, als sie die Gardine im oberen Flur ein wenig zur Seite schob, um nach unten zu schauen. Im Vorgarten erblickte sie Bjarne, groß und eindrucksvoll.

Es war jemand bei ihm. Wieder klirrte der Armschmuck, als Svenja den Vorhang erneut bewegte.

Ella Warth stand bei ihm. Automatisch verzog sich Svenjas Mund mit dem altrosa Lippenstift zu einer schmalen Linie, bevor sie ihn öffnete und blaffte: »*Ella*, ausgerechnet die!«

»Was ist denn da unten, Mami?«, fragte plötzlich hinter ihr Alissa.

Blitzschnell fuhr Svenja herum, fühlte sich ertappt. Das Gefühl verstärkte sich, als die Siebenjährige zum Fenster eilte und hinausspähte.

»Papa und Tante Ella«, rief das Mädchen, drehte sich dann zur Mutter und sagte: »Er mag Tante Ella, das weiß ich.« Alissas Augen blickten unschuldig zu Svenja.

»Wir *alle* mögen Tante Ella«, reagierte Svenja, wie es sich für eine Mutter gehörte.

»Wirklich?«, sagte die Kleine harmlos. »Dann bist du nicht böse, wenn ich sie hübscher finde als dich?«

»Aber natürlich nicht«, meinte Svenja steif, bemüht, nicht das Gesicht zu verziehen, zum Zeichen, dass ihr das gerade sehr wehtat.

»Papa findet sie lustig«, stichelte das Mädchen weiter.

Als sollten ihre Worte unterstrichen werden, erklang nun von unten ein fröhliches Lachen. Svenja nahm an, dass Bjarne wieder einen seiner charmanten Witze gerissen hatte.

»Ella ist eine liebe Freundin. Und jetzt mach dich für die Schule fertig«, beendete sie das Thema und sah erleichtert zu, wie Alissa in ihrem Zimmer verschwand. Sie hörte sie geräuschvoll den Schulranzen packen und nutzte die Zeit, um noch einmal zu spionieren.

Die Nachbarin schien sich vor Lachen auszuschütten und Bjarne gefiel es natürlich, einen Treffer gelandet zu haben.

So lustig ist das sicher nicht, dachte Svenja genervt, *Ella ist eine Idiotin, die lacht auch, wenn man ihr sagt, dass der Putz von der Wand fällt.*

Bjarne legte sich augenscheinlich mächtig ins Zeug, denn Ella strich sich sogar Tränen aus dem Gesicht.

»Hahaha«, äffte Svenja die Frau vor dem Haus nach. »Ach Bjarne, du bist ja *so* lustig, und ich, Ella, bin scheißdämlich!« Dann änderte sich ihr Tonfall und nachdenklich flüsterte sie: »Oder tust du nur so?«

In Wirklichkeit hatte Svenja gemischte Gefühle, was Ella betraf. Sie ließen sich schwer in Worte fassen und hatten nichts mit Bjarne zu tun. Es war, als würde Ella eine Rolle spielen. Natürlich taten sie das alle gelegentlich, aber das hielt keine auf Dauer durch, bis auf Ella. Bärbel Kreismann verlor regelmäßig die Fassung, wenn es um ihren unerfüllten Kinderwunsch ging. Miriam riss mindestens einmal im Monat der Geduldsfaden und sie beschwerte sich über Jens' Unfähigkeit, außerhalb seines Jobs etwas auf die Reihe zu bekommen, und Svenja? Sie beklagte sich zwar nie über ihren Mann, ganz im Gegenteil, aber dafür ließ sie sich häufig zu allen möglichen Lästereien hinreißen und konnte es sich auch nicht verkneifen, Gerüchte in Umlauf zu bringen. Nur Ella, die gab sich nie irgendeine Blöße. Immer im Dienste der Familie, und wenn nicht dort, dann ein Engel der Wohltätigkeit.

»Ekelhaft«, presste Svenja zwischen den Lippen hervor, während sie beobachtete, wie Bjarnes Hand die Nachbarin an der Schulter berührte. Schwer wie die Tatze eines Löwen, der die unaufmerksame Antilope gleich fressen würde.

Ella tat so, als hätte sie nichts bemerkt, stets bemüht, es allen recht zu machen. Selbst mit Lukas Ahrens, den Svenja für ein Arschloch hielt, kam sie gut aus. Mittlerweile hatte Svenja deshalb eine Theorie. Dieses ganze Aufopfern und die gespielte Freundlichkeit waren nichts weiter als üble Tricks, um sich bei allen einzuschleimen. Vermutlich hatte es Ella auf Svenjas Posten im Verein abgesehen. Die Erinnerung an die letzte Weihnachtsfeier kam zurück. War es denn so schwer, eine Danksagung mit ein wenig Euphorie vorzutragen? Die Worte hatten dazu dienen sollen, Svenjas Engagement zu loben und nicht die Massen in den Schlaf zu singen. Ella hatte die Rede vorgetragen, als würde sie Nummern aus dem Telefonbuch ablesen, das war sicher Absicht gewesen. Und was noch schlimmer war: Offenbar schlugen sich Miriam und Bärbel auf Ellas Seite. Entsprechende Andeutungen über Ellas Wichtigtuerei waren nicht auf fruchtbaren Boden gestoßen, das hatte Svenja zu denken gegeben. Und Demütigungen prallten an Ella stets ab, so als würde sie eine andere Sprache sprechen.

Wieder erklang Kichern im Vorgarten, doch dieses Mal wandte sich Svenja schnell ab, denn Alissa tauchte erneut auf.

»Bin fertig«, verkündete die ungeduldig und ließ den Schulranzen krachend zu Boden fallen. »Trag du den, mir ist er zu schwer«, fügte sie in Befehlston an.

Svenja war die Art ihrer Tochter bereits gewohnt. Sie schob deren Kratzbürstigkeit auf den Schlafmangel, so wie sie für die Ungezogenheit des Kindes immer irgendwelche Entschuldigungen parat hatte. Fehlender Schlaf, eine beginnende Erkältung, gemeine Mitschüler, unfähige Lehrer, Wachstumsschübe und einen Vater, der viel unterwegs war. Dabei war das Mädchen früher so niedlich gewesen …

»Wegen dir komme ich noch zu spät«, schnauzte Alissa und rannte die Treppe nach unten. »Lahme Ente!«, rief sie ihrer Mutter zu und verschwand durch die Tür.

»He, Prinzessin«, wurde sie draußen von ihrem Vater begrüßt.

»Mama braucht wieder ewig«, petzte sie und erntete dafür erneut Gelächter. Als dann auch noch der Ruf folgte: »Tante Ella, du siehst hübsch aus«, da platzte Svenja der Kragen und sie zischte leise: »Tante Ella, dich soll der Teufel holen!«

In der Psychiatrie, geschlossene Abteilung

Doktor Laura Heinrich griff den Namen auf, den die Patientin genannt hatte. »Lukas Ahrens war ein Mitstreiter gewesen?«

»So könnte man es auch nennen.« Daniela Parov schnalzte verächtlich mit der Zunge. »Er hat mich gevögelt, während er mich in dem Glauben ließ, ein echter Journalist zu sein.«

»In den Akten steht, Herr Ahrens *war* Journalist.«

»Ja.« Die Patientin lachte heiser auf. »Er durfte gelegentlich einen Artikel über Kuchenbackwettbewerbe schreiben. Aber mir hat er erzählt, er wäre für die großen Storys zuständig. Hat Reden geschwungen über die Ausbeutung der Arbeiter und die Korruption.«

»Aber einen Artikel über die Fabrik hat er nicht verfasst?«

Sie lachte erneut. »Doch, das hat er. Haben Sie kein Bild von mir in Ihrer Akte? Ich meine eines von früher, als meine Titten noch nicht bis zu den Knien hingen und ich den Pfirsich-Teint der Jugend besaß.«

Es stimmte, Daniela Parov war eine hübsche junge Frau gewesen, als sie die Brände gelegt hatte. Sie war deshalb auch *Der schöne Feuerteufel* von der Presse genannt worden.

»Dann können Sie zumindest verstehen, dass ich auf die Männer eine gewisse Wirkung hatte. Ahrens hat seinen Artikel geschrieben, aber kein Schwein wollte den veröffentlichen. Er war eben nicht der große Reporter, sondern lediglich ein besserer Bürobote. Ein Heuchler eben. Ich habe ihn zum Teufel gejagt und die Dinge selbst in die Hand genommen.«

»Sie haben Menschen getötet.«

»Ich habe es zumindest versucht. Die meisten haben trotzdem überlebt.«

»Was würden Sie tun, wenn man Sie aus der Psychiatrie entlassen würde?«

»Sie hören von mir kein Bedauern. Ich stehe zu dem, was ich getan habe, weil es richtig war.«

Faszinierend, dachte Laura, *keinerlei Unrechtsbewusstsein, aber auch kein Versuch, mir welches vorzugaukeln.*

»Wäre es Ihnen lieber, ich würde etwas anderes sagen? Soll ich Sie belügen und die Einsichtige spielen?«, schien Daniela Parov die Gedanken der Ärztin zu erraten.

»Vielleicht kämen Sie dann schneller hier raus?«, warf Laura ein, wohl wissend, dass solche Provokationen von vielen Kollegen abgelehnt wurden.

»Aber nur, wenn Sie mir glauben, und das würden Sie nicht«, konterte die Patientin.

Anstatt einer Antwort fuhr die Ärztin mit einer Frage fort: »Was würden Sie als Erstes tun, wenn Sie draußen wären?«

»Ich hätte eine Menge Arbeit vor mir. Die Welt ist groß geworden. Viele Seelen, die irgendwann einmal von der Fabrik profitiert haben und jetzt Strafe verdienen. Es spielt keine Rolle, wo wer wohnt. Die in der Fabriksiedlung haben genauso die Augen verschlossen vor dem, was damals vor sich ging, wie die, die sich mittlerweile in einem schicken Wohnviertel zur Ruhe gesetzt haben.«

»Sie würden alle töten?«, hakte Laura nach, bemüht, nicht zu schockiert zu klingen.

»Wenn ich es könnte, mein Zorn reicht aus.«

Nun machte die Ärztin doch ein bestürztes Gesicht, was die Patientin sagen ließ: »Keine Sorge, kleines Mädchen, ich bin ja hier drin. Außerdem scheint das Töten gerade jemand anders zu erledigen.«

»Sie können doch gar nicht wissen, ob das, was in Wörmshalde passiert, mit der Chemiefabrik in Zusammenhang steht.«

»Natürlich kann ich das. Ist doch logisch. Es hat sicher

noch mehr Opfer außer meinem Vater gegeben. Wer weiß, was für Spätfolgen diese Vergiftungen bewirkt haben? DNA-Schäden, die erst jetzt sichtbar werden, Kinder, die mit Behinderungen geboren werden, Unfruchtbarkeit, unnatürlich hohe Sterberaten und so weiter und so fort. Aber das wird ja alles totgeschwiegen. Manchmal jedoch …« Jetzt beugte sich Daniela nach vorne und flüsterte: »… manchmal, da gibt es einen, der das nicht länger hinnimmt, und der setzt dann ein Zeichen.«

»So wie Sie es getan haben?«, fragte Laura mit trockener Kehle.

»So wie ich es getan habe«, bestätigte Patientin Nummer 3760 zufrieden.

KAPITEL 6

Etwas später im Dienstgebäude der Kriminalpolizei

»Wir danken Ihnen für Ihr Kommen«, begrüßte die Hauptkommissarin den attraktiven Mann.

Bjarne Orth mochte Ende dreißig sein, wirkte aber wie ein junger Student in seiner Jeans und dem lässigen Strickpullover. Auf den zweiten Blick sah man natürlich die teure Qualität der Kleidungsstücke, die sich ein Student niemals hätte leisten können, und auch die Uhr an seinem Handgelenk hätte das Einkommen der meisten Kommilitonen überstiegen.

»Sie ließen mir ja kaum eine Wahl«, erwiderte er mit einem charmanten Lächeln und fügte noch an: »Abgesehen davon könnte ich mir tatsächlich Schlimmeres vorstellen.« Er grinste breit und ließ seinen Blick wohlwollend über Oberkommissarin Bund gleiten. Er tat das auf eine Weise, die Nele das Blut ins Gesicht schießen ließ. Offensichtlich besaß der Mann das fragwürdige Talent, seine Anzüglichkeiten mit viel Charme zu umhüllen, jedenfalls blieb ihm die sonst so schlagfertige Oberkommissarin eine Antwort schuldig.

Dafür reagierte Anja Gärtner: »Sie wissen, dass wir in zwei Mordfällen ermitteln?« Sie erwartete keine Antwort, sondern fuhr mit einem feinen Lächeln fort: »Die meisten Menschen würden einen Besuch bei der Polizei unter diesen Umständen als ziemlich schlimm bezeichnen.«

»Ich bin nicht wie die meisten«, antwortete Bjarne lässig und setzte sich auf den angebotenen Stuhl. »Krisen sind quasi mein Spezialgebiet.«

»Ach«, sagte die Hauptkommissarin interessiert. »Das müssen Sie mir erläutern.«

Bjarne Orth musste nicht zweimal gebeten werden, von sich zu erzählen.

Die Hauptkommissarin klopfte sich für die richtige Einschätzung des Mannes in Gedanken auf die Schulter. Vielleicht wäre das Wort Narzisst zu hart gewesen, aber von sich eingenommen war Svenja Orths Ehemann allemal.

»Ich werde gerufen, wenn es brennt«, gab er sich jovial. »Heutzutage sind selbst große Unternehmen nicht davor gefeit, in Schieflage zu geraten. Da komme ich ins Spiel.«

»Und Sie verhindern dann eine Insolvenz«, nahm Anja Gärtner den Faden auf und legte einen Hauch von Bewunderung in ihre Stimme.

Bjarne nahm das zufrieden zur Kenntnis. »In den meisten Fällen ist das tatsächlich so. Wenn schnelle Lösungen gefunden werden müssen, bin ich Ihr Mann.«

»Nun bin ich neugierig geworden«, erwiderte die Hauptkommissarin, »was sind das denn für Lösungen?«

Bjarne, in seinem Element, lehnte sich entspannt zurück und plauderte weiter: »Umstrukturierungen.«

»Wir sprechen über Entlassungen?«, hakte Anja nach.

Mit einem breiten Grinsen, das fast schon etwas Überhebliches hatte, entgegnete er: »Das gehört im Business dazu. Verschlankung ist eben manchmal der einzige Weg.«

»Scheint, als wäre das ein Patentrezept«, stellte die Hauptkommissarin fest. »Wer stört, muss verschwinden. Meist wird ein Mörder von einer ähnlichen Motivation angetrieben.«

Ihre harmlos klingenden Worte fegten Bjarnes Gelassenheit weg wie ein Besen das trockene Herbstlaub.

Das erste Mal seit ihrer Begegnung kam er ins Straucheln, fasste sich aber schnell wieder und konterte: »Wir alle werden zu jeder Zeit von genau dieser Motivation angetrieben. Was oder wer auch immer stört, sei es der Fleck an der Wand, die unmoderne Jeans oder die pflegebedürftige Großmutter, am Ende steht doch immer unser Wunsch, dass jene

Störenfriede verschwinden.« Wieder folgte sein charmantes Grinsen. »Ich würde allerdings bei einem Beratungsgespräch niemals diese Worte verwenden und sicher käme mir auch Ihr Vergleich nicht in den Sinn. Aber«, hängte er noch verschwörerisch an: »Ich schätze es, wenn Menschen die Dinge beim Namen nennen, das zeugt von Intelligenz.«

Unglaublich, dachte die Hauptkommissarin, *der versucht mich tatsächlich mit Komplimenten einzulullen.*

»Sie kannten Petra Kämmerer, die Schuldirektorin«, wechselte sie abrupt das Thema.

»Ja, natürlich. Die Klassenlehrerin meiner Tochter. Ein furchtbares Unglück«, fügte er betroffen an.

Die Beamtin gab sich keinen Illusionen hin, dieser Mann war redegewandt und sicherlich ein hervorragender Lügner. Den Wahrheitsgehalt seiner Aussage würde sie nicht so ohne Weiteres feststellen können.

»Wie gut kannten Sie die Frau?«, fragte die Hauptkommissarin emotionslos.

»Oberflächlich, ich habe sie selten außerhalb der Schule getroffen.«

»Was war beim letzten Straßenfest?«

»Was sollte dort gewesen sein?«, antwortete er verblüfft, besann sich dann aber offensichtlich und lachte auf. »Jetzt verstehe ich, Sie fragen, ob ich mit der Frau eine Affäre hatte.« Langsam, fast genüsslich, lehnte er sich in seinem Stuhl weiter zurück und streckte lässig die Beine aus. »Das kann ich Ihnen mit einem klaren *Nein* beantworten.«

»Man hat Sie gesehen«, ließ Anja Gärtner nicht locker.

»Ich bin gern unter Frauen, genieße die Unterhaltungen mit ihnen und gelegentlich flirte ich auch ein wenig.« Wieder streifte sein Blick Nele Bund, die so tat, als würde sie das nicht bemerken.

»Man sagte uns, Sie wären sehr vertraut mit Frau Kämmerer gewesen.«

Dass man ihm nicht glaubte, schien ihn zu ärgern, denn

er richtete sich auf und entgegnete gereizt: »Ich gehe auf Menschen zu und bin dabei ausgelassen, das macht mich aber noch lange nicht zu einem Ehebrecher.« Seine Erregung stieg. »Meine ganze Liebe gehört Svenja. Ich habe ihr am Tag unserer Hochzeit einen Schwur geleistet und den halte ich ein.« Er bemerkte, dass er sich in Rage geredet hatte, und senkte die Stimme. »Tut mir leid, aber ich hasse Gerüchte. Meine Eltern starben bei einem Unfall. Ich habe als Kind nicht gerne darüber gesprochen. Ich wuchs bei meinen Großeltern auf und war anfangs schweigsam. Das führte dazu, dass man mich für einen Freak hielt und Geschichten über mich und meine Familie erfand. Damals konnte ich mich nicht wehren, aber heute lasse ich das nicht auf mir sitzen. Ich schwöre Ihnen hier und jetzt, von mir aus auch auf eine Bibel oder vor einem Richter, dass ich keine Affäre mit Petra Kämmerer hatte oder mit irgendeiner anderen Frau. Außerdem«, fuhr er weniger theatralisch fort: »Sie kennen Svenja bereits. Was für ein Vollidiot müsste ich sein, meine Ehe mit dieser wundervollen Frau aufs Spiel zu setzen?«

»Solche Dinge passieren, sogar häufiger, als man denkt«, erwiderte die Hauptkommissarin schlicht.

»Ja, aber nicht mir. Und selbst wenn ich eine Affäre gehabt hätte, was nicht der Fall ist, inwieweit würde Ihnen das bei der Mörderjagd helfen?« Dann schien ihm etwas einzufallen und er sagte aufgebracht: »Oder verdächtigen Sie mich etwa?«

»Wenn Sie es schon ansprechen«, ging die Beamtin über seinen missbilligenden Tonfall hinweg, »könnten Sie uns vielleicht Ihre Alibis für die beiden Mordnächte nennen.«

Bjarne betrachtete die Polizistin empört, fast schon mit Abscheu, nannte dann aber den Namen des Hotels, in dem er angeblich übernachtet hatte. »Der Nachtportier kann sicher bestätigen, dass ich mein Zimmer nicht verlassen habe.«

Nach der Prostituierten Jana Grün befragt, bestritt er, sie

gekannt zu haben. »Ich wusste lediglich, dass wir ein Problem in der Nachbarschaft hatten. Meine Frau ist sehr engagiert, wenn es darum geht, den weniger Privilegierten beizustehen.«

»Wenn ich es richtig verstanden habe, wollte Ihre Frau dem ersten Mordopfer nicht beistehen, sondern es vielmehr vertreiben.«

»Man muss eben Prioritäten setzen. Das Wohl unserer Kinder geht da ja nun vor.«

Hauptkommissarin Gärtner nickte langsam und dachte bei sich: *Da haben wir es wieder, wer stört, muss verschwinden.*

Nachdem man Bjarne Orth verabschiedet hatte, fassten die Beamtinnen für Kommissar Faller die Befragung zusammen.

»Höchst dramatisch, das Bekenntnis seiner ewigen Treue«, meinte Nele Bund und warf einen vorsichtigen Seitenblick auf den männlichen Kollegen. Am Morgen hatte der sich bei ihr entschuldigt und ihr kurz von seinen Eheproblemen erzählt. Sie versuchte deshalb spöttische Kommentare über die Ehe oder Beziehungen zu vermeiden.

»Bei dem könnte das Sprichwort *getroffene Hunde bellen* greifen«, warf Anja Gärtner nachdenklich ein. »Kann man ihm das glauben? Laut den Aussagen, die wir haben, flirtet Bjarne Orth bis aufs Blut, selbst vor uns hat er keinen Halt gemacht. Aber Ehebruch begeht er nicht, selbst dann nicht, wenn sich ihm die Möglichkeit bietet?« Sie überlegte kurz, sagte dann jedoch: »Aber so Menschen soll es geben, trotzdem hat mich an seinen Liebesschwüren etwas gestört.«

»Stimmt«, warf Nele ein, »so romantisch das sein mag, dass ein so gut aussehender Mann sich an sein Versprechen der ewigen Treue hält, so eigenartig klang sein Bekenntnis.« Sie wusste nicht, wie sie es besser erklären sollte.

»Fast wie eine Drohung«, ergänzte die Hauptkommissarin.

Ihr Gespräch wurde unterbrochen. Ein Kollege kündigte eine weitere Zeugin an. Es handelte sich um die Nachbarin von Petra Kämmerer, die als Flugbegleiterin arbeitete und erst heute wieder nach Wörmshalde zurückgekehrt war. Laut Aussagen der anderen Hausbewohner war Olivia Meier mit dem Mordopfer befreundet gewesen. Deshalb erhofften sich die Beamten von ihr neue Erkenntnisse.

Olivia Meier war eine hübsche Frau Anfang dreißig; sie trug noch die Uniform einer Flugbegleiterin. »Tut mir leid, ich bin, so schnell es ging, gekommen.« Sie wirkte bestürzt, hatte bereits geweint, das sah man an ihren geröteten Augen, und auch jetzt, als sie das Unabänderliche aussprach, liefen ihr Tränen übers Gesicht. »Petra tot, das kann ich nicht glauben. Vor ein paar Tagen habe ich sie noch umarmt, ihr alles Gute für den Elternabend gewünscht, am Wochenende wollten wir zum Shoppen …« Sie brach ab und schluchzte.

Anja Gärtner führte die Frau in ihr Büro, bot Kaffee an und bat die Zeugin, sich zu setzen. Dieses Mal nahm auch Kommissar Faller an der Befragung teil.

»Sie waren Freundinnen?«, begann die Hauptkommissarin in sanftem Tonfall.

»Ja, wir standen uns wirklich nahe, obwohl wir anfangs nur Nachbarinnen waren. Es hat sich einfach so ergeben, wir grüßten uns, kamen ins Gespräch und fanden uns sympathisch, obwohl wir so unterschiedlich waren.« Sie schluchzte erneut und die Beamtin ließ ihr Zeit, während Nele Bund der Frau einen Kaffee reichte.

»Unterschiedlich inwiefern?«, fragte Anja Gärtner schließlich.

Olivia Meier atmete durch, offensichtlich ermahnte sie

sich selbst, sich zusammenzureißen, denn mit einer letzten energischen Geste strich sie sich mit dem Papiertaschentuch über das Gesicht und richtete sich auf.

»Petra war ein extrem unabhängiger Mensch. Keine Verpflichtungen, keine Bindungen außerhalb des Jobs. Ein echter Workaholic und ohne jeden Sinn für Romantik. Aber …« Sofort errötete Olivia. »… das meine ich nicht böse. Ich habe sie dafür bewundert, wie sie alles alleine hingekriegt hat. Ich bin da sehr altmodisch. Manchmal hat sie sich darüber lustig gemacht. Ich werde im Sommer heiraten und nach Hannover ziehen, mein zukünftiger Mann hat dort eine Praxis, wir haben uns auf einem Flug kennengelernt. Petra hielt mich für hoffnungslos naiv, was Männer anging. Sie hat mir immer geraten, nicht zu viele Gefühle zu entwickeln, das war wohl ihr Rezept.«

»Hatte Frau Kämmerer denn keinen Freund oder Geliebten?« Die Hauptkommissarin bemerkte das Zögern ihres Gegenübers und wurde deutlicher: »Frau Meier, jetzt ist nicht der Zeitpunkt, etwas zurückzuhalten. Man hat Ihre Freundin brutal ermordet. Wir wollen den, der das getan hat, finden und brauchen dazu Ihre Hilfe. Alles ist wichtig. Also?«

Olivia Meier fasste sich ein Herz. »Sie hat diesen verrückten Möchtegernkünstler einmal mit nach Hause gebracht.«

»Sie meinen Lukas Ahrens?«

Olivia nickte.

»Hatten die beiden Sex?«

Betreten sah die Zeugin auf ihre Hände, erklärte dann: »Es klappte wohl nicht, er hat es nicht gebracht.«

»Gab es Streit oder Unstimmigkeiten deshalb?«

»Nein, so war Petra nicht, sie hat ihm versichert, dass das keine Rolle spielen würde und dem Alkohol geschuldet war. Zu mir hat sie anschließend gesagt: ›Siehst du, der Typ ist eine Flasche im Bett. Was, wenn ich das erst in der Hochzeitsnacht herausgefunden hätte? So endet es, bevor es viel

Kraft und Energie gekostet hat.‹ Hat sich herzlos angehört, aber irgendwie habe ich sie auch verstanden.«

Die fragenden Blicke der Beamten ließen Olivia weitersprechen. »Sie hatte in ihrer Jugend ein unschönes Erlebnis gehabt.« Es war Olivia anzumerken, dass sie das Gefühl hatte, Verrat an ihrer Freundin zu begehen. Deshalb sprach sie nur widerwillig weiter. »Es hat da jemanden gegeben, aber zu der Zeit kannten wir uns noch nicht. Sie hat nicht gerne darüber gesprochen. Ich bin mir sogar sicher, dass sie es im Nachhinein bedauert hat, mir überhaupt davon erzählt zu haben. Jedenfalls hat sie der Typ wahnsinnig enttäuscht und seither scheute sie feste Beziehungen. Ist ganz schön traurig«, murmelte Olivia betroffen. »Wenn ich es mir recht überlege, muss Petra die ganze Zeit ziemlich einsam gewesen sein. Ständig war sie bemüht, niemanden an sich heranzulassen, bloß weil sie einmal danebengegriffen hat. Man darf doch dann nicht sofort aufgeben, oder?«

Die Frage stellte Olivia, ohne darüber nachzudenken, dass sie bei der Polizei und nicht in einer Selbsthilfegruppe saß. Oberkommissarin Bund und ihr Kollege Simon Faller sahen bei den Worten der Zeugin betreten zu Boden, während Hauptkommissarin Gärtner geduldig erwiderte: »Nein, sicher nicht. Im Leben gibt es mehr als nur eine Chance.«

Die Worte schienen die junge Frau zu beruhigen.

»Hat Ihnen Frau Kämmerer denn den Namen des Mannes verraten?«, kam die Beamtin auf das eigentliche Thema der Befragung zurück.

»Sie nannte ihn *Freddy* und …« Olivia fiel etwas ein. Euphorisch fuhr sie deshalb fort: »Sie sagte: ›Die Abkürzung hätte seiner Mutter ganz und gar nicht gefallen.‹«

»Kennen Sie auch den Nachnamen des Mannes?«

Olivia schüttelte verneinend den Kopf. »Wie gesagt, sie sprach nicht gerne über die Vergangenheit. Das Ganze muss viele Jahre zurückliegen. Außerdem war die Verbindung geheim.«

»Lag das daran, dass der Mann vielleicht verheiratet war?«, hakte Anja Gärtner nach.

»Bestimmt nicht«, widersprach Olivia, »Petra hat nur gesagt, dass der Typ nie heiraten würde, solange die alte Schachtel noch am Leben wäre. Ich ging immer davon aus, dass ihre große Liebe sich am Ende als Muttersöhnchen herausgestellt hat und deshalb nichts aus der Beziehung wurde.«

»Lebt der Mann in Wörmshalde?« Die Hauptkommissarin hatte bereits eine Ahnung.

Olivia zuckte mit den Schultern. »Das hat mir Petra nicht verraten, aber ich ging davon aus, dass das der Fall ist. Manche ihrer Andeutungen sprachen dafür. Denken Sie etwa, dass er das getan hat?«, rief die junge Frau nun bestürzt.

Die Hauptkommissarin wiegelte sofort ab. »Wir versuchen uns lediglich ein Bild vom Leben Ihrer Freundin zu machen.«

»Sie hat ihre Arbeit geliebt«, warf Olivia ein, die das Bedürfnis hatte, etwas Positives über ihre verstorbene Freundin zu sagen. »Außerdem war sie eine geniale Lehrerin, und der Job stand immer an erster Stelle. Ich nehme an, dass es ihr daher nichts ausgemacht hat, alleine zu sein.«

Als das Gespräch beendet war, trat Nele Bund zu ihrer Vorgesetzten. Sie waren allein im Büro, und Anja Gärtner bemerkte, dass der Kollegin etwas auf dem Herzen lag.

»Ist was?«, fragte sie deshalb direkt.

Erst zögerte die Oberkommissarin, dann platzte sie mit einem Seufzer heraus. »Findest du, dass ich auch so ein Typ bin?«

Die verständnislos aufgerissenen Augen der Hauptkommissarin ließen Nele erklären: »Ich meine, so ein Mensch wie die Kämmerer. Verheiratet mit dem Job, einsam und allein, beziehungsunfähig.«

Nele ließ sich auf den Stuhl gegenüber fallen und hatte in dem Moment mehr Ähnlichkeit mit einem ausgesetzten Kätzchen als mit der toughen Polizistin, mit der sich keiner anlegen wollte.

»Fühlst du dich denn einsam?«, antwortete die Hauptkommissarin mit einer Gegenfrage.

Das unschlüssige Schulterzucken war ihr Auskunft genug.

»Ich halte dich nicht für beziehungsunfähig«, wählte Anja Gärtner ihre Worte mit Bedacht. »Allerdings glaube ich, dass du die Männer, die du kennenlernst, bewusst vor den Kopf stößt, damit du dich nicht auf sie einlassen musst.«

»Ich lasse mich auf Männer ein«, widersprach die Oberkommissarin halbherzig.

Anja grinste. »Sex ohne Verpflichtung ist nicht das, was ich meine.«

»Was soll ich denn machen?«, rief Nele resigniert und mit einem Zwinkern. »So einen wie deinen Thomas gibt es eben nicht ein zweites Mal.«

»Vielleicht hältst du ja auch nur die Augen nicht richtig offen.«

Daraufhin ließ Nele ihre Lippen vibrieren wie ein scheuendes Pferd. »Das, was ich brauche, gibt es da draußen nicht.« Gespielt unglücklich fuhr sie fort: »Ich bin also doch einsam.«

»Du bist vor allem stur und kompromisslos, aber«, fügte Anja Gärtner versöhnlicher an, »nirgends steht geschrieben, dass es nur ein Lebensmodell gibt. Außerdem glaube ich nicht, dass sich Petra Kämmerer einsam gefühlt hat, das war die Interpretation der Freundin. Es gibt viele Menschen, die ihr Glück nicht in der Zweisamkeit suchen. Die Frage ist doch nur, ob das so ist, weil es für diese Menschen etwas Wichtigeres gibt oder weil sie Angst davor haben.«

»Du weißt, dass ich Angst davor habe, so zu enden wie meine Mutter«, presste die Oberkommissarin hervor und ihre Stimme klang brüchig.

»Ich weiß, Nele, aber keiner kann die Zukunft vorhersehen. Das ist wie die Geschichte von der Frau, die Angst vor dem Tod hat.«

Die Oberkommissarin sah ihre Vorgesetzte stirnrunzelnd an.

»Ist nicht besonders spannend, jedenfalls ist die Angst der Frau vor dem Tod so groß, dass sie alles vermeidet, was ihr schaden könnte. Sie isst gesund, geht regelmäßig zum Arzt und macht nichts, was sie in Gefahr bringen kann. Irgendwann vermeidet sie es, vor die Tür zu gehen, um nicht überfahren zu werden, dann bricht sie den Kontakt mit Familie und Freunden ab, um sich nicht mit gefährlichen Krankheiten anzustecken. Ihre Wohnung ist so steril wie ein Labor. Es geht jedoch noch weiter. Eines Tages beschließt sie, weder fernzusehen noch Radio zu hören, weil sie sich aufregen und so einen Herzinfarkt erleiden könnte. Irgendwann verdunkelt sie die Fenster, um schädliche Sonnenstrahlen fernzuhalten, und so weiter.«

»Lass mich raten, es gelingt ihr nicht, den Tod zu überlisten«, warf Nele sarkastisch ein.

»Natürlich nicht. Eines Tages wischt sie über die hölzerne Oberfläche ihres Tisches und fängt sich einen Splitter ein. Ein klitzekleiner Splitter, der zu einer Entzündung führt, und kurz darauf stirbt die Frau an einer schweren Sepsis, einer Blutvergiftung.«

»Und die Moral lautet: ›Lebe dein Leben, bevor dich das Holz erwischt‹«, spottete Nele.

»Blöde Kuh«, sagte ihr die Hauptkommissarin mit einem Grinsen. »Die Moral ist, dass man erstens nicht alle Risiken vorhersehen kann und zweitens bei aller Vernunft nicht vergessen sollte zu leben. Bloß weil man Angst hat, es könnte schiefgehen, etwas erst gar nicht zu versuchen, halte ich für sehr, sehr langweilig.« Ihr Grinsen wurde breiter. »Und jetzt, Frau Oberkommissarin, lass uns diesem Freddy einen Besuch abstatten.«

»Du weißt, wer das ist?«, fragte Nele überrascht.

»Ich bin mir ziemlich sicher«, antwortete die Hauptkommissarin schnippisch. »Jedenfalls werde ich das Risiko eingehen, eventuell falschzuliegen.«

Das genervte »Haha« ihrer Kollegin quittierte Anja Gärtner mit einem gut gelaunten Kichern.

Hauptkommissarin Anja Gärtner lag richtig mit ihrer Vermutung. Der Spediteur Wilfried Storzig wollte sich erst weigern, mit den Polizistinnen zu sprechen, aber als die Beamtin sagte: »Wurden Sie nur von Petra Kämmerer Freddy genannt oder auch von Ihrer Mutter?«, da wurde der klobige Mann sehr blass. »Woher wissen Sie …?«, keuchte er und ließ sich auf einen der Stühle in seinem überladenen Büro sinken.

»Wir sind die Polizei, wir wissen alles«, ließ sich Oberkommissarin Bund nicht nehmen zu antworten.

Storzig keuchte immer noch: »Ich habe ihr nichts getan. Das hätte ich nie.«

»Erst Jana Grün, mit der Sie ein sexuelles Arrangement getroffen hatten, und dann Ihre Ex-Freundin. Das sieht nicht gut aus.«

»Ich habe keine der Frauen angerührt, fragen Sie meine Mutter, ich war zur fraglichen Zeit zu Hause.«

»Wissen Sie, Herr Storzig«, begann Anja Gärtner leutselig, »die Aussage einer Mutter hat so ihre Tücken. Im Normalfall würde nämlich jeder Richter annehmen, dass Ihnen Ihre Frau Mutter ein Gefälligkeitsalibi liefert. Aber wir werden sie natürlich befragen.«

Wie aufs Stichwort öffnete sich die Tür, und Erna Storzig erschien. Nele Bund fühlte sich an einen feuerspeienden

Drachen erinnert, wie sie ihn aus diversen Fantasy-Computerspielen kannte.

Die Mutter von Wilfried Storzig baute sich vor den Beamtinnen auf, als wollte sie handgreiflich werden. »Was geht hier vor sich?«, kreischte sie und stemmte die Fäuste in die Hüften.

»Polizeiliche Befragung«, gab Hauptkommissarin Gärtner knapp zurück. Ihr Blick wanderte zu dem Spediteur, der wie ein kleiner Junge, den man ertappt hatte, den Kopf hängen ließ.

»Sie wissen das von mir und Petra«, nuschelte er schuldbewusst.

»Ich habe es immer schon geahnt, dass dieses Weib Ärger bedeutet. Ein Glück, dass du sie damals losgeworden bist. Aber siehst du«, geiferte sie weiter und streckte ihren rechten Zeigefinger in seine Richtung wie ein Gewehr, mit dem man ein Ziel anvisierte. »Dieses Weibsstück bringt dir sogar nach ihrem Tod noch Probleme.«

»Frau Storzig«, ging Anja Gärtner dazwischen. »Sie wissen, dass man Petra Kämmerer ermordet hat?«

»Natürlich, ganz Wörmshalde spricht davon. Deshalb wäre es mir sehr recht, wenn Sie uns da nicht mit hineinziehen würden.«

Fehlt nur noch, dass die vor Wut auf den Boden spuckt, dachte Nele Bund genervt.

»Wir verschwinden sofort, nachdem Sie uns unsere Fragen beantwortet haben. Wo waren Sie zum Zeitpunkt des Mordes?«

»Ich?« Der schrille Ton, den die Fünfundsechzigjährige ausstieß, schmerzte in den Ohren. »Was habe *ich* damit zu tun?«

»Offenbar standen Sie Frau Kämmerer feindselig gegenüber. Ihrer Reaktion entnehme ich, dass Sie der Meinung waren, das Mordopfer wäre nicht die passende Partnerin für Ihren Sohn. Das lässt uns natürlich vermuten, dass Sie auch die Beziehung Ihres Sohnes zu der Prostituierten Jana Grün missbilligt haben. Beide Frauen sind tot und Sie scheint das nicht sonderlich zu betrüben. Sie hatten ein Motiv, deshalb …« Die Hauptkommissarin machte eine Pause. »… würden wir gerne Ihr Alibi überprüfen.«

»Ich hatte kein Motiv«, knurrte die Alte.

»Eifersucht«, warf Anja Gärtner harmlos ein.

»Was? Ich und eifersüchtig? Ich bin Wilfrieds Mutter, ich bin nicht eifersüchtig, ich bin allenfalls besorgt, so wie jede gute Mutter. Keine Frau schaut zu, wenn ihr Sohn ins Unglück rennt. Seit seiner Geburt tue ich, was ich kann, damit es dem Jungen gut geht. Eine Mutter weiß am besten, was das Richtige für ihr Kind ist.«

»Jana Grün und Petra Kämmerer waren das augenscheinlich nicht.«

»Gewiss nicht«, schnauzte Erna Storzig.

»Aber Ihr Sohn hielt sich nicht von den Frauen fern, da haben Sie gehandelt«, unterstellte die Beamtin.

»Sicher, aber nicht so, wie Sie denken«, schnaufte Erna empört. »Ich habe Wilfried verboten, diese Nutte zu treffen, und die Sache mit der Kämmerer war doch längst vorbei.«

»Da sind Sie sicher?«, provozierte Anja.

Der bitterböse Blick, den die Mutter dem Sohn zuwarf, entging den Polizistinnen nicht.

»Junge, sag nicht, du warst so blöd, dich wieder einwickeln zu lassen.«

»Nein, Mama«, erwiderte Wilfried Storzig schockiert. »Ich hatte mich von Petra getrennt, so wie ich es dir versprochen habe.« Sein Blick wanderte zu Anja Gärtner. »Sie müssen wissen, dass sich Mama sehr aufgeregt hat, als sie von mir und Petra erfuhr. Vor allem, weil sie wusste, dass es die Frau nicht ehrlich mit mir meinte.«

»Ich hätte fast einen Herzinfarkt bekommen«, krähte Erna, und Nele Bund sah die erpresserische Szene direkt vor sich.

Die Mutter, schluchzend und stöhnend, sich an die Brust fassend, gekrümmt vor angeblichem Schmerz und mit der Drohung auf den Lippen, gleich zu sterben, sollte er ihr nicht das Versprechen geben, sich von Petra Kämmerer fernzuhalten. Daneben das Riesenbaby Wilfried, Wachs in den manipulativen Händen seiner Mutter, verspricht ihr alles, was sie hören will, im Glauben, sie so vor dem sicheren Tod bewahren zu können. Bei dieser Vorstellung verzog Nele angewidert das Gesicht und fragte sich, warum eigentlich noch niemand die alte Storzig umgebracht hatte.

»Und woran genau machten Sie fest, dass Frau Kämmerer die Falsche für Ihren Sohn war?«

»Das spürt eine Mutter, diese Frau war ein verlogenes Flittchen, nur hinter seinem Geld her.«

Der Blick der Hauptkommissarin wanderte zu Wilfried, der pflichtschuldig nickte. »Ich habe mich natürlich sofort getrennt, als mir das klar wurde, auch Mama zuliebe.«

Erna blitzte die Beamtinnen triumphierend an, bevor sie bestätigte, dass sie und ihr Sohn in den Mordnächten gemeinsam zu Hause gewesen waren. »Wir haben Ihnen alles gesagt, es gibt damit keinen Grund mehr, uns länger zu belästigen.«

Kurz darauf standen die Beamtinnen wieder auf dem Hof.

»Die hätten das auch gemeinsam machen können«, bemerkte Oberkommissarin Bund. »So krank, wie deren Verhältnis ist.«

Ihre Vorgesetzte nickte. »Allerdings frage ich mich: Warum Petra Kämmerer? Die beiden sind doch schon seit einer Ewigkeit getrennt.«

»Die sind nach der Prostituierten auf den Geschmack gekommen. Und so wütend, wie die Alte immer noch ist, war es naheliegend, als Nächstes die Ex zu töten.«

»Möglich. Oder ein Liebhaber, der sich gedemütigt fühlt, hat sich an Petra Kämmerer gerächt.«

»Du denkst an Lukas Ahrens?«, fragte Nele.

»Im Bett hat es zwischen den beiden nicht geklappt. Der Mann hatte ein Erektionsproblem. Was, wenn er auch Kunde bei Jana Grün war und er dort ebenfalls …« Sie machte mit den Fingern unsichtbare Anführungszeichen in die Luft, als sie weitersprach. »… *versagt* hat. Ein sexuelles Motiv könnte die Verstümmelungen der Leichen erklären.« Sie sah auf die Uhr. »Simon wird sicher bald mit der Befragung des Mannes fertig sein.«

Die nächsten Tage verbrachten die Beamten mit diversen Recherchen. Sie versuchten alles über die Opfer und deren Umfeld herauszufinden und natürlich auch mögliche Verdächtige zu durchleuchten. Was sie jedoch erfuhren, brachte sie kaum einen Schritt weiter. Die Alibiüberprüfungen liefen unbefriedigend. Die meisten Personen gaben an, in den Mordnächten zu Hause gewesen zu sein. Bestätigt wurde das in der Regel vom jeweiligen Ehepartner oder wie im Fall von Wilfried Storzig der Mutter. Damit blieben die Aussagen unzuverlässig.

Andere, wie beispielsweise Svenja Orth, waren allein zu Hause gewesen, genauso auch Lukas Ahrens. Der Nachtportier von Bjarne Orths Hotel gab von vorneherein unumwunden zu, dass er keinerlei verbindliche Angaben machen würde. Erstens hätte er den Eingangsbereich nicht ununterbrochen im Blick und zweitens könne ein Gast über das Treppenhaus ungesehen in die Tiefgarage gelangen, um das Gebäude zu verlassen.

»Ich habe genug Krimis gesehen, um zu wissen, dass man sich mit einem Meineid keinen Gefallen tut. Daher lege ich für niemanden die Hand ins Feuer«, reagierte der Mann aufgebracht. »Ich lasse mich in nichts mit hineinziehen.«

Sie hatten überlegt, ob sie Bjarne Orth mit der Aussage

des Mannes konfrontieren sollten, aber die Hauptkommissarin wollte sich das für den passenden Zeitpunkt aufheben. Nach wie vor hatten sie jedoch nichts Handfestes, das für eine Festnahme gereicht hätte.

Lukas Ahrens hatte unumwunden zugegeben, in einem Anflug von Geilheit und Alkoholrausch im Bett der Schuldirektorin gelandet zu sein. Wenig charmant beschrieb er den Abend wie folgt: »Ich hab gesoffen wie ein Loch, mit jedem Glas wurde die Kämmerer schöner. Am Ende fehlten dann aber doch die richtigen Stimuli.« Mit einem Augenzwinkern hatte er Simon Faller mitgeteilt, dass er sich ein Rollenspiel erhofft hatte. »Die war für mich viel zu prüde, da hat mein bestes Stück schlappgemacht.«

»Der Typ ist ein Ekel«, hatte Nele Bund die Aussage von Lukas Ahrens kommentiert.

»Ja, aber auch das macht ihn noch nicht zum Mörder«, hatte ihr Hauptkommissarin Gärtner geantwortet.

KAPITEL 7

Es war einer dieser Tage, denen das Leben fehlte. Schon morgens glaubte man, die Dunkelheit würde nie wieder verschwinden, denn eine dicke Wolkendecke verhinderte wie eine Trutzmauer den Einfall des Sonnenlichts. Um halb fünf am Nachmittag begann es bereits wieder zu dämmern – der perfekte Moment für den Winterblues.

Bärbel Kreismann und Miriam Sauer saßen sich am schön gedeckten Tisch gegenüber. In den Tassen hatte sich bereits ein brauner Rand gebildet, auf den Tellern klebten Sahnereste und die einst blütenweiße Tischdecke, die man akribisch vor Kaffeeflecken bewahrt hatte, war mittlerweile voller roter Sprenkel.

Die beiden Frauen blickten sich an. Ihre Augen wirkten trübe, ihre Gesichter verzerrt. Es hatte schnell geendet. Miriam Sauer war als Erste gestorben. Die Kehle der dürren Frau ließ sich durchtrennen wie die Gurgel eines Hühnchens. Ihr Blut spritzte quer über den Tisch und Bärbel Kreismann direkt ins Gesicht. Instinktiv schloss die ihre Augen und stieß einen kreischenden Ton aus, der jäh unterbrochen wurde, als man ihr mit dem Messer außer der Halsschlagader auch die Stimmbänder durchtrennte. Dann bekam wieder Miriam Sauer die ganze Aufmerksamkeit. Langsam wanderte die Klinge über deren Handgelenke, drang tief ein. Das Blut der Frau quoll aus den Wunden. Kurz darauf wiederholte man die Prozedur bei Bärbel Kreismann. Eine ganze Weile passierte dann nichts weiter, als dass rote Tropfen, beobachtet von unzähligen Porzellankatzen, sich in kleinen Pfützen auf dem Teppich sammelten. Eine antike Standuhr diente der warmen Körperflüssigkeit als Metronom. In moderatem

Tempo, ordentlich getaktet, verließ das Leben die beiden Frauen.

»Und mit eurem Blut wird auch die Sünde aus euren Körpern gespült. Ich bin der Mann, der euch reinigt, ich bin der Mann, der euch befreit«, erklangen Worte, gesprochen mit leiser, verstellter Stimme. »Fürchtet mich!«

Es klang wie das Ende des unheiligen Rituals, aber eigentlich war das erst der Anfang. Denn erneut bediente man sich des Messers. Schwieriger als gedacht war es, die Augenbrauen der Frauen von der Stirn zu schneiden. Wie eine quirlige Raupe ließ sich die Hautpartie schlecht greifen. Ähnlich anstrengend gestaltete sich das Abtrennen der Nasen. Feste Knochen und Knorpel widerstanden den ersten Schnitten. Um sich die Arbeit zu vereinfachen, wurde auf das Entfernen der Lippen verzichtet, dafür jedoch wurden die Zungen aus den Mundhöhlen gezogen und mit einer Geflügelschere abgeknipst. Das Gerät erwies sich auch beim Amputieren der Finger als hilfreich und das Knacken beim Kappen der Knochen erfolgte rhythmisch zum Ticken der Uhr. Am Ende wurde alles arrangiert, wobei die Handgriffe keinen Zweifel daran ließen, dass einer genauen Anleitung gefolgt wurde. Die ausgebluteten Arme mit den fingerlosen Händen lagen züchtig auf der einst blütenreinen Tischdecke und die in ihren Stühlen zurückgelehnten Leichen mit den geschundenen Gesichtern starrten andächtig zur Decke, so als würde sich ihnen dort der Allmächtige persönlich offenbaren.

»Wie rein ihr nun seid! Mein Zorn ist euer Schmerz«, erfolgte ein Abschiedsgruß, bevor die mörderischen Werkzeuge gesäubert und verstaut wurden und man den toten Frauen endlich die letzte Ruhe gewährte.

Hauptkommissarin Anja Gärtner hatte heute früher Schluss gemacht. Die Untersuchung der Mordfälle ging schleppend voran. Womöglich deshalb, weil es sich um einen Täter handeln könnte, der gar nicht aus dem Umfeld der Opfer stammte. Dafür sprach zumindest die Aussage von Jana Grüns Zuhälter, einem widerlichen Typen, den die Beamtin nur zu gerne hinter Gittern sehen würde.

Allerdings war sein Alibi für den Mord wasserdicht, denn er hatte zum Todeszeitpunkt von Jana Grün ein spätes Treffen mit seinem Anwalt an der Bar eines vornehmen Stuttgarter Hotels gehabt.

»Sie sehen, ich bin ein ganz normaler Bürger, der eine juristische Beratung in Anspruch genommen hat. Ich möchte mir nämlich eine Immobilie kaufen«, hatte er bei der Befragung geprahlt.

Der Kollege von der Sitte, der den Kontakt hergestellt hatte und die Art und Weise des Mannes gewohnt war, ließ sich nicht provozieren. »Die Show ist unnötig, Sie wissen und wir wissen, wie Sie das Geld für jene angebliche Immobilie verdient haben beziehungsweise wer es für Sie verdient hat. Aber deshalb sind wir nicht hier«, stellte er außerdem klar.

»Keine falschen Beschuldigungen, Herr Kommissar«, warnte der Zuhälter dennoch.

»Der Kollege hat Ihnen doch gerade erklärt, dass wir nur daran interessiert sind, den Mörder von Jana Grün zu finden. Da Sie offensichtlich ein Alibi haben, sparen wir uns das Geplänkel und Sie erzählen mir stattdessen, welcher Freier Ihre Mitarbeiterin bedroht hat, ob es in letzter Zeit zu Handgreiflichkeiten eines Kunden kam oder was sonst noch Merkwürdiges passiert ist«, schnauzte Hauptkommissarin Gärtner.

Der Mann ihr gegenüber zeigte sich wenig beeindruckt, erklärte dennoch kooperativ: »Da gibt es so einen Typen, den die Mädchen nicht sonderlich mögen, der steht auf die harte Nummer. Zahlt gut, aber dass der eine umbringt …«

»Name?«, blaffte die Hauptkommissarin und erntete dafür ein freches Grinsen.

»Sie glauben wirklich, ich habe eine Kundendatei? So wie ein Friseur?«

Er lachte lauthals und Anja antwortete schnippisch: »Wäre vielleicht besser. Momentan scheint es nämlich so, als hätten Sie Ihren Laden nicht im Griff. Täusche ich mich oder hat sich gerade jemand an Ihrem Eigentum vergriffen? Wie ernst nimmt man Sie auf der Straße, wenn Sie nicht in der Lage sind, Ihre Frauen zu beschützen? Sie sollten also mit uns zusammenarbeiten, schon in Ihrem ureigensten Interesse, denn wenn wir den Mörder von Jana Grün nicht aus dem Verkehr ziehen, vergreift er sich womöglich ein zweites Mal an Ihrem Besitz.«

Damit kratzte sie an der Ehre des Mannes und der zischte: »Niemand wagt es, mir in die Quere zu kommen. Jana war an diesem Abend auf eigene Rechnung unterwegs und das ist ihr nicht bekommen. Wird den anderen Weibern eine Lehre sein.«

»Vielleicht haben Sie ihr jemanden hinterhergeschickt, der ihr eine Lektion erteilen sollte.«

Sein Blick wanderte zum Kollegen von der Sitte. *So war das nicht abgesprochen*, schien er damit sagen zu wollen.

Beschwichtigend mischte sich der Polizist deshalb ein: »Beschreiben Sie uns den Freier, vor dem die Frauen Angst haben. Geben Sie uns etwas zum Arbeiten und wir sorgen dafür, dass so etwas nicht noch einmal passiert.«

Demonstrativ die Hauptkommissarin ignorierend, nannte ihnen der Zuhälter daraufhin einige Eckdaten zu besagtem Verdächtigen. Kurz darauf war das Gespräch beendet und Jana Grüns Zuhälter verschwand wieder.

Mit einem wüsten Fluch auf den Lippen hatte Anja zum Abschied das Wort an den Kollegen gerichtet: »Warum läuft so ein Schmierlappen noch frei herum?« Sie kannte die Antwort und hatte müde abgewunken, als ihr Kollege erklärt hatte: »Du weißt doch, wie das funktioniert. Keine Anzeige, keine Beweise, keine Aussagen. Die Typen vermieten den Frauen ganz offiziell Zimmer, sind damit nichts weiter als Vermieter. Angeblich sind die Prostituierten alle selbstständig und unabhängig.«

»Wer's glaubt«, hatte sie kopfschüttelnd geantwortet und sich bedankt.

»Wir werden nach diesem Freier Ausschau halten, ich gebe die Beschreibung an mein Team weiter«, versprach ihr der Kollege.

Kurz hatte er gestockt, vermutlich hatte er die übliche höfliche Frage nach der Familie und deren Befinden stellen wollen, war dann aber davon abgekommen, aus Furcht, damit eine Wunde aufzureißen.

Anja Gärtner hatte es ihm nicht übel genommen.

Jetzt lag sie auf der Couch und zappte durch die Kanäle, während Jessica im Sessel saß und mit den Händen ein weiches Stofftier drückte. Die Empfehlung einer Therapeutin, um die Motorik zu trainieren, Energie loszuwerden und die Nerven zu beruhigen. Dabei starrte die Fünfundzwanzigjährige gebannt auf den Bildschirm und verfolgte die Abenteuer eines Zeichentrickkäfers.

Anjas Mann Thomas schmökerte an seinem Schreibtisch in einem alten Buch. Sie hatte befürchtet, er würde das Campus-Leben vermissen. Immerhin hatte er als Professor für Literatur gelehrt und täglich eine Menge Studenten getroffen. Aber ganz offensichtlich war er auch ohne den Trubel glücklich und nutzte jede freie Minute zum Lesen und Forschen.

»Ist doch beachtlich, dass der das damals schon so gesehen hat«, sagte er gerade und warf seiner Frau einen Blick zu.

Sie lächelte ihn an und er verstand das als Aufforderung. Sofort folgte ein ausführlicher Vortrag. Anja hörte zu, versuchte es zumindest und entspannte. Thomas hatte eine sehr angenehme Stimme und ein Talent, die Dinge einfach und unterhaltsam vorzutragen. Trotzdem war sie beinahe eingenickt, als ihr Diensthandy klingelte.

»Scheiße«, entfuhr es ihr.

»Und wieder einmal hat es meine Frau geschafft, einen vielversprechenden Abend mit hohem literarischen Niveau in den Allerwertesten zu treten.« Er grinste, widmete sich seinem Wälzer und hörte mit einem Ohr, wie Anja zu ihrem Gesprächspartner am Telefon sagte: »Ich bin sofort da.«

Zum Abschied streichelte sie Jessica zart übers Haar und hauchte Thomas einen Kuss auf die Wange.

»Sei vorsichtig«, sagte er, wie immer, wenn sie sich zum Dienst verabschiedete, woraufhin sie jedes Mal antwortete: »Versprochen.«

Es war ihre Art, mit den Gefahren des Berufs umzugehen. So war es einfacher, als die Ängste, die wegen Anjas Job beide belasteten, permanent auszusprechen.

Wörmshalder Allee

Das Haus von Bärbel Kreismann war hell beleuchtet. Schaulustige hatten sich versammelt und die Einsatzfahrzeuge der Kollegen blockierten den Zugang.

Oberkommissarin Nele Bund hatte bereits einige Anweisungen erteilt, Kommissar Simon Faller notierte Namen und Daten; wie es schien, hatten die beiden alles im Griff. Dennoch konnte man ihnen die Erleichterung anmerken, als sie ihre Vorgesetzte entdeckten.

»Chaos«, war Neles erstes Wort. »Wir mussten zunächst einmal die ganzen Nachbarn unter Kontrolle bekommen. Die ersten schreien schon nach Bürgerwehr. Wir können von

Glück reden, dass die die Leichen nicht gesehen haben, sonst würden die den Aufstand proben.«

»So schlimm?«, fragte Anja leise und kämpfte sich flankiert von ihren beiden Mitarbeitern durch die Teams der Kriminaltechnik. Sowohl Oberkommissarin Bund als auch Kommissar Faller zögerten, als Anja eintreten wollte. Sie verstand, stoppte und fragte, um den beiden noch eine Verschnaufpause zu gönnen: »Wer hat die Frauen gefunden?«

»Der Ehemann von Bärbel Kreismann. Der hat die Polizei verständigt, die Kollegen fanden ihn zusammengebrochen bei den Leichen, er ist im Krankenhaus.«

»Und der andere?«

»Weiß es schon. Jens Sauer wohnt schräg gegenüber. Als er das Blaulicht sah, kam er sofort hierher. Die Einsatzkräfte konnten nicht verhindern, dass er ins Haus stürzte. Man weiß ja, wie schnell einer durchschlüpft«, murmelte Nele.

Anja verzog das Gesicht. Natürlich wusste sie, wie so etwas ablief. Angehörige rannten herbei, ahnten, dass etwas Furchtbares passiert war, und entwickelten Bärenkräfte, wenn man sie abhalten wollte, den Tatort zu betreten. Trotzdem sollte das nicht die Regel sein. Zum einen, um den Menschen den Schock beim Anblick der Leiche zu ersparen, zum anderen, um eine Kontaminierung des Tatorts zu verhindern. Beides war nun geschehen. »Wo ist Jens Sauer im Augenblick?«

»Wartet zusammen mit einem Polizisten im Haus der Warths. Ein Sanitäter ist bei ihm. Wir haben sein Haus sofort für die Kriminaltechnik gesperrt.«

»Gut«, murmelte die Hauptkommissarin, »ich will gleich mit ihm sprechen, aber vorher muss ich den Tatort begutachten.«

Natürlich war Anja Gärtner auf einiges gefasst. Dass Kommissar Faller blass um die Nase wurde beim Anblick von Leichen, verwunderte die Beamtin nicht. Er war immerhin keiner der alten Hasen beim Morddezernat, aber Oberkommissarin Bund brachte so schnell nichts aus der Fassung. Damit war die Hauptkommissarin zwar vorgewarnt, hielt aber dennoch die Luft an, als sie das Wohnzimmer jetzt betrat.

»Sieht fast so aus wie an dem Tag, als ich zur Befragung hier war«, bemerkte Nele leise.

Es stimmte, Bärbel Kreismann hatte ihr modernes Kaffeeservice auf einer einst blütenweißen Tischdecke platziert. Anja Gärtner versuchte, jeden Zentimeter des Tisches zu scannen. Es gab vier Gedecke, alle waren benutzt. Die Käsesahnetorte in der Mitte stand erhöht auf einer Kuchenplatte mit Fuß. Etwa die Hälfte hatte man gegessen.

Wüsste es die Hauptkommissarin nicht besser, dann hätte sie vermutet, die roten Sprenkel auf der beigen Creme wären dekorative Spritzer aus Beerensaft, aber so isoliert konnte sie den Kuchen leider nicht betrachten. Die roten Kleckse setzten sich fort, besudelten die Teller und Tassen, waren an manchen Stellen von der Tischdecke aufgesaugt worden und ließen dadurch große Flecken entstehen. Und selbst einige der allgegenwärtigen Porzellankatzen waren nicht verschont geblieben. Wie es schien, warfen sie deshalb vorwurfsvolle Blicke in Richtung der toten Hausherrin.

Anja Gärtner hatte, wenn sie dieses Bild der brutalen Gewalt betrachtete, keine Zweifel daran, dass hier ein Mensch am Werk gewesen war, der vom Wahnsinn angetrieben wurde. »Der Täter hatte keine Eile«, überlegte sie laut, bevor sie das Unvermeidliche nicht länger aufschieben konnte und den Blick auf die Leichen richtete.

Der Gerichtsmediziner hatte ihr Zeit gelassen, das Gesamtbild zu erfassen, bevor er nun mit seiner ersten Einschätzung begann: »Sie wurden erst getötet, dann verstümmelt.« Um seine Behauptung zu untermauern, fuhr er fort: »Es gibt keine Abwehrverletzungen, man hat ihnen das Gesicht erst post mortem zerschnitten. So wie es aussieht, wurden beiden Frauen die Kehlen mit einem Messer durchtrennt, und zwar genau hier in diesem Zimmer, auf ihren Stühlen.«

»Man hat sie also getötet, während sie sich beim Kaffee gegenübersaßen. Was sagt uns das?«

Natürlich kannte die Hauptkommissarin die Antwort bereits, unterbrach Kommissar Faller allerdings nicht, als der mit abgehackter Stimme bemerkte: »Die hatten nicht damit gerechnet, dass man sie umbringt. Der, der das getan hat, war vielleicht einer der anderen beiden Gäste.« Auch ihm waren die benutzten Teller aufgefallen.

»Es muss schnell gegangen sein, ohne Vorwarnung, sonst hätte die andere Zeit gehabt, aufzuspringen und zu fliehen«, spekulierte Anja Gärtner weiter.

»Oder aber«, warf Oberkommissarin Bund ein, »wir haben es mit zwei Tätern zu tun, die gleichzeitig zugeschlagen haben. Ich denke da an Mutter Storzig und Sohn.«

Ihre Vorgesetzte nickte. »Jedenfalls war es niemand Fremdes oder zumindest niemand, dem sie misstraut haben. Versuchen wir herauszufinden, wer sonst noch an diesem Tisch gesessen hat, vielleicht kann uns der Ehemann von Miriam Sauer weiterhelfen oder die Freundinnen. Würde mich nicht wundern, wenn das Vierergespann eines seiner wohltätigen Treffen abgehalten hätte.«

Damit drehte sie sich wieder in Richtung des Mediziners. »Was genau hat man mit ihnen gemacht?«

Der Arzt schnappte sich seine handliche Taschenlampe und leuchtete in das entstellte Gesicht von Bärbel Kreismann. »Ihr wurden die Augenbrauen abgetrennt, dann die Nasenspitze.« Der Gerichtsmediziner öffnete leicht den Mund der Toten. »Außerdem hat man die Zunge abgeschnitten, zumindest einen Teil.« Noch bevor ihn die Hauptkommissarin bitten konnte, auf Anschauungsmaterial zu verzichten, kramte er einen Behälter hervor und zeigte ihnen das abgetrennte Stück Zunge. Anschließend wanderte der Strahl der kleinen Taschenlampe zum Tisch. Noch immer ruhten die Handstümpfe auf der Tischdecke. Die Finger lagen direkt an den Amputationswunden, wirkten dennoch fehl am Platz.

»Was sollte das?«, fragte Nele mit Abscheu. »Warum diese Verstümmelung, wenn er die Finger anschließend quasi wieder an ihren Platz rückt?« Sie konnte nicht besser ausdrücken, was sie da sah, dennoch war die Frage berechtigt.

»Ganz so einfach ist es wohl nicht«, warf der Gerichtsmediziner mit einem Hauch von Genugtuung ein. Schließlich hatte man ihn mehrfach unterbrochen, um zu spekulieren, anstatt seine fachliche Meinung anzuhören. »Die Finger, die Sie hier sehen, gehören definitiv nicht zu der Frau. Schauen Sie genauer hin.«

Die Hauptkommissarin nickte, das erklärte Anjas Gefühl, dass etwas nicht stimmte. Natürlich abgesehen von der Tatsache, dass dieser Doppelmord an sich schon keinen Platz in der Welt eines normal empfindenden Menschen hatte.

»Es handelt sich nämlich nicht um die Finger des Opfers, sondern um die der anderen Toten. Man hat sie vertauscht. Und nicht nur das.« Nach einer kurzen Pause bestätigte er, was die Polizisten mittlerweile ahnten:

»Vermutlich hat er die Augenbrauen und die Zungen ebenfalls vertauscht. Das Gleiche gilt für die Nasenspitzen, die wollte ich gerade eintüten.« Der Strahl der Taschenlampe schwenkte jetzt auf den Schoß von Bärbel Kreismann. »Die abgetrennte Nase ist heruntergerutscht«, erläuterte er überflüssigerweise.

Und um es noch unerträglicher zu machen, bewegte er den kleinen Strahler erneut. Dieses Mal traf er auf das Gesicht von Miriam Sauer. Von Blut verschmiert hatte sich die Nasenspitze ihrer toten Freundin dort schräg auf der Wange sitzend gehalten. Die tote Miriam Sauer bot auch ohne die Kenntnis solcher Details ein schreckliches Bild, aber als nun auch noch die Erklärung des Mediziners folgte, war es Kommissar Faller ein Bedürfnis, möglichst schnell den

Raum zu verlassen, um frische Luft zu schnappen. Seine beiden Kolleginnen konnten es ihm nicht verdenken.

Am liebsten hätte die Hauptkommissarin ein Donnerwetter losgelassen, als sie kurz darauf das Haus von Ella und Max Warth betrat. Dort ging es nämlich zu wie bei einer Familienfeier. Die Nachbarn hatten sich versammelt, darunter auch Svenja und Bjarne Orth samt Tochter Alissa. Die rannte mit anderen Kindern quer durch die Menge, während sich die Erwachsenen flüsternd unterhielten und sich von der Hausherrin mit alkoholischen Getränken versorgen ließen.

Anja Gärtner schluckte eine entsprechende Bemerkung herunter. Leider konnte sie den Leuten nicht verbieten, sich hier zu treffen, deshalb versuchte sie, an die Vernunft der Anwesenden zu appellieren. Ohnehin starrten sie momentan alle an, und zwar ähnlich vorwurfsvoll wie Bärbel Kreismanns Porzellankatzen.

»Es ist gut, dass Sie sich gegenseitig Beistand leisten«, begann die Hauptkommissarin ihre kleine Ansprache.

In der hinteren Ecke erklang ungehaltenes Gemurmel. »Wenn wir uns nicht helfen, dann hilft uns keiner, schon gar nicht die Polizei«, blökte jemand nach vorne.

Anja Gärtner ignorierte ihn. Rechtfertigungen und Erklärungen würden momentan nicht helfen, die Gemüter zu beruhigen, das Gegenteil wäre der Fall, es käme zu aggressiv geführten Diskussionen, die niemandem nützten.

Deshalb wandte sie sich freundlich an Ella Warth, die mit weit aufgerissenen Augen und einem Tablett in der Hand die Worte der Hauptkommissarin verfolgte: »Wir hätten noch einige Fragen, auch an Herrn Sauer, der sich in ihrem Haus befindet.«

»Oben im Arbeitszimmer meines Mannes, da hat er Ruhe«, antwortete Ella besorgt.

»Vielleicht wäre es möglich, dieses Nachbarschaftstreffen in ein anderes Gebäude zu verlegen?«, wagte Anja vorzuschlagen.

Wieder murmelte jemand unfreundliche Worte, aber dieses Mal mischte sich ein unscheinbar wirkender Mann ein, offenbar der Gastgeber. »Meine Lieben, ich denke, wir sollten die Polizei unterstützen und ihr ein wenig Raum zum Arbeiten geben.« Und an Anja Gärtner gewandt sagte er: »Sie können gerne unser Haus nutzen. Unsere Freunde haben sicher Verständnis.«

Die anderen verstanden den Wink und packten ihre Jacken, Taschen und Kinder zusammen. Manche warfen den Beamten missbilligende, andere sogar wütende Blicke zu, als sie an ihnen vorbei Richtung Ausgang gingen.

»Ihr seid uns herzlich willkommen«, rief Svenja Orth der Menge zu, wurde aber von der Hauptkommissarin unterbrochen.

»Als eine der engsten Freundinnen der beiden Opfer würde ich Sie allerdings bitten zu bleiben.«

Man merkte Svenja an, dass ihr das ganz und gar nicht passte, aber sie hatte keine Wahl, als sich zu fügen. Außerdem sprach bereits eine andere Nachbarin ihre Einladung aus: »Dann gehen wir rüber zu uns«, und führte die Menge fort.

Im Gegensatz zu Bjarne Orth war Max Warth einfach nur freundlich und bot den Beamten Platz an.

Bjarne fragte sofort: »Was genau ist denn nun passiert?«, und tat so, als wäre er der Hausherr.

»Zu den laufenden Ermittlungen können wir Ihnen keine Auskunft geben, das verstehen Sie sicher«, fertigte ihn Anja Gärtner ab.

Er verstand es nicht und wollte eine weitere Frage stellen, aber die Hauptkommissarin schnitt ihm das Wort ab, indem sie sich an Ella wandte: »Wann haben Sie die beiden Frauen zuletzt gesehen?«

Ella saß neben Max auf dem Sofa und hielt seine Hand.

Mit brüchiger Stimme sagte sie: »Wir hatten uns zum Kaffee verabredet. Es gab einiges zu besprechen, jetzt nach den Morden, also den ersten beiden.« Ihr Körper begann zu beben und Max sprach beschwichtigend auf sie ein.

»Bärbel hat es übernommen, die Gastgeberin zu spielen. Sie backt hervorragende Torten.« Ella besann sich und fuhr fort: »Aber das interessiert Sie sicher nicht.«

»Sie waren bei Frau Kreismann«, lenkte die Beamtin sie zurück zum Thema. »Ist Ihnen da irgendetwas aufgefallen? Hat jemand geklingelt, angerufen?«

»Nein, ich habe nichts bemerkt.«

»Wer war noch da?«

»Ich«, antwortete Svenja Orth prompt.

»Gut, dann können Sie beide mir vielleicht erzählen, wie der Nachmittag ablief.«

»Es war wie immer«, meinte Ella. »Wir sprachen über den Verein und natürlich haben wir auch ein wenig geklatscht. Ich musste früher gehen, weil ich für Max etwas Besonderes zum Abendessen vorbereiten wollte.« Sie lächelte zaghaft in die Richtung ihres Mannes und der legte ihr den Arm um die Schulter.

»Gott sei Dank, warst du nicht dort«, flüsterte er zärtlich.

»Das heißt, Sie sind als Erste gegangen«, fasste die Hauptkommissarin zusammen und sah auffordernd zu Svenja.

Während Ella heiser »Ja« erwiderte, richtete sich Svenja auf und erklärte: »Ich konnte bleiben, weil mich mein Mann heute eigentlich zum Essen einladen wollte.«

»Wann genau haben Sie das Haus der beiden Frauen verlassen?«

»Keine Ahnung, gegen fünf, es war jedenfalls schon dunkel. Alissa war bei einer Freundin, so hatte ich anschließend genug Zeit, mich fertig zu machen.«

»Und wo war Ihr Mann?«, hakte Anja Gärtner nach.

Bjarne antwortete für sich selbst. »Ich bin gejoggt, und als ich nach Hause kam, war Svenja im Bad gerade fertig.«

»Hat Sie jemand unterwegs gesehen?«

Während Svenja empört schnaufte, sagte Bjarne leutselig: »Gut möglich, vermutlich haben mich sogar einige gesehen.«

So wie der Nachtportier, dachte die Hauptkommissarin, behielt das jedoch für sich.

Natürlich befragte sie nun auch Max Warth, der bereitwillig erklärte, er habe im Stau gestanden und hätte keine Zeugen. »Aber ich versichere Ihnen, dass ich nichts mit der Sache zu tun habe. Ich würde doch nicht unsere Freunde umbringen«, fügte er empört an und erntete dafür Bjarnes Zustimmung.

»Sie suchen an der falschen Stelle«, bemerkte der daraufhin ohne Wut. »Wir sind hier eine Gemeinschaft, halten zueinander. Alle haben Bärbel und Miriam gemocht. Das war jemand von außerhalb. Ich möchte ja nicht unfair erscheinen, aber vielleicht sollten Sie einmal die Fabriksiedlung unter die Lupe nehmen.«

»Jemand Bestimmten?«, forderte ihn die Hauptkommissarin auf zu sprechen. Ihr Tonfall ließ keinen Zweifel daran, dass es besser war, ihr nicht mit haltlosen Anschuldigungen zu kommen.

»Allerdings«, bot ihr Bjarne die Stirn. »Sie sollten mit Lukas Ahrens sprechen. Die Frauen haben Angst vor ihm!« Sein Blick wanderte zu Svenja, die sofort hervorstieß: »Mein Mann hat recht, der Kerl ist unheimlich. Außerdem ist er beleidigend und unverschämt. Er hat nie den geringsten Zweifel daran gelassen, dass er uns nicht mag.«

Ella Warths Augen wanderten unsicher hin und her, als die Polizistin fragte: »Können Sie das bestätigen?«

»Er ist schwierig, das stimmt«, antwortete sie schließlich diplomatisch, was Svenja ein genervtes Stirnrunzeln entlockte.

»Ich wünsche jedenfalls, dass du dich künftig von der

Fabriksiedlung fernhältst«, richtete Bjarne das Wort an seine Frau. »Wohltätigkeit kann nicht auf Kosten des eigenen Lebens gehen.«

Svenja nickte eifrig, während Ella aufstand und begann die herumstehenden Gläser einzusammeln. Bevor noch jemand etwas sagen konnte, erschien ein Kollege und bat die Beamten, nach draußen zu kommen.

Die drei folgten dem Uniformierten bis zum Haus von Miriam und Jens Sauer, in dem gerade eine Durchsuchung stattfand. Einer der Kriminaltechniker wartete bereits. »Sieht alles ganz harmlos aus«, offenbarte er den Kriminalbeamten. »Kein Blut, keine Waffen, nichts Verdächtiges. Total ordentlich, sogar die Kinderzimmer, nur im Elternschlafzimmer …« Er grinste. »… da, könnte man sagen, haben wir etwas Unerwartetes gefunden.« Er brachte sie nach oben und deutete aufs Bett.

»Kostüme«, sagte Simon Faller, ohne nachzudenken, »vermutlich waren die Sauers aktiv in der Fastnacht unterwegs.«

Das Grinsen des Kollegen wurde breiter. »Ganz sicher nicht«, sagte er süffisant und hob ein Hasenkostüm in die Höhe, bei dem es Aussparungen für die Brüste und das Gesäß gab. »Höchstens, die gingen auf einen FKK-Faschingsball.« Er zeigte den Beamten noch weitere ähnliche Verkleidungen und zuckte schließlich mit den Schultern. »Ich weiß nicht, ob das wichtig ist, aber es war das einzig Auffällige. Allerdings muss das ja nichts heißen. Falls jedoch der Ehemann euer Täter ist, hat er sehr gut darauf geachtet, keine Spuren mit nach Hause zu bringen.«

Kurze Zeit später wurde das Gebäude von der Kriminaltechnik freigegeben, und Jens Sauer konnte in sein Heim zurückkehren.

Er saß den Polizisten in sich zusammengesunken gegenüber. Jens weinte nicht, vielleicht weil er zu sehr dagegen ankämpfte, vielleicht aber auch, weil er noch gar nicht realisiert hatte, was passiert war.

Seine Stimme klang kratzig, als er wiedergab, was er zur Tatzeit gemacht hatte.

Ein weiteres dünnes Alibi, eine weitere Heimfahrt ohne Zeugen, dachte die Hauptkommissarin.

Theoretisch hätte er die Zeit gehabt, von seinem Büro in die Wörmshalder Allee zu fahren, seine Frau und deren Freundin zu ermorden, sich dort zu säubern und dann nach Hause zurückzukehren, um beim ersten Anzeichen von Polizei zum Tatort zu stürzen und die Show des trauernden Witwers abzuziehen. Jedermann wusste, dass es technische Möglichkeiten gab, Spuren zu finden. Also passten sich die Verbrecher an, trugen bei ihren Taten Regencapes oder Regenmäntel, entsorgten rechtzeitig ihre Kleidungsstücke oder spielten den schusseligen Zeugen, der versehentlich den Tatort kontaminiert hatte. Jens Sauer war gewiss schon viele Male in Bärbel Kreismanns Haus gewesen. Seine dort gefundene DNA würde daher nichts beweisen. Trotzdem hatte man natürlich die Kleidung, die er beim Betreten des Tatorts am Leib gehabt hatte, konfisziert. Er trug momentan einen dunklen Polizeijogginganzug, der ihm viel zu groß war und den Mann jämmerlich aussehen ließ.

Jens beschwerte sich weder darüber, dass man sein Haus auf den Kopf gestellt hatte, noch, dass man ihn einer Befragung unterzog. Er schien ein schlichtes Gemüt zu haben, jemand zu sein, der gerne die Verantwortung an andere abgab.

Oberkommissarin Bund übernahm es, ihn nach Feinden zu fragen, nach den Gewohnheiten seiner Frau, nach Tagesabläufen und so weiter. Hauptkommissarin Gärtner hielt sich vorerst zurück und versuchte verzweifelt das Kopfkino zu unterdrücken. Die dürre Miriam Sauer und der schlaffe Jens beim Liebesspiel mit schlüpfrigen Kostümen. Nicht das erste Mal musste sie sich eingestehen, dass auch sie ein Opfer der

Filmindustrie geworden war, die die Zuschauer meist nur mit schönen Menschen beim Sex konfrontierte. Schlanke und muskulöse Körper, gepflegt und wohlriechend, die in ihren Bewegungen verschmolzen und selbst beim Keuchen und Stöhnen wirkten wie griechische Götter. Selbstverständlich wurde alles von ansprechender Musik untermalt. Aber in der Realität waren es eben Menschen mit Fehlern und Macken, die in ihren stillen Kämmerchen ihren Begierden nachgingen. Menschen wie Miriam und Jens Sauer. Es war an der Zeit, dem auf den Grund zu gehen,

Nele Bund blickte zu ihrer Chefin, als die sich räusperte. Das Zeichen, dass die Hauptkommissarin die Befragung weiterführen würde.

»Sie wissen, dass wir Ihr Haus durchsucht haben?«

Jens nickte. »Ist wohl notwendig«, erwiderte er tapfer.

»Die Kollegen mussten auch einen Blick ins Schlafzimmer werfen«, gab sie sich freundlich.

Wieder nickte der Mann mit dem schütteren Haar und dem fliehenden Kinn. »Ist schon in Ordnung«, murmelte er und wirkte dabei nicht wie jemand, der überhaupt den Mut aufbrachte, falsch zu parken. Dann jedoch schien ihm ein Licht aufzugehen und er blickte die Hauptkommissarin schuldbewusst an. »Sie haben die Kostüme gefunden«, sagte er schließlich müde. »Das wäre Miriam nicht recht gewesen.« Er schüttelte traurig den Kopf. »Sie hat das Haus immer sauber gehalten, dafür gesorgt, dass bei uns jederzeit jeder Raum vorzeigbar war. Sie war eine gute Frau.«

»Was hat es mit den Kostümen auf sich?«, ließ ihn die Beamtin jedoch nicht so schnell vom Haken.

Er lief rot an, konnte sie nicht einmal anblicken, als er sagte: »Wir haben sie zum … Sex benutzt.«

»War das Ihre Idee oder die Ihrer Frau?«

»Die von uns beiden«, versuchte er mit fester Stimme zu sprechen.

Irgendetwas sagte Anja Gärtner, dass der Witwer von

Miriam Sauer nicht die ganze Wahrheit sagte, aber das war bei so einem Thema nachvollziehbar.

»War das immer schon Ihr Ding, die Sache mit den Rollenspielen?«, versuchte sie es daher auf einem anderen Weg.

»Es war mehr mein *Ding*«, gab er jetzt patzig Antwort, »aber wir haben uns geeinigt, und so langsam frage ich mich, wie das helfen sollte, den zu finden, der ihr das angetan hat.«

»Gab es Besuche in Swingerklubs?«, ignorierte Anja Gärtner seinen Einwand.

»Nein«, erhob er das erste Mal die Stimme.

»Einen Liebhaber?«, fuhr Anja Gärtner unbeirrt fort.

»Um Gottes willen, Miriam wäre zu Ehebruch niemals fähig gewesen. Meine Frau war eine gute Frau«, ereiferte er sich. »Wir hatten keine Eheprobleme, Miriam hat mich verstanden und mich unterstützt.«

»Also sind diese Rollenspiele von Ihnen ausgegangen?«

»Und wenn schon«, schnauzte er zurück. Augenscheinlich war ihm der Geduldsfaden nun doch gerissen. »Ich habe Ihnen alles gesagt, was ich weiß. Gehen Sie jetzt und machen Sie Ihre Arbeit. Unser Sexualleben wird Ihnen kaum den Mörder liefern.«

»Hatten Sie in der Vergangenheit ein Verhältnis mit einer anderen Frau oder einem Mann?«, ließ die Hauptkommissarin trotz seiner Aufforderung zu gehen nicht locker.

Wieder folgte ein letztes empörtes »Nein«, dann sank der Mann noch tiefer in den Sessel, schlug die Hände vors Gesicht und begann zu weinen. »Was wird denn nun? Die Kinder, wer kümmert sich denn in Zukunft um alles?«

Man hatte die Schwester des Mannes verständigt, die glücklicherweise in diesem Moment das Haus erreichte. Es handelte sich um eine kleine, korpulente Frau, die mit Mitte vierzig offensichtlich die ältere der beiden Geschwister war. Bestürzt eilte sie auf Jens zu, nachdem Anja Gärtner grünes Licht gegeben hatte.

»Oh, Jens, es tut mir so leid, jetzt müssen wir das noch einmal durchmachen.«

Sofort hakte die Beamtin hellhörig geworden nach. »Noch einmal?«

Die Schwester versuchte, leise zu sprechen, während sie auf der Sessellehne saß, den Bruder fest umschlang und hin und her wiegte wie ein Kind. Natürlich verstand Jens trotzdem jedes Wort.

»Unser jüngerer Bruder starb sehr früh. Das war damals für uns alle eine schwere Zeit.«

»Was ist passiert?«, fragte die Hauptkommissarin und musste ihr Mitgefühl nicht heucheln.

»Ertrunken. Mein Vater hatte einen Teich im Garten angelegt, weil es schick war.« Sie zuckte mit den Schultern und flüsterte weiter: »Wer hätte das ahnen können?« Dann wandte sie sich wieder Jens zu. »Wir schaffen das schon«, sagte sie tröstend. »Ich werde mich um alles kümmern, so wie immer.«

Ihre Worte schienen dem Mann Kraft zu geben, denn sein Schluchzen ebbte ab und als sich die Beamten kurz darauf verabschiedeten, erwiderte er sogar höflich ihren Gruß.

KAPITEL 8

In der Nacht

Auch in dieser Nacht erwachte das Bedürfnis, sich an alten Geschichten zu erfreuen. Manchmal war es das Feuer, das wütend die Menschen mit Haut und Haar verschlang, gelegentlich jedoch auch sein Gegenspieler, das Wasser. Schwer zu sagen, was letzten Endes schmerzhafter war. Effektiv konnten beide Elemente sein.

Auch dieses Mal schien die beschriebene Begegnung der beiden Menschen am Ufer des tiefen, dunklen Sees zum Leben zu erwachen. Es roch nach feuchtem Gras, und ein grauer Himmel kündigte Regen an. Der Wind brachte Wolken mit sich und fegte über die blauschwarze Wasseroberfläche wie ein unsichtbarer Surfer, der hinter sich flache Wellen herzog.

Einen wachen Menschen zu ertränken, war nicht so einfach, wie einen Schlafenden im Feuer zu verbrennen. Natürlich kam es da zur Gegenwehr. Die Szene wurde immer lebendiger. Der Regen hatte eingesetzt, er prasselte auf die farbigen Plastikmäntel, bildete bereits Pfützen, in denen man mit den Gummistiefeln bis zum Knöchel versank. Da waren die Worte: »Viel lieber als dich«, aber die lösten den Zorn nicht allein aus. Als zweiter Sieger aus dem Wettbewerb hervorzugehen, war nicht das größte Problem, aber vorzeitig auszuscheiden, das konnte keinesfalls akzeptiert werden.

Und so nahm das Schicksal seinen Lauf. Zwei Menschen, friedlich beieinander, und dann der Moment, in dem sich alles ändern sollte. Hände, die rangelten, ein Kampf, ein Stein, der den Schädel zertrümmerte und für Bewusstlosigkeit sorgte. Danach fehlte nur noch der Tod, der auf sich warten ließ. Deshalb war das Wasser so wichtig, es sollte helfen, es zu Ende zu bringen. Der Körper trieb wie ein Floß auf der Oberfläche, er würde untergehen, vielleicht für immer verschwinden, vielleicht eines Tages wieder auftauchen. Die Geschichte endete mit einem Blick auf den See: … *der See war groß und es gab eine Strömung. Schon bewegte sich die Leiche weg vom Ufer und der Mörder rief: »Ja, verschwinde, du widerlicher Scheißkerl, verrecke, du hast genug Leid über uns gebracht …«*

Die auf diese Weise hervorgerufene Erinnerung fühlte sich unglaublich befriedigend an. Vermutlich war das der Grund, warum ein seit Jahren vergessen geglaubtes Detail plötzlich in den Vordergrund trat. Richtig, da war etwas an der Leiche gewesen, gelbe Bänder, zwei Stück, die auffällig auf dem Wasser trieben wie Markierungen.

Der Körper war nicht untergegangen, nicht so schnell. Natürlich wurde er gefunden, ein Unfall, ein schrecklicher Unfall, so wie sie oft vorkamen. Man konnte nichts tun. Kaltes Wasser brachte Herzen zum Stehen, Flüssigkeit in der Lunge erstickte Menschen, Ohnmacht ließ sie außerstande sein, sich zu bewegen. Und die gelben Bänder im dunklen Wasser waren nichts weiter als ein Zeichen dafür, dass Zorn geendet und Schmerz begonnen hatte.

Am nächsten Morgen

Hauptkommissarin Gärtner wirkte zwar äußerlich gelassen, musste sich jedoch mühsam beherrschen, ihren Frust darüber, dass sie weitere Morde nicht hatte verhindern können, für sich zu behalten.

»Der Bericht des Gerichtsmediziners bestätigt dessen erste Einschätzung. Man hat den Frauen die Augenbrauen,

Nasen- und Zungenspitzen abgetrennt, ebenso die Finger, um sie dann beim anderen Leichnam zu platzieren. Getötet wurden die Opfer mit einem scharfen Messer, das dem entspricht, das bei Jana Grün und der Schuldirektorin benutzt wurde. Außerdem hat man dieses Mal die Pulsadern der Frauen aufgeschnitten, um sie ausbluten zu lassen«, fasste die Hauptkommissarin für ihre Kollegen zusammen.

»Das ergibt überhaupt keinen Sinn«, bemerkte Nele Bund. »Warum weicht er ständig von seinen Ritualen ab? Einmal schlitzt er sein Opfer von oben bis unten auf und schüttet Erde in die Bauchhöhle, das nächste Mal übergießt er Gehirnmasse mit Schokolade und dann dekoriert er die Leichen von Miriam Sauer und Bärbel Kreismann mit den Körperteilen der jeweils anderen. Wo ist da das Muster?«

»Nele hat recht«, mischte sich Simon ein. »Und die Opfer haben nur gemeinsam, dass sie Frauen sind. Die ersten beiden waren blond, aber die Opfer des Doppelmords passen da überhaupt nicht ins Bild.«

»Dass es grundsätzlich Frauen sind, auf die es unser Täter abgesehen hat, reicht womöglich als Verbindung«, antwortete ihm Anja Gärtner, »aber ich stimme euch zu, das Muster ist nicht durchgängig. Zumal der Doppelmord sehr riskant war. Immerhin bestand die Gefahr, gesehen zu werden. Da tendiere ich endgültig dazu, einen Fremden als Täter auszuschließen, denn der wäre jemandem aufgefallen. Und dann der Bericht …« Sie schwenkte die dünne Akte. »Keine Abwehrspuren, keine Einbruchspuren. Die Opfer saßen seelenruhig am Tisch, die müssen ihren Mörder gekannt und ihm vertraut haben.«

»Der Ehemann wäre am naheliegendsten«, sagte Simon Faller.

»Karsten Kreismann können wir ausschließen«, erinnerte ihn Oberkommissarin Bund. »Der ist der Einzige mit einem wasserdichten Alibi.«

Sie hatten den Mann im Krankenhaus verhört. Er hatte

immer noch unter Schock gestanden, konnte ihnen kaum etwas über seine Frau oder sein Eheleben erzählen und weinte die ganze Zeit. Die Beamten fanden schnell heraus, dass Karsten Kreismann als Mitglied einer Fahrgemeinschaft am Mordabend von einem Kollegen nach Hause gebracht worden war. Die Zeugenaussage, die Anrufaufzeichnungen der Polizei und die vom Gerichtsmediziner bestimmte Todeszeit schlossen ihn als Täter somit aus.

»Bleibt noch Jens Sauer mit seiner speziellen Vorliebe«, nahm der Kommissar den Faden wieder auf. »Vielleicht sind Tierkostüme nicht seine einzige Leidenschaft. Wenn wir von einem sexuellen Motiv ausgehen, wäre er ein guter Verdächtiger.«

»Er hat seine Fantasien doch mit seiner Frau ausgelebt, warum sie dann umbringen?«, hielt Nele dagegen.

»Vielleicht weil er weiter gehen wollte und sie nicht«, überlegte die Hauptkommissarin laut. »Nehmen wir an, er hatte andere Wünsche, und Miriam Sauer war nicht bereit, die zu befriedigen, was würde ein Mann dann tun? Sich anderweitig Befriedigung verschaffen, zum Beispiel bei einer Prostituierten, oder dagegen ankämpfen? Wir sollten das überprüfen. Ich will wissen, ob Jens Sauer im Milieu bekannt ist.«

Sie stand vor der Tafel mit den Tatortfotos und stieß geräuschvoll die Luft aus, bevor sie sagte: »Falls er eine sexuelle Lust unterdrückt hat, könnte es natürlich sein, dass er irgendwann nicht mehr an sich halten konnte und durchgedreht ist. Wäre nicht der Erste, der ein Ventil im Morden sucht.«

»Es gab Blut von Bärbel Kreismann an der Kleidung, die wir ihm abgenommen haben«, warf Nele ein.

»Ja, aber das reicht nicht, er war am Tatort, hat sich auf seine tote Frau gestürzt, als er sich an den Kollegen vorbeigedrängt hat.« Sie fluchte und sagte ungehalten: »Deshalb riegeln wir einen Tatort auch ab.«

»In seinem Haus fanden wir bis auf die Kostüme nichts Verdächtiges. Kein Messer, keine Waffe, keine dreckigen Schuhe oder einen Plastikponcho, der ihn vor Spuren hätte schützen können.«

»Wenn er klug ist, weiß er, wo er das Zeug verstecken kann.«

»Wir haben die Umgebung abgesucht«, entgegnete Simon Faller.

»Ja, aber wir haben nicht die Möglichkeit, alle Gärten der Nachbarn, deren Geräteschuppen, Garagen und Pflanzenkübel zu durchwühlen. Wer das auch war, hat längst einen sicheren Platz oder weiß, wo er seine Sachen schnell entsorgen kann.«

»Also konzentrieren wir uns auf Jens Sauer?«, hakte Nele nach.

»Auf jeden Fall. Ich will auch mehr über die Geschichte mit dem verunglückten Bruder erfahren.«

»Was ist mit Bjarne Orth?«, fragte Nele. »Der Nachtportier gibt ihm kein Alibi und während des Doppelmords hat er alleine in der Dunkelheit gejoggt. Selbst wenn wir irgendwo einen Zeugen auftreiben, wäre es dem bei Nacht gar nicht möglich gewesen, Blutspritzer an dem Mann zu erkennen, außerdem gibt er selbst zu, dass er anschließend geduscht hat.«

»Was nach dem Sport völlig normal ist«, erwiderte Anja Gärtner. »Da brauchen wir schon mehr Beweise, und ein Motiv wäre auch nicht schlecht.«

»Miriam Sauer und Bärbel Kreismann haben uns auf ihn angesetzt«, warf Simon ein. »Die beiden waren es doch, die von einer möglichen Affäre zwischen ihm und der Schuldirektorin sprachen. Vielleicht ahnte er, dass das Gerücht von den Freundinnen seiner Frau stammte. Bei der Vernehmung hat er sich jedenfalls sichtlich über den Vorwurf geärgert.«

»Stimmt«, übernahm Oberkommissarin Bund. »Sein

Treuegelöbnis und dieses übertriebene Schwärmen für die eigene Frau, wie ein Stalker, waren zudem merkwürdig.«

»Oder eben die große Liebe«, widerlegte die Hauptkommissarin sie erneut. »Aber ihr habt recht, er hatte die Gelegenheit, er kennt drei der Opfer persönlich. Ihm war geläufig, dass Jana Grün in der Fabriksiedlung ihrem Gewerbe nachging. Nur weil er sich charmant verhält und gut aussieht, kann er trotzdem ein gefährlicher Psychopath sein. Was übrigens auch für Lukas Ahrens gilt, der sich weit weniger Mühe gibt, seine unangenehmen Charakterzüge zu verbergen. Habt ihr sein Alibi schon überprüft?«

»Löchrig wie ein Schweizer Käse«, entgegnete Nele daraufhin gähnend. Sie hatte schon sehr früh mit den Vernehmungen angefangen. »Erst hat er behauptet, einem Hausbewohner bei einem Antrag auf Kindergeld geholfen zu haben. Besagter Nachbar war allerdings keine zehn Minuten bei Ahrens, sodass er Zeit gehabt hätte, danach den Mord zu begehen, zu seiner Wohnung zurückzukehren und in aller Seelenruhe den nächsten seiner angeblichen Alibizeugen zu empfangen. Er bestreitet natürlich, zwischen den Treffen das Haus verlassen zu haben, aber …« Sie hob und senkte die Schultern, zum Zeichen, dass ihn das nicht entlastete. »Ein Menschenfreund ist er auch nicht gerade, somit können wir uns ein Motiv aussuchen«, fügte sie noch an.

»Was ist mit Storzig?«, hakte die Hauptkommissarin nach.

Auch Kommissar Faller war nicht untätig gewesen. »Die Mutter schwört, er war die ganze Zeit auf dem Werksgelände. Aber keiner der Mitarbeiter kann ihm für die mögliche Todeszeit ein umfassendes Alibi liefern. Auch er hätte sich davonschleichen, die Morde begehen und wieder auftauchen können. Auf dem LKW-Hof herrscht ein ständiges Kommen und Gehen.«

Anja Gärtner schnalzte mit der Zunge. »Wir stecken

fest.« Sie schüttelte ärgerlich den Kopf. »Warum zwei Frauen auf einmal?«, rätselte sie weiter.

»Er brauchte zwei, sonst hätte er das Ritual mit den vertauschten Körperteilen nicht durchziehen können«, warf Simon Faller ein.

»Interessanter Gedanke«, antwortete seine Vorgesetzte. »Wir müssen unbedingt tiefer graben. Sowohl im Leben der Opfer als auch in dem ihrer Nachbarn und Freunde. Nehmt euch einen nach dem anderen vor, auch die Frauen. Bislang können wir einen weiblichen Täter immer noch nicht ausschließen. Immerhin war Svenja Orth diejenige, die das Kaffeekränzchen als Letzte verlassen hat. Und sprecht auch noch einmal mit Ella Warth. Bei ihr habe ich den Eindruck, sie hält Dinge zurück, um nicht anzuecken. Gut möglich, dass sie uns irgendetwas erzählen kann. Nun, da ihre Freundinnen tot sind, wird sie vielleicht gesprächiger sein.«

Dr. Laura Heinrich hatte sich gründlich überlegt, wie sie mit Patientin Nummer 3760 umgehen sollte. Ihre Kollegen waren bei dem Versuch, an die Frau heranzukommen, bislang gescheitert.

Die angehende Psychiaterin hatte die Vermutung, dass man bei Daniela Parov nur weiterkam, wenn man ihre Vergangenheit besser verstand. Als dann gestern am späten Abend die Nachricht von weiteren Morden in Wörmshalde die Runde machte, entschloss sich die junge Ärztin zu einem ungewöhnlichen Experiment. Sie wollte einen Ausflug unternehmen, um sich Wörmshalde genauer anzusehen, und dann Daniela Parov von diesem Trip erzählen. Natürlich hätte sie die Patientin diesbezüglich belügen können. Wäre das Täuschungsmanöver jedoch durchschaut worden, hätte das ein vertrauensvolles Weiterarbeiten unmöglich gemacht. Außerdem würde es ein interessanter

Ausflug werden, so als wäre sie in geheimer Mission unterwegs.

»Interessant, ja, aber gewiss nicht schön«, murmelte Laura Heinrich, während sie die zerfallene Fabrikanlage betrachtete.

Anzügliche Graffitis schmückten die maroden Ziegelwände und wie gewöhnlich auf leer stehenden Geländen scheute man sich nicht, dort Müll abzuladen. Tauben hatten sich in den Mauernischen Nester gebaut und gurrten, während Laura vorsichtig einen Fuß vor den anderen setzte.

Sie hatte recherchiert, aber keinen Hinweis darauf gefunden, dass die ehemaligen Arbeiter oder Angestellten dort irgendwelchen Gefahren ausgesetzt gewesen waren. Wie schon bei Parovs Gerichtsverhandlung festgestellt, bildete sich ihre Patientin das nur ein.

In einem der Gutachten stand, dass sich Daniela Parov nicht mit dem Tod des Vaters hatte abfinden können und dadurch bereits vorhandene Wahnvorstellungen verstärkt wurden. Dissoziative Störungen, Paranoia, Psychopathie – Daniela Parovs Krankengeschichte las sich wie ein Nachschlagewerk der Psychiatrie. Für Fachärzte war die Patientin ein perfektes Forschungsobjekt, für ihre Mitmenschen eine Gefahr.

Laura Heinrich unternahm ihre Anstrengungen nicht, weil sie wirklich daran glaubte, die Frau eines Tages geheilt entlassen zu können, sondern mit dem Gedanken, aus dem Fall Parov Erkenntnisse zu gewinnen, die anderen Patienten einmal helfen könnten. Außerdem brauchte sie Material für ihre Abschlussprüfung. Als sie nun zwischen den Wohnblöcken durchmarschierte, wurde sie neugierig beäugt, obwohl sie sich bewusst unauffällig gekleidet hatte. Dennoch schien jeder hier sofort zu erkennen, dass sie eine Fremde war. Zuerst hatte sie mit dem Auto eine Runde durch die anderen Viertel gedreht und sich in dem Labyrinth gleich aussehender Einfamilienhäuser fast verfahren. Hier in der Fabriksiedlung war es leichter, sich zu orientieren. Die Wohnblöcke hatten unterschiedliche Farben und die Vorgärten ähnelten sich nicht. Unter dem Schnee lugten Gartenzwerge hervor, aber auch alte Autoreifen oder ein ausrangierter Sessel. An manchen Fenstern hingen schmucke Vorhänge, wieder andere waren mit Zeitungspapier als Sichtschutz beklebt, während es einem Pärchen im zweiten Stock offensichtlich egal war, dass man Teil ihres Privatlebens wurde.

Laura ging unschlüssig die Straße auf und ab, wartete auf den richtigen Passanten, den sie ansprechen konnte.

»Diese Hobby-Detektivnummer ist wirklich nicht meins«, flüsterte sie leise und sprach sich Mut zu.

Sie entdeckte zwei Frauen, die gerade eines der Gebäude verließen. Die eine schob einen Kinderwagen, die andere hatte einen etwa Fünfjährigen an der Hand. Laura ging auf die beiden zu. Ein Blick genügte ihr, um zu wissen, dass die Frauen sie bereits abgecheckt hatten.

»Haben Sie sich verlaufen?«, fragte eine der beiden argwöhnisch.

»Ist das so offensichtlich?«, scherzte die Ärztin, was bei ihrem Gegenüber jedoch keine Reaktion auslöste.

»Ich suche eigentlich Herrn Ahrens, *Lukas* Ahrens«, gab sie sich dennoch selbstbewusst.

Die Frauen tauschten einen Blick, und ihre Mundwinkel zuckten abschätzig. Definitiv nahmen die zwei an, Laura hätte ein sexuelles Interesse an dem Mann.

Dennoch gab man ihr Antwort: »Im letzten Block, am Ende der Straße, gleich neben dem Parkplatz, auf dem man die Nutte abgemurkst hat.«

»Ach«, reagierte die Ärztin erstaunt. »Er wohnt direkt neben dem Tatort?«

»War's aber nicht«, krähte jetzt die andere, »zumindest glauben die Bull…« Sie verbesserte sich: »Die Polizei hat ihn jedenfalls nicht verhaftet.«

»Vermutlich, weil er unschuldig ist«, kam Laura ins Plaudern, hoffte, so ein wenig mehr über Daniela Parovs ehemaligen Liebhaber zu erfahren.

»Oder zu clever«, sagte die andere kichernd, was ihr einen Rippenstoß der Freundin einbrachte.

»Stimmt doch«, ließ sich die Frau nicht mundtot machen. »Vier Mal hat das Amt den Zuschuss für eine neue Waschmaschine abgelehnt, bis der Ahrens mir geholfen hat. Der Typ ist echt klug.« Plötzlich fiel ihr ein, dass sie vielleicht doch zu großzügig mit Informationen war, und schnauzte: »Was wollen Sie denn von dem?«

Laura kam ins Stocken. »Meine Mutter war eine Freundin von Lukas, ich wollte nur Hallo sagen.«

Das Misstrauen der Frauen wurde dadurch noch größer, während das Kind an der Hand zu quengeln begann.

»Sie wollen uns doch nicht etwa ausfragen?«, begann man sie anzufeinden.

»Ich will nur einen alten Freund besuchen«, änderte sich nun auch Lauras Tonfall. Ihre Stimme wurde frostig und ihre Gesichtszüge verhärteten sich. »Ich danke Ihnen für Ihre Hilfe, noch einen schönen Tag.«

Damit drehte sie sich auf dem Absatz um, marschierte mit schnellen Schritten davon und hoffte, man würde ihr nichts hinterherwerfen.

Ein gut hörbares »Was war das denn für 'ne blöde Kuh!« drang an ihre Ohren, dann jedoch konnte sie um eine Ecke biegen und sich verstohlen umsehen. Niemand war ihr gefolgt und sie fragte sich, ob dieser Ausflug nicht eine völlig bescheuerte Idee war.

Zur gleichen Zeit

Wilfried Storzig hatte heute persönlich einen der Transporte übernommen.

Seine Mutter war deshalb sauer gewesen. »Wir haben genug Fahrer, du bist der Boss, du solltest hinter deinem Schreibtisch sitzen.«

Natürlich hatte er ihr nicht widersprochen, das tat er nie, stattdessen erfand er eine Notlüge. »Der Kunde will ein Angebot für einen Auslandstransport und bat um ein persönliches Treffen. Da habe ich die Fahrt heute selbst übernommen. Wo ich doch sowieso hinmuss«, hatte er erklärt.

Seine Mutter war trotzdem nicht zufrieden gewesen. »Wir leasen für dich eine Limousine. Wozu ist das gut, wenn der Chef im LKW zu seinen Besprechungen fährt?«

»Mama«, hatte Wilfried schließlich ungeduldig reagiert. »Das nächste Mal mache ich es anders.« Daraufhin hatte er ihr einen Kuss auf die Wange gehaucht und war gegangen.

Jetzt befand er sich auf dem Rückweg, fuhr runter von der Autobahn, hatte Wörmshalde fast schon erreicht, gönnte sich aber eine letzte Pause und steuerte die nächste Parkbucht an. Der Druck in der Brust hatte die letzten Tage wieder zugenommen. Genauer gesagt seit dem Tod von Jana Grün. Wie hatte sie auch einfach sterben können, er fühlte sich schlecht. Ihre letzte Begegnung hätte anders enden müssen.

»Ich kann für dich sorgen«, waren seine Worte gewesen, woraufhin sie in Gelächter ausgebrochen war.

»Soll ich etwa bei dir einziehen, bei dir und deiner gestörten Mutter?«

»Red nicht so«, war er aufgebraust.

»Warum nicht?«, reagierte sie flapsig und zündete sich eine Zigarette an. »Du hast mir doch selbst erzählt, wie sehr du sie hasst. Schmeiß die Alte raus, dann zieh ich vielleicht bei dir ein«, provozierte sie weiter.

»Das kann ich nicht«, antwortete Wilfried entsetzt. »Das Haus, die Firma, das gehört alles ihr.«

»Na dann wäre es wohl am besten, deine Mutter würde ins Gras beißen.«

Ihre Sprüche verärgerten ihn, aber Jana nahm darauf

keine Rücksicht: »Hör zu, du Riesenbaby, entweder du willst an meinen Titten nuckeln, dann lass Kohle sehen, oder du gehst nach Hause und begnügst dich mit denen deiner Mama.«

Wilfried Storzig sah sie noch genau vor sich, wie sie auf dem Parkplatz gestanden und lachend den Kopf in den Nacken geworfen hatte, und auch jetzt spürte er diesen Drang, die Hände zu Fäusten zu ballen und zuzuschlagen.

Damals mit Petra Kämmerer war das ähnlich gewesen.

»Du bist ein Schwächling«, hatte die ihm vorgeworfen und ihn nie wieder eines Blickes gewürdigt. Nun war auch sie tot. Er hatte sie all die Jahre im Auge behalten, soweit ihm das möglich gewesen war. Leider war ihm dabei auch nicht entgangen, dass sie sich eine Zeit lang mit diesem widerlichen Lukas Ahrens herumgetrieben hatte. In der Zeitung hatte gestanden, dass die beiden in der Schule ein Kunstprojekt organisieren wollten. Sogar ein Foto der zwei war veröffentlicht worden.

»Sieh dir das an«, hatte seine Mutter Erna gekräht. »Ist das nicht das Flittchen, das dich damals beinahe ins Unglück gestürzt hätte? Schau nur, dieser Minirock. Das gehört sich doch nicht für eine Lehrerin.« Wilfried hatte sich das Bild gerne angesehen, es später sogar ausgeschnitten und seiner Sammlung hinzugefügt.

Ob die Polizei auch wegen der beiden anderen bei ihm aufkreuzen würde? Die eine war mit seiner Mutter befreundet gewesen. Miriam Sauer hieß sie. Eine unansehnliche dürre Person mit boshaften Augen. Seit Ernas Arzt ihr etwas über Herzprobleme erzählt hatte, sah die sich genötigt, einmal die Woche mit ihren Nordic-Walking-Stöcken das kleine Waldstück hinter dem Speditionsgelände zu durchqueren. Als Freundin der Familie begleitete Miriam Wilfrieds Mutter dabei. Er nahm an, dass das ganze sportliche Getue eh nur eine Ausrede gewesen war, um sich zum Lästern zu treffen – denn nach diesen Begegnungen kannte seine Mutter stets den neuesten Klatsch. Vermutlich ließ der ihr Herz mehr aufblühen als die Spaziergänge an frischer Luft. Allein die Erinnerung an das Geräusch, das entstanden war, wenn die beiden ihre Nordic-Walking-Stöcke wie Speere auf den Teerboden des Hofes krachen ließen, jagte ihm jetzt noch einen Schauer über den Rücken. So musste es sich anhören, wenn der leibhaftige Teufel aus der Hölle stieg und mit seinem Huf über das Pflaster galoppierte, um sich die nächste arme Seele zu holen. Wilfried seufzte bei dem Gedanken, jetzt nach Hause zu müssen. Sicher würde seine Mutter wieder kein gutes Haar an ihm lassen.

Doktor Laura Heinrich erreichte das Gebäude, in dem Lukas Ahrens wohnte, etwa zu der Zeit, als Wilfried Storzig seinen LKW daran vorbeilenkte. Er fuhr nicht schnell und sein Blick erfasste für einen kurzen Augenblick die hübsche Gestalt der Ärztin. Dann waren er und sein Gefährt verschwunden.

Laura suchte die Klingelknöpfe ab, musste allerdings feststellen, dass es überhaupt keine Namensschilder gab. Offensichtlich wussten etwaige Besucher genau, wo sie zu drücken hatten.

Hilflos sah sich die Ärztin um. »Wenn man jemand braucht, ist keiner da«, brummte sie missmutig und entschloss sich, ihren Finger einfach auf irgendeine der circa fünfzehn Tasten zu legen.

Tatsächlich öffnete man ihr. Niemand stellte durch die verrosteten Schlitze der Gegensprechanlage Fragen und so war sie schnell im Haus verschwunden. Das Glück blieb ihr hold, denn gleich an der ersten Wohnungstür im Erdgeschoss stand der Name, den sie suchte.

Als die Tür aufging, blickte sie in ein angespanntes Gesicht. »Was ist denn jetzt schon wieder?«, blaffte der Mann ihr gegenüber, der augenscheinlich einen unangenehmen Besuch erwartet hatte. Seine Züge änderten sich jedoch beim Anblick der hübschen Frau. »Aber hallo«, reagierte er übertrieben freundlich, »sind Sie eine der neuen Wohltätigkeitstussis? Das geht aber schnell. Zwei tot, sofort rückt eine nach. Oder sind Sie meine verschollene Tochter, die sich die Alimente auszahlen lassen will? Sorry, Schätzchen, bei mir ist nichts zu holen.« Angetan von seinem eigenen schlechten Scherz lachte er auf.

Laura blieb gelassen und stellte sich vor.

»Soso, eine Frau Doktor«, gab er zur Antwort. »Ich tippe mal auf Tierärztin. Wird wieder mal einer der Köter im Haus beschlagnahmt? Nehmen Sie gleich alle mit, die machen nur Krach und Dreck.«

»Ich bin Psychiaterin«, dehnte sie die Wahrheit ein wenig, denn genau genommen hatte sie ihre Facharztausbildung noch nicht abgeschlossen.

Jetzt wurde sein Blick abweisend. »Was soll das werden? Wurden Sie von den Bullen geschickt?«, fragte er streitlustig. »Unauffällig abchecken, ob der Ahrens noch alle Tassen im Schrank hat, und ihm dann die Morde unterjubeln. Nicht mit mir, Fräulein Doktor.«

Die Tür wäre beinahe ins Schloss gefallen, aber Laura schob ihren Fuß dazwischen. Erst als der Schmerz ihren Knöchel durchfuhr, erinnerte sie sich daran, dass die, die das in den Filmen machten, meist feste hohe Stiefel trugen und keine feinen Damenschuhe. Sie verkniff sich den Schmerzensschrei, brachte stattdessen gepresst hervor: »Ich bin wegen Daniela Parov hier.«

Er erstarrte, fasste sich aber sofort wieder und zischte: »Ist sie endlich tot?«

Laura fand seine Reaktion interessant, legte automatisch den Kopf schräg und sagte: »Wieso fragen Sie das?«

Er rollte mürrisch mit den Augen, gab ihr allerdings

trotzdem eine Antwort: »Weil es das ist, was ich mir für Daniela wünsche.«

Die Ärztin blickte ihn durchdringend an und endlich bequemte er sich, die Tür freizugeben.

»Sie ist also nicht tot«, leierte er monoton herunter, während er vorausging und sie in sein Wohn-Arbeitszimmer führte.

Laura nahm sich vor, jede Kleinigkeit in dem Raum zu registrieren. Langsam fand sie gefallen an dem Außendienst. »Ich würde Ihnen gerne ein paar Fragen zu Frau Parov stellen, wenn das für Sie in Ordnung ist.«

Er gab sich lässig, fläzte sich auf seinen Schreibtischsessel, der altersschwach quietschte, und bat ihr mit einer ausladenden Handbewegung einen Platz an.

»Sie lesen viel«, stellte die junge Ärztin das Offensichtliche fest.

»Von Berufs wegen«, antwortete er knapp.

»Sie sind Schriftsteller?«, fragte sie neugierig.

»Auch«, entgegnete er, »besser gesagt, früher versuchsweise. Eigentlich sah ich mich immer schon viel mehr als Journalist. Man muss die Sachen nicht erfinden, es gibt genug Reales, über das man berichten kann.«

Sie sah sich um und er beobachtete sie genau. »Also warum sind Sie hier? Hat Ihnen Daniela auch irgendeinen Floh ins Ohr gesetzt?«

»Wie darf ich das verstehen?«, hakte die Ärztin freundlich nach.

»Ich bin mir sicher, dass Sie genau verstehen«, erwiderte er grinsend. »Spielen Sie nicht mit mir, Sie könnten verlieren.«

Für einen Augenblick entblößte er seine Zähne. Automatisch dachte Laura an den kleinen Terrier ihrer Nachbarin, der gerne die Lefzen über das Zahnfleisch zog, um sich den Rest der Welt vom Leib zu halten. Sein Biss wäre vermutlich recht schmerzhaft.

Plötzlich bekam sie Angst. Was hatte sie sich nur dabei gedacht? Sie saß mit einem wildfremden Mann, der vermutlich sehr radikale Ansichten vertrat, in einer Wohnung fest. Niemand wusste, wo sie sich gerade aufhielt, und sicherlich würden ein paar angstvoll ausgestoßene Schreie nicht gleich die Nachbarn auf den Plan rufen. Laura ermahnte sich, ruhig zu bleiben.

Zur gleichen Zeit suchte Svenja Orth in ihrem Ankleidezimmer nach einem passenden Outfit; für den Nachmittag war ein Treffen des Vereins anberaumt. Offiziell, um der beiden toten Mitglieder zu gedenken, aber in Wirklichkeit ging es vor allem darum, zusammenzukommen, ohne wie eine Gruppe klatschsüchtiger Weiber zu wirken. Außerdem gab es zwei neue Posten zu besetzen.

Svenja hatte ihre Kandidatinnen bereits gewählt. Zwei hirnlose Idiotinnen, die niemals wagen würden, ihr in die Quere zu kommen. Lustlos betrachtete sie die Kombination aus dunkelbraunem Rolli und grauer Hose. Sie hätte Farbe bevorzugt, aber das wäre unpassend gewesen. Unten hörte sie die Haustür und zuckte unwillkürlich zusammen.

»Schatz?«, erklang Bjarnes Stimme. »Ich bin zu Hause.«

»Ich bin oben«, rief sie und versuchte, dabei fröhlich zu klingen.

»Gute Nachrichten«, hörte sie ihn sagen, »ich konnte meine Termine verschieben und einiges auch online erledigen, ich bin also die nächsten Wochen zu Hause.«

Svenja wurde blass und ging unwillkürlich in die Knie. Nach Luft ringend setzte sie sich aufs Bett. Das Wort »Wochen« schien über ihr zu schweben wie ein Fallbeil.

»Die Polizei würde es vermutlich sowieso verdächtig finden, wenn ich jetzt in die USA fliege«, plapperte er im unteren Stockwerk munter weiter.

»Das ist dein Job, die können dich nicht ohne Grund hier festhalten«, versuchte sie, mit fester Stimme zu entgegnen.

Heftig atmend stand sie schnell auf und tat so, als würde sie sich mit der Kleiderauswahl beschäftigen, während er die Treppe nach oben kam und das Zimmer betrat. Sie konnte seinen Gesichtsausdruck nicht sehen, da sie ihm den Rücken zukehrte, befürchtete jedoch, er wäre misstrauisch geworden. Trotzdem drehte sie sich nicht zu ihm um, sondern bemühte sich, glaubhaft zu klingen, als sie sagte: »Ich bin jedoch gottfroh, dass dieser ganze Albtraum wenigstens dazu führt, dass ich und Alissa mehr Zeit mit dir verbringen können.«

Tatsächlich trat Bjarne nun zu ihr und streichelte zärtlich ihren Rücken. Sie konnte nicht vermeiden, kurz zusammenzuzucken, drückte sich dann jedoch sofort gegen ihn und hauchte: »Ich bin nicht gerne ohne dich.«

Er küsste sanft ihren Nacken, seine Hände wanderten von ihren Brüsten zu ihren Schenkeln und er hauchte: »Du wirkst verspannt.«

»Die Morde, es ist so schrecklich.« Und obwohl sie Miriam und Bärbel gegenüber keinerlei Mitgefühl empfand, begann sie zu weinen.

Diese Reaktion brachte Bjarne aus dem Konzept und er ließ von ihr ab, suchte nach Taschentüchern, reichte sie ihr und murmelte: »Ich werde Alissa heute in die Schule bringen, dann kannst du dich ausruhen.«

Svenja schluchzte laut und antwortete dankbar: »Das wäre mir sehr recht, danke schön.«

Er nickte unsicher und sagte: »Mache ich gerne«, bevor er das Schlafzimmer verließ und seine Frau erleichtert aufs Bett sank.

Kurze Zeit später

Im Haus gegenüber hingegen kuschelte sich Ella Warth liebevoll an ihren Mann Max. Nach dem gestrigen Doppelmord und dem darauf folgenden Umtrieb hatte Max kurzerhand entschieden, die Kinder für eine Nacht zu den geliebten Großeltern zu bringen, was von allen bejubelt worden war.

»Meinst du, wir sind schlechte Eltern?«, fragte Ella mit einem Lächeln. »Unsere beiden Schätze einfach so abzuschieben?«

»Erstens«, sagte Max und küsste sie auf die Nasenspitze, »war es richtig, sie aus dem Trubel herauszuholen, zweitens gönnen wir uns sehr selten kinderfreie Zeit und drittens …« Er sprach nicht weiter, sondern richtete sich ein wenig auf, senkte den Kopf auf ihren nackten Bauch und übersäte diesen mit Küssen. »Und drittens schenken wir den beiden ja bald ein Geschwisterchen, das sie dann quälen und unterdrücken können.«

»Sag doch so etwas nicht«, schimpfte Ella gespielt, »das hört sich ja furchtbar an.«

»So ist das eben unter Geschwistern.«

»Woher willst du das wissen?«, entgegnete sie amüsiert. »Du bist doch ein verwöhntes Einzelkind.«

»Und gut geraten, oder?«

»Einigermaßen«, gab sie immer noch gut gelaunt zurück und verdrängte den Gedanken daran, dass Max immer wieder Affären mit anderen Frauen hatte.

»Ich liebe dich«, sagte er plötzlich ernst, »ich hoffe, du weißt das. Es tut mir leid, dass ich nicht mehr Zeit für dich und die Kinder habe und manchmal lange arbeiten muss und …«

Schnell legte sie ihm den Zeigefinger auf die Lippen.

Keine Geständnisse, nicht jetzt, schoss es ihr durch den Kopf. »Im Augenblick bist du hier und nur das zählt, nicht was in der Vergangenheit war, das ist vorbei.«

Er entspannte sich, wirkte, als hätte man ihm die Absolution erteilt, was Ella im Grunde auch getan hatte.

Um die Stimmung nicht kippen zu lassen, zog sie ihn an sich und küsste ihn leidenschaftlich auf den Mund. »Lass uns nicht reden, wir sollten uns lieber aufs Babymachen konzentrieren.«

Lukas Ahrens war zwar nicht begeistert, an die Vergangenheit erinnert zu werden, aber seine Eitelkeit verbot es ihm, sich den Fragen von Laura Heinrich zu verschließen. So viel hatte die Ärztin bereits aus seinem Auftreten und Verhalten herausgedeutet.

Auch als er jetzt eine Zigarette anzündete und den Rauch ohne Rücksicht in ihre Richtung blies, wusste sie, dass das alles zu seinem Spiel gehörte.

Was für eine explosive Mischung, dachte die angehende Psychiaterin und stellte sich Daniela Parov und diesen Mann zusammen in einem Raum vor.

Gedanklich machte sie sich eine Notiz: Künftig wollte sie noch stärker die Partner ihrer Patienten unter die Lupe nehmen. Suchte sich ein Psychopath einen anderen oder gingen die sich eher aus dem Weg? Die Überlegungen faszinierten sie so sehr, dass sie kurzzeitig den Mann ihr gegenüber vergaß.

Das reizte dessen narzisstische Natur und er blaffte: »Wollen Sie nun mit mir sprechen oder nicht?«

Laura, geübt im Umgang mit schwierigen Kandidaten, wie sie die Patienten im Stillen manchmal nannte, reagierte freundlich. »Ich will unbedingt mit Ihnen sprechen. Das wäre für mich außerordentlich wichtig. Entschuldigen Sie meine Unkonzentriertheit, aber ich habe eine harte Woche hinter mir.«

Huldvoll ließ er die Entschuldigung gelten, zog erneut

heftig an der Zigarette, bequemte sich dieses Mal jedoch, etwas weniger aggressiv auszuatmen.

»Sie und Frau Parov waren ein Paar, ist das richtig?«

Er machte einen würgenden Ton, so als müsste er sich gleich übergeben. »Ich habe selten so danebengegriffen.«

»Warum sagen Sie das? Frau Parov war in ihrer Jugend eine attraktive Frau und nicht auf den Kopf gefallen. Ich nehme an, dass Sie ansonsten nicht mit ihr zusammen gewesen wären.« Sie ließ demonstrativ den Blick schweifen. »Man sieht, dass Sie einen intellektuellen Anspruch haben«, nährte sie erneut seine Eitelkeit und dachte bei sich: *Die Ordnungsliebe kommt allerdings zu kurz.*

»Ich bin auch nur ein Mann. Ich war damals jung und voller Tatendrang, obwohl man mir, seit ich denken kann, Steine in den Weg gelegt hat.«

Laura Heinrich kam nicht umhin, ihr Gegenüber wie einen Patienten zu analysieren, auch er war ein Fall wie aus dem Lehrbuch.

»Wann haben Sie Daniela das erste Mal getroffen?«

»Als ich von meiner Reise zurückkam, das waren noch Zeiten.«

Laura wagte einen Vorstoß und sagte: »Wo waren Sie? Indien, Balearen …«

Die Frage sollte sich als Fehler herausstellen, denn grimmig antwortete er: »Es war nicht so eine Reise, mehr eine spirituelle. Ich hing eine Zeit lang mit Leuten aus Frankfurt herum.«

Laura überspielte ihren Patzer, indem sie folgerte: »Und als Sie wieder nach Wörmshalde kamen, trafen Sie auf Frau Parov.«

Er nickte. »Sie stand auf der Straße und sammelte Unterschriften gegen die Chemiefabrik. Sie war unermüdlich, hat jeden angequatscht, sich alles Mögliche an den Kopf werfen lassen. Das hat mir irgendwie imponiert und ich ging zu ihr, fragte, ob ihr die Arschlöcher nicht langsam auf den Sack gehen würden. Sie hat gelacht und geantwortet: ›Sind ja nicht alle so ätzend wie du.‹ Da wusste ich, die ist clever. Ich schlug ihr ein Bier mit anschließendem Sex vor und sie revanchierte sich mit den Worten: ›Danke, mir ist schon schlecht.‹« Er lachte auf. »Am Ende gab es das Bier und den Sex dann doch und wir blieben eine Weile zusammen.«

»Wie war sie so?«, wollte Laura wissen, auch wenn sie mittlerweile annahm, dass Lukas Ahrens lieber über sich selbst sprach.

»Besessen«, entgegnete er knapp.

»Waren Sie das nicht beide?«, half die junge Ärztin nach.

»Ich war besessen von meiner Arbeit, aber Daniela … die war besessen von dieser Chemiefabrik.«

»Macht es denn einen Unterschied, was uns so in den Bann zieht?«, hakte Laura nach.

»Sie sind gut«, gab er unumwunden zu. »Wenn ich mich jemals wegen meines Geisteszustandes behandeln lassen muss, dann von Ihnen. Sie stellen die richtigen Fragen.«

Sie unterbrach ihn nicht, sondern wartete ab.

Ahrens, der nun das Gefühl hatte, ein ihm geistig ebenbürtiges Publikum vor sich zu haben, widerstand dem Drang, sich eine neue Zigarette an der alten anzuzünden. Stattdessen versenkte er diese in dem Berg ausgedrückter Stummel im Aschenbecher.

»Nein«, antwortete er schließlich wohlüberlegt, »die Besessenheit ist die gleiche. Ich wollte, dass man meine Texte liest, und Daniela wollte Rache an diesem Unternehmen üben. Besessenheit kennt keine Grenzen, man überlegt nicht, ob das, was man tut, richtig oder falsch ist, man tut es einfach. Aber es gab einen Punkt, in dem wir uns unterschieden haben.« Ahrens blickte sein Gegenüber an, als würde er gleich die größten Rätsel der Menschheit enthüllen, bevor er sagte: »Daniela war bereit, sich zu opfern, und das …« Er grinste verschwörerisch. »… das, meine Liebe, ist dumm. Denn am Ende verscharren sie dich in der Erde, lassen dich im Gefängnis oder der Klapse verrotten, ohne dass sich dadurch irgendetwas verändert hat.«

»Sie fanden Danielas Verhalten also falsch?«, fragte Laura unschuldig.

»Nein«, erwiderte er gedehnt, »es war nicht falsch, sondern dumm. Man kann Leute aus den unterschiedlichsten Gründen umbringen, aber doch bitte nicht so dämlich sein, sich erwischen zu lassen.«

»Die meisten Mörder werden gefasst«, warf Laura ein, die die Richtung, die ihre Unterhaltung nahm, verunsicherte.

»Weil sie es der anderen Seite zu leicht machen. Nehmen wir Daniela. Schreit monatelang auf der Straße herum, dass sie alle hasst und was für Schweine die Leute aus der Fabrik sind. Dann brennen deren Häuser und es finden sich genug Zeugen, die ihr die Polizei auf den Hals hetzen.«

»Ich hatte nicht den Eindruck, dass Sie ein Mensch sind, der anderen rät, mit Meinungen hinter dem Berg zu halten«, hakte Laura nach.

»Normalerweise nicht, aber ich bringe ja auch keinen um«, antwortete er gut gelaunt. »Denn würde ich das tun, dann wäre ich in meinem Zorn sehr schweigsam.«

Laura nickte lediglich, überließ es ihm, das Thema noch weiter auszuführen, und tatsächlich fuhr er fort: »In der Fabrik haben Hunderte Menschen gearbeitet, hätte sie die alle töten wollen?«

»Haben Sie denn nicht auch in Erwägung gezogen, dass an den Anschuldigungen, die Ihre damalige Freundin geäußert hat, etwas dran war?«

»Anfangs schon.«

»Später dann nicht mehr?«, fasste Laura interessiert nach.

»In dem Fall denke ich tatsächlich, dass sich Daniela geirrt hat.« Er verzog das Gesicht. »Ich stehe darauf, wenn kriminelle Machenschaften aufgedeckt werden, aber die Chemiefabrik hat sich zumindest nicht das zuschulden kommen lassen, was ihr Daniela vorgeworfen hat. Nach all den Jahren gibt es keinerlei Hinweise, dass ehemalige Arbeiter einem Gesundheitsrisiko ausgesetzt gewesen waren.«

»Sie denken also nicht, dass die Morde, die hier geschehen sind, etwas mit der alten Fabrik zu tun haben?«

Er stieß einen ächzenden Laut aus. »Deshalb sind Sie hier«, rief er triumphierend. »Daniela glaubt, jemand führt ihr Werk fort.« Er bewegte seinen Zeigefinger zum Kopf, als wollte er Laura den Vogel zeigen. »Typisch Daniela, die wird sich wohl nie ändern.«

»Vermutlich nicht«, gestand Laura ehrlicherweise ein. »Trotzdem versuche ich ihr zu helfen.«

»Können Sie nicht«, konterte er sofort. »Diese Frau hat mir das Leben zur Hölle gemacht. Während der Beziehung und noch mehr danach. Die Bullen hätten mich am liebsten mit auf die Anklagebank gesetzt.«

»Sie sagt, einen der Brände hätte sie nicht gelegt. Es geht um den in der Siedlung. Eine Frau kam dabei ums Leben.«

»Ja, *die* Geschichte.« Er stöhnte.

»Was steckt da dahinter?«, bohrte Laura. »Warum behauptet Frau Parov so vehement, in diesem Fall unschuldig zu sein, wenn das nicht die Wahrheit ist? Sie hatte doch nichts mehr zu verlieren. Ist es nicht möglich, dass es sich bei diesem Brand um einen Unfall handelte? Die Sachverständigen haben das nie ausgeschlossen.«

Ahrens kratzte sich am Kopf, schien zu überlegen, ob er nicht besser schweigen sollte. Andererseits schmeichelte es ihm, dieses Gespräch zu führen, mehr oder weniger sogar um Rat gefragt zu werden. Schließlich sagte er: »Ich vermute, Daniela wollte ihren Rachefeldzug nicht verderben. Regina Müller hatte mit der Fabrik nichts zu schaffen, der Mord an ihr hätte sich nicht gut gemacht bei einer Kämpferin für Gerechtigkeit.«

»Was war dann zwischen Frau Parov und dieser Regina Müller?«

»Die beiden konnten sich nicht leiden, das war alles.« Er

stöhnte theatralisch, bevor er die Arme entschuldigend ausbreitete und sagte: »Ach was soll's. Ich hatte eine kurze Affäre mit Regina, nichts Ernstes. Regina war ziemlich gestört und hat außerdem gesoffen. Wenn die beiden Frauen jedoch aufeinandertrafen, dann gab es deshalb regelmäßig Krach.«

»Das steht nicht in den Akten.«

»Weil es damals niemand interessiert hat und ich habe schön die Klappe gehalten, außerdem hat mich keiner danach gefragt. Und Daniela war sicher nicht daran gelegen, bei der Gerichtsverhandlung als eifersüchtige Furie dazustehen. Ist nicht so heroisch, jemanden aus Eifersucht zu killen. Gemacht hat sie es vermutlich trotzdem.«

Das Gespräch näherte sich dem Ende, und Laura fragte: »Soll ich Frau Parov etwas ausrichten?«

Lukas Ahrens hob und senkte müde die Schultern und meinte: »Sie möchten einen Gruß? Sagen Sie ihr: Wir sehen uns hoffentlich erst in der Hölle wieder.« Er seufzte und fügte erklärend an: »Mehr fällt mir zu Daniela Parov leider nicht ein.«

KAPITEL 9

Einige Tage später

Hauptkommissarin Gärtner kam erschöpft nach Hause, die letzten Tage waren extrem stressig gewesen. Der Doppelmord hatte die Gemüter zusätzlich erhitzt. Während man den Tod der Prostituierten in der Öffentlichkeit als Risiko des Gewerbes abgetan und die alleinstehende Schuldirektorin als zufälliges Opfer unglücklicher Umstände gesehen hatte, löste das Verbrechen an den beiden unbescholtenen Hausfrauen, eine davon Mutter zweier Kinder, einen Sturm der Entrüstung aus.

Anja Gärtner kämpfte mit Anfeindungen der Presse, aber auch mit dem Druck, der von ihren Vorgesetzten auf sie ausgeübt wurde. Alles in allem fühlte sie sich urlaubsreif, zumal ihr die Ideen ausgingen. Unzählige Verhöre mit Nachbarn, den Arbeitskollegen von Jens Sauer und den Bewohnern der Fabriksiedlung hatten letzten Endes nichts ergeben.

Das Haus der Kreismanns, dort, wo der Doppelmord begangen worden war, brachte bei der Durchsuchung nichts zum Vorschein, was bei der Lösung des Falls hätte helfen können. Nicht einmal das kleine altmodische Tagebuch, das zwischen unzähligen Ratgebern, alle zum Thema Kinderwunsch, versteckt gewesen war, offenbarte wirklich neue Hinweise. Dort schrieb Bärbel Kreismann über eine gewisse »*S*«, der sie nicht besonders wohlgesonnen gegenüberstand.

S. hat mich vor versammelter Mannschaft blamiert … S. versucht, es zu verstecken, aber ich habe es gesehen … S. kam heute humpelnd, geschieht ihr recht …

Die Hauptkommissarin vermutete, dass es sich bei der fraglichen Person um Svenja Orth handelte, und es wunderte sie nicht, dass Bärbel Kreismann meist nur gehässige Einträge für ihre angebliche Freundin übrig hatte. Szenen, in denen Svenja sich gegenüber dem Mordopfer ziemlich unfreundlich gezeigt hatte, wurden geschildert, und Anja nahm an, dass die verwischten Buchstaben die Folge bitterer Tränen waren. Sie hatte Nele Bund darauf angesetzt, aber die war nicht weitergekommen.

»Vielleicht kannte Bärbel Kreismann ein Geheimnis von Svenja Orth, immerhin steht hier: ›Sie versucht es zu verstecken‹«, hatte Simon Faller vorgeschlagen.

»Kann auch das Geheimnis des Alters sein. Frauen verstecken viel«, war ihm Nele ins Wort gefallen. »Ihren Bauch, Hüftleiden, Bandscheibenvorfälle, Hängebrüste und Falten. Andere Frauen bemerken so etwas und lästern darüber. Ehrlich gesagt liest sich das Tagebuch so, als hätte eher die Kreismann einen Grund gehabt, Svenja Orth umzubringen, als umgekehrt.«

»Außer es gab doch ein Geheimnis«, ließ Simon nicht locker. »Zum Beispiel einen Liebhaber. Bjarne Orth wäre darüber sicher nicht erfreut.«

»Sicher nicht«, pflichtete ihm die Hauptkommissarin zwar bei, hielt jedoch dagegen: »Aber warum sollte Svenja dann die Prostituierte und die Schuldirektorin töten?«

»Was ist mit Bjarne Orth? Bis dato haben wir niemanden gefunden, der ihn beim Jogging gesehen hat. Ist doch erstaunlich, mit welcher Überzeugung er uns Alibis präsentiert, die überhaupt keine sind«, hatte Simon Faller sie daraufhin gefragt.

Anja betrat, immer noch über den Fall grübelnd, das Wohnzimmer. Jessica saß auf der Couch und strahlte sie an. Ihr Anblick weckte in Anja ein Gefühl, als wäre nach tiefster Dunkelheit endlich die Sonne aufgegangen. Fast hätte die Hauptkommissarin zu weinen begonnen. Wie so oft vor Glück und vor Trauer gleichermaßen.

»Hallo Mama«, sagte Jessica fröhlich. »Ich werde bald wieder zur Schule gehen«, platzte das Mädchen heraus.

Anja warf ihrem Ehemann einen fragenden Blick zu, den der mit einem schuldbewussten Gesichtsausdruck beantwortete.

»Liebes, willst du nicht ein bisschen Fernsehen?«, schlug er seiner Tochter vor und gab Anja ein Zeichen.

Jessica klatschte begeistert in die Hände, und wenige Augenblicke später flimmerte eine Zeichentrickserie über die Mattscheibe. Sie versank in einer anderen Welt, während sich Anja und Thomas in die Küche zurückzogen.

»Was soll das heißen, sie geht zur Schule?«, fragte Anja misstrauisch.

»Ich wollte es dir eigentlich erst später sagen«, begann Thomas umständlich.

»Später? Um was geht es hier?«, wurde sie ungeduldig.

»Ich habe einen Platz für Jessica gefunden, es …«

»Ein Heim?«, reagierte die Hauptkommissarin schockiert. »Du willst sie in ein Heim abschieben? Wo man sie irgendwo an einen Rollstuhl schnallt und bestenfalls einmal am Tag füttert?«

Er hob die Hände, kannte ihre Einwände und erwiderte genervt: »Genau, das will ich. Grauer Einheitsbrei ohne Nährstoffe und danach spritzt man sie mit einem Schlauch ab. Herrgott, Anja, wir leben doch nicht mehr im Mittelalter. Abgesehen davon kannst du mir schon zutrauen, dass ich mein Kind nicht irgendwelchen Sadisten überlasse. Und von Abschieben kann wohl kaum die Rede sein. Was hältst du eigentlich von mir?«, schnaubte er wütend,

Anja senkte den Kopf und murmelte: »Tut mir leid, das war nicht fair. Aber du weißt, dass ich Jessica nirgendwo parken möchte.«

»Darum geht es doch auch nicht.« Er legte seine Hände auf ihre Arme, zwang sie, ihn anzusehen. »Wir haben so viel erreicht, mehr, als die Ärzte jemals für möglich gehalten haben. Wir wissen aber auch beide, dass wir an unsere Grenzen gekommen sind.«

»Ich will nicht, dass mein Mädchen fremden Menschen ausgeliefert ist.«

Er warf ihr einen ungeduldigen Blick zu, wobei er die Augenbrauen kritisch nach oben schob.

»Schon gut«, gab sie nach, »sprich weiter.«

»Wir werden eines Tages nicht mehr da sein und die Zeit bis dahin sollten wir nutzen, um Jessica zu fördern, um zu probieren, sie noch weiter zu bringen.«

Plötzlich hielt er ihr einen Prospekt vor die Nase. »Hier, das ist eine Art Klinik, oder eher eine betreute Einrichtung mit Ärzten, die Menschen wie Jessica helfen. Sieh nur.« Er konnte seine Euphorie nicht länger zurückhalten. »Die arbeiten mit den Patienten in kleinen Gruppen: Lesen, Schreiben, Malen, Musik. Aber auch körperliche Therapien, dort gibt es sogar therapeutisches Reiten, ein Schwimmbad, Physiotherapie. Jessica würde von den Angeboten profitieren. Und das Beste«, sagte er begeistert, »sie kann jedes Wochenende nach Hause kommen! Es ist wie ein Internat, als ob sie irgendwo studieren würde. Das Haus liegt nur zwei Stunden von Stuttgart entfernt.«

Anja wusste, dass sich das wunderbar anhörte, blieb aber still.

»Sie wäre unter anderen Menschen, sie kann doch nicht nur mit uns hier eingesperrt bleiben. Sie braucht Aufgaben, Reize, Herausforderungen.«

Skeptisch blätterte die Hauptkommissarin im Prospekt. Ein Zettel fiel heraus, es war die Preisliste.

»Natürlich ist das eine private Einrichtung«, reagierte Thomas etwas kleinlaut.

Anja blieb die Luft weg, war gleichzeitig aber auch ein wenig erleichtert, als sie jetzt sagen konnte: »Wie sollten wir das bezahlen?«

»Wir verkaufen das Haus und suchen uns etwas Kleineres, vielleicht sogar etwas mehr in Richtung der Klinik. Da sind die Immobilienpreise wesentlich günstiger. Natürlich so, dass du immer noch bequem zur Arbeit fahren kannst, und …« Er stockte, stieß geräuschvoll die Luft aus, Anja wusste, was jetzt kam. Sie hatte das schon unzählige Male in ihrem Job erlebt. Was jetzt folgte, war ein Geständnis.

»Ich habe mit meinem alten Dekan gesprochen. Die wären an mir als Aushilfsdozent interessiert, das würde weiteres Geld in die Kasse bringen und es gibt zudem staatliche Zuschüsse. Wir hätten sie doch auch auf eine Uni geschickt, viel teurer wird das auch nicht. Außerdem kann man das jederzeit abbrechen. Fühlt sie sich nicht wohl, dann beenden wir das Ganze.«

Unschlüssig wendete Anja die Broschüre und griff nach dem letzten Strohhalm, indem sie sagte: »Die werden ja vermutlich eine Warteliste haben.«

»Es gäbe einen Platz. Die Ärzte würden Jessicas Fall gerne übernehmen.«

»Ha«, schnappte Anja, »das glaube ich. Die sind nur scharf darauf, ein Forschungsobjekt in die Hände zu bekommen.«

»Die haben einen sehr netten und kompetenten Eindruck gemacht. Das ist ein gutes Team. Erfahrung und Innovation, das wäre eine Chance für …«

»Moment«, fuhr sie ihn an. »Woher weißt du das so genau?«

»Weil ich heute dort war.«

»Mit Jessica?« Ihre Stimme wurde schrill.

»Mit Jessica«, erwiderte Thomas ruhig.

»Hinter meinem Rücken?«

»Ja«, antwortete er schlicht. »Du hättest schon von vorneherein abgelehnt, ich kenne dich doch. Wenn ich dich gebeten hätte mitzukommen, wären dir hundert Ausreden eingefallen.«

Sie wollte Einwände erheben, aber er ließ sie nicht

aussprechen. »Du willst sie beschützen, das weiß ich. Mir geht es genauso. Aber der beste Schutz, den wir ihr geben können, ist, ihr ein halbwegs normales Leben zu ermöglichen. In unserer Tochter steckt noch so viel Potenzial. Sie ist eine Kämpferin, also lass sie kämpfen.«

Anja schossen Tränen in die Augen. »Sie sollte keine Kämpfe führen müssen, das ist meine Aufgabe, ich bin ihre Mutter, ich muss sie beschützen.«

Die Tränen ließen sich nicht mehr zurückhalten. Thomas schloss seine Frau in die Arme. Sie wussten, dass sie keine Schuld hatten, und lebten doch seit dem Unfall mit dem Gefühl, versagt zu haben. Anfangs hatte sie dieser Gedanke regelrecht aufgefressen, dann hatten sie gelernt, damit zu leben. Aber an manchen Tagen kam eben alles wieder hoch.

»Es wird ihr gefallen, lass es uns probieren«, flüsterte Thomas. »Lass einfach ein bisschen los.«

Sie nickte an seiner Schulter, zog geräuschvoll die Nase hoch und sagte leise: »Wenn Jessica dort auch nur eine Sekunde unglücklich ist, mache ich denen den Laden dicht, nur dass das klar ist.«

Er drückte sie fester an sich und scherzte: »Ich bin mir sicher, dass du das tust.«

Spät am Abend saß das Ehepaar noch im Wohnzimmer. Jessica schlief bereits. Thomas studierte seine alten Bücher, und Anja hing ihren eigenen Gedanken nach. Obwohl sie versuchte, an etwas anderes zu denken, konnte sie nur über den Fall nachgrübeln. Ella Warths Aussage schwirrte ihr durch den Kopf. Nach Svenja Orth befragt und deren Verhältnis zu den beiden Toten hatte die erklärt: »Svenja besitzt alles und hat Angst, es zu verlieren. Deshalb ist sie manchmal so, wie sie ist. Zumindest vermute ich, dass das der Grund ist. Ich selbst habe meine Eltern früh verloren und bin wesentlich mehr auf gute Freunde angewiesen als Svenja, deshalb vermeide ich es, die Menschen vor den Kopf zu stoßen.«

Wie meistens bei dieser Art der Vernehmungen hielt Anja Gärtner ihre Kollegen dazu an, möglichst viel Persönliches über das Opfer, aber auch über dessen Freunde und Bekannte herauszufinden. Anjas Erfahrung nach stammte der Mörder meist aus der direkten Umgebung, deshalb waren Informationen wichtig. Gewöhnlich ließen sich die Zeugen nicht lange bitten. Die Mehrzahl der Menschen neigte dazu, unbedarft private Dinge preiszugeben. Das lag sicher mit am Zeitalter der sozialen Netzwerke, aber auch daran, dass man gerne über sich selbst sprach. Es fand sich außerdem immer jemand, der keine Bedenken hatte, alles über den Nachbarn oder Arbeitskollegen auszuplaudern, was er wusste. Anja konnte sich bereits ein relativ klares Bild machen. Während Ella Warths Eltern gestorben waren und deshalb ein enges, wenn vielleicht auch nicht immer einfaches Verhältnis zu den Schwiegereltern bestand, war Svenja Orth wenig mit ihren Erzeugern in Kontakt, und Bjarne Orth war ohnehin Waise.

Außerdem leben die Orths eine sehr intensive Paarbeziehung, überlegte die Hauptkommissarin. Das wiederum könnte bedeuten, dass einer der beiden oder beide zusammen womöglich sehr extrem auf Störungen von außen reagieren würden.

Anja Gärtner dachte an die Worte ihrer Oberkommissarin. Die hatte Wilfried Storzig und seine Mutter verdächtigt. Könnte auch das Ehepaar Orth fähig sein zu morden?

Sie seufzte laut und blätterte in der Mappe, die sie sich ausnahmsweise mit nach Hause genommen hatte. Es handelte sich um Gesprächsnotizen, Tatortfotos und Protokollkopien. Interessant fand sie die Aufzeichnungen über ein Gespräch, das Kommissar Faller mit einer gewissen Irma Sattler geführt hatte.

Die Frau wohnte in einer kleinen Pforzheimer

Gemeinde, und zwar schon seit siebzig Jahren. »Ich bin hier geboren und aufgewachsen«, hatte sie dem Polizisten stolz verkündet. »Ja, natürlich erinnere ich mich noch an die Sauers. Die haben gleich nebenan gewohnt. Eigentlich eine nette Familie.«

Ein »eigentlich« war für einen Polizisten immer eine Aufforderung nachzuhaken, und so hatte auch Simon Faller nicht gezögert und die notwendigen Fragen gestellt.

»Na ja«, gab Irma Sattler nach kurzem Zögern zu. »Der Junge, der Zweitgeborene, der war schon ein wenig anstrengend. Ziemlich verwöhnt, wenn Sie mich fragen, und als dann der Nachzügler kam …« Sie schüttelte traurig den Kopf. »Da gab es viel Streit. Die Kinder haben ja oft hier im Garten gespielt.« Sie hatte Simon das Nachbarhaus gezeigt, ihn über ihr Gelände geführt und versucht ihm zu erklären, wie es damals ausgesehen hatte.

Heute stand auf dem ehemaligen Zuhause der Sauers ein Neubau, der Ähnlichkeit mit einem Würfel hatte. Die Außenflächen des Grundstücks waren mit Schotter bedeckt und dienten als Parkplätze.

»Früher gab es einen Rasen und Blumen, ähnlich wie bei mir. Aber der fehlende Wohnraum lässt überall diese Baumonster entstehen.« Sie seufzte, wie es nur jemand konnte, der alten Zeiten nachtrauerte, und deutete schließlich mit dem Zeigefinger über den Zaun. »Die drei waren nicht gerade die leisesten Kinder, aber trotzdem immer höflich, besonders das Mädchen, die war die Älteste.«

»Und die Jungs?«, fragte Simon.

»Waren wild, aber das war es nicht allein«, sagte die Siebzigjährige stirnrunzelnd. Sie schien alte Szenen vor ihrem geistigen Auge zu sehen. »Die haben gespielt und gestritten, wie es Kinder nun einmal tun, aber manchmal ist es ausgeartet, vor allem zwischen dem mittleren, wie hieß der noch gleich …?«

»Jens«, half der Kommissar aus und die Frau nickte.

»Genau, Jens, der hat den Kleinen richtig gepiesackt und bei den Raufereien gab es jedes Mal Tränen. Er hat ihn dann als *Heulsuse* beschimpft und gerufen: ›Du musst Zöpfe tragen, du Mädchen!‹ Kein Wunder, Jens war vier oder fünf Jahre älter als sein kleiner Bruder.« Sie zuckte mit den Schultern. »Die Eltern sind natürlich dazwischengegangen, haben aber längst nicht alles mitbekommen.«

»Wie war das am Tag des Unglücks, als der jüngere Bruder ertrunken ist? Erinnern Sie sich noch daran?«

»Das werde ich wohl nie vergessen«, entgegnete sie traurig. »Die Schreie, das Weinen, die spürbare Verzweiflung, es war entsetzlich.« Vor Anspannung schlang sie ihre Hände ineinander und atmete schnell. »Ich war in der Küche, habe Zwetschgenkuchen gebacken.« Sie unterbrach sich, sah den Kommissar an und meinte: »Ob Sie es glauben oder nicht, seit diesem Tag kann ich keinen Zwetschgenkuchen mehr essen, geschweige denn backen.« Ihr Blick wanderte zum Nachbargrundstück. »Es war furchtbar, die Mutter hat geschrien, den toten, kleinen Körper umklammert und wollte ihn nicht loslassen. Die Familie zerbrach an dem Unglück. Sind kurz darauf weggezogen, ich habe keine Ahnung, was aus denen geworden ist.«

Simon wusste es, der demenzkranke Vater lebte bei der älteren Schwester, die Mutter hatte sich nach jahrelangen schweren Depressionen das Leben genommen, aber das behielt er für sich.

»Was haben Sie damals angenommen, was passiert ist?«, fragte der Kommissar direkt.

Die alte Dame richtete sich ein wenig auf. »Er ist gestürzt, im Wasser gelandet und ertrunken. Vermutlich hat er das Bewusstsein verloren, als er hineinfiel. Es hieß, er hätte sich die Stirn gestoßen.«

Das stimmte mit dem überein, was die Beamten nach der langen Zeit noch hatten herausfinden können.

Einer Intuition folgend sagte Simon jedoch: »Aber Sie haben das nie so ganz geglaubt?«

Mit ihren wachen Augen sah sie ihn prüfend an, bevor sie zu sprechen begann: »Da gab es viel Hass und Eifersucht, Kinder können grausam sein. Mehr werde ich dazu nicht sagen.«

Simon Faller hatte sich bei der Frau bedankt und versucht noch andere Zeitzeugen zu finden, was ihm jedoch nicht gelungen war. Später hatte er zu Anja gesagt: »Wenn Jens Sauer seinen jüngeren Bruder umgebracht hat, dann wäre er auch fähig, vier Frauen samt seiner eigenen zu ermorden.«

Anja Gärtner schlief über diese Gedanken ein. In einem absurden Traum begegnete sie Bjarne Orth, der blutüberströmt an ihr vorbeijoggte, winkend und scherzend, während Erna Storzig ihn mit einem Küchenmesser verfolgte. Dann sah sie Jessica auf einem Pferd sitzen, das scheute und sie abwarf. Sie wollte zu ihr, konnte sich aber kaum bewegen, so als hätte man ihr schwere Bleischuhe angezogen. Sie hörte die Tochter weinen und war nicht in der Lage zu helfen, sie begann Jessicas Namen zu rufen, da endlich zog sie jemand am Arm. Ihre Füße kamen frei und sie wachte auf.

»Wieder der Traum?« Es war Thomas, der sie geweckt hatte.

»Nein«, erwiderte Anja verwirrt, »es war anders. Jessica ist vom Pferd gefallen.«

Thomas lächelte. »Ist doch ein Anfang.«

»Super«, antwortete ihm seine Frau gespielt genervt. »Ich tausche einen Albtraum gegen einen anderen.«

Er lachte und half die Papiere einzusammeln, die ihr vom Schoß gerutscht waren. Dabei war auch eines der Tatortfotos vom Doppelmord auf dem Boden gelandet.

»Gütiger Gott«, bemerkte Thomas erschüttert, »kein Wunder, dass du schlimme Träume hast.«

Normalerweise sprachen die beiden nicht über Anjas Fälle. Thomas wusste nur das, was auch in den Zeitungen stand. Sie hatten sich vor langer Zeit darauf geeinigt, dass Anja die schlimmen Dinge, die sie während der Arbeit erlebte, nicht mit in ihr Heim brachte. Etwas, an das sie sich vor allem nach Jessicas Geburt meist gehalten hatten.

»Tut mir leid«, sagte Anja deshalb und wollte ihm die Fotografie aus der Hand nehmen, als er sagte: »Was ist da genau passiert?«

Er fragte sonst nie, deshalb sah sie ihn überrascht an. »Willst du das wirklich wissen?«

Thomas schüttelte zwar den Kopf, betrachtete jedoch weiter die Aufnahme des Kaffeetisches, auf dem die abgetrennten Finger der toten Frauen lagen. Dann fragte er: »Ist das der Doppelmord?«

Anja bejahte.

»Er hat ihnen die Finger abgeschnitten«, stellte ihr Mann tonlos fest. »Hat er sie auch vertauscht?«

»Was?« Die Hauptkommissarin war hellwach.

»Es stimmt also«, sagte ihr Mann bitter. »Wurden ihnen Augenbrauen, Nasen und Lippen entfernt und dann dem anderen Opfer angeheftet?«

»Nicht die Lippen, aber die Zunge«, antwortete ihm Anja ehrlich. »Sag schon, was ist los? Wie kannst du das wissen?«

Er reichte ihr das Bild und sagte leise: »Weil ich das schon einmal gelesen habe.«

Etwa zur gleichen Zeit

Lukas Ahrens sah positiv in die Zukunft; man war auf ihn aufmerksam geworden. Die Morde hatten die Presse nach Wörmshalde gebracht und er bekam Interviewanfragen. Offenbar traute man ihm zu, sich vor der Kamera adäquat zu benehmen, denn ein kleiner Regionalsender hatte ihn bereits zu einem Gespräch eingeladen. Die Ausstrahlung war beim Publikum gut angekommen.

Auch wenn Lukas in den vergangenen Jahren nie Erfolg gehabt hatte, weder als Schriftsteller oder Bildhauer noch als Journalist, wusste er, dass es manchmal genügte, zum richtigen Zeitpunkt am richtigen Ort zu sein. Wenn man dann alles korrekt machte, dann konnte das den Durchbruch bedeuten. So einen Moment schien er gerade zu erleben.

»Endlich«, frohlockte der Mann und gönnte sich ein Glas billigen Whiskey, den ihm eine dankbare Mutter von drei Kindern gebracht hatte, nachdem er ihr bei der Unterhaltsklage gegen den Ex-Mann beigestanden hatte.

Dazu zündete er sich eine Zigarette an und spürte, dass er zu guter Letzt doch noch die Aufmerksamkeit bekam, die er verdient hatte. Es zahlte sich eben aus, hartnäckig zu sein. Er dachte daran, was er zu der jungen Ärztin gesagt hatte.

»Besessenheit kennt keine Grenzen«, murmelte er leise, »ist das wirklich so?« Er seufzte übertrieben, rückte sich auf seinem Sessel zurecht und tat so, als würde er vor großem Publikum sprechen. »Weshalb die Menschen in Wörmshalde gestorben sind? Nun, das kann ich Ihnen nicht beantworten, vermutlich Schicksal. Ob mich das betroffen macht?«, führte er den Dialog mit einem imaginären Fernsehmoderator weiter. »Nun, auf gewisse Weise …« Seine Ansprache wurde durch das Klingeln unterbrochen.

Normalerweise nervten ihn besorgte Nachbarn zu später Stunde. Was kümmerte es ihn, wenn der Typ im Obergeschoss seine Alte verprügelte oder irgendwelche Kids im Treppenhaus rauchten? Aber heute nahm er an, dass ihn jemand anders besuchen kam. Deshalb öffnete er gespannt und grinste triumphierend, als er seinen nächtlichen Gast hereinbat. »Dachte mir doch, dass du vorbeikommst.«

Dass man ihm keine Antwort gab, schien ihn nicht zu

stören; er ging voraus, zufrieden, dass seine Intuition richtig gewesen war.

»Verrate mir nur, wie du dich entschieden hast«, führte er die einseitige Unterhaltung im Wohnzimmer fort.

Obwohl sein Gegenüber stumm blieb, deutete Ahrens das als Fortschritt.

Im Haus von Hauptkommissarin Anja Gärtner

»Es ist schon einige Jahre her«, erklärte Thomas seiner Frau und rief verschiedene Dateien in seinem Computer auf. »Die Hausarbeit stammte von einer Studentin, die mich damals sehr beeindruckt hat. Mittlerweile ist sie Doktorin und lehrt in England. Kluge Frau«, sagte er noch, während Anja wie auf glühenden Kohlen darauf wartete, dass er endlich fündig werden würde. Sie kannte ihren Mann und wusste, dass es besser war, ihn nicht zu drängen.

»In dem Semester ging es um moderne Literatur und den Unterschied zwischen Spannungs-, Horror- und Schockelementen. Ich weiß noch, dass mich ihre Arbeit wirklich gefesselt hat. Sie hat sich mit der Frage befasst, weshalb blutrünstige Geschichten so eine Faszination auf …« Er sah in das Gesicht seiner Frau und wusste, dass sie wenig Geduld für tiefgründige Erläuterungen hatte. Deshalb übersprang er diesen Teil seiner Erklärung und sagte: »Sie hatte einige Fallbeispiele ausgewählt, unter anderem eine Kurzgeschichte, in der zwei Frauen ermordet werden, man ihnen Augenbrauen, Nasen und Lippen sowie die Finger abtrennt, um sie dann dem anderen Opfer wieder anzunähen. Furchtbar, oder? Vermutlich kann ich mich deshalb noch daran erinnern und natürlich, weil die Ausarbeitung brillant gewesen war.«

»Von wem stammte diese Story, wer ist der Autor?«,

wurde Anja deutlicher, da sie befürchtete, Thomas würde gleich wieder abschweifen.

»Das versuche ich ja gerade herauszufinden. Jedenfalls handelt es sich um niemand Bekanntes. Aber ich habe die Hausarbeit gespeichert, die Quelle steht bestimmt in den Fußnoten, ich muss sie nur noch finden.« Zwei Minuten später rief er: »Heureka«, und Anja atmete erleichtert auf.

Auf dem Bildschirm erschien ein Dokument. Wieder riss sich die Hauptkommissarin zusammen, konnte ihre Ungeduld kaum aushalten, vor allem, als Thomas an einer Textpassage hängen blieb und begeistert meinte: »Das war eine ausgezeichnete Herleitung ...« Dann riss er sich jedoch davon los und sagte triumphierend: »Da haben wir es, der Titel lautet: *Fürchtet mich, ich reinige eure Seelen,* und der Autor ist ein gewisser Lukas Ahrens.«

Wohnung von Lukas Ahrens

Sie waren sich ganz nah. Lukas Ahrens in seinem Element redete und redete, hatte keine Sekunde Bedenken, seinem Gegenüber alles anzuvertrauen. »Ich wusste immer schon, dass ich genial bin. Übrigens in vielen Dingen, wie du sicher schon herausgefunden hast.«

Das Nicken stachelte ihn weiter an. »Ich bin auch genial, was das Erinnern angeht, ist es nicht so?«

Wieder wurde der Kopf bejahend nach oben und unten bewegt. Das erste Mal an diesem Abend huschte ein feines wissendes Lächeln über das Gesicht des nächtlichen Gastes. Eine Sekunde später grub sich das Messer tief ins Fleisch von Lukas Ahrens.

Der hörte auf zu sprechen, wirkte ungläubig und hauchte ein verwirrtes »Was ...?«.

Die Klinge wurde gedreht, Gedärme zerschnitten und

Blut sammelte sich im Bauchraum. Ein erstickter Schrei kündigte Ahrens' Ende an. Aber noch war er am Leben, sank in die Knie, als das Messer zurückgezogen wurde. Er lag krampfend auf dem Boden, röchelte von Schmerzen gepeinigt und warf einen flehenden Blick in die Höhe. *Lass mich nicht sterben*, wollte er damit sagen, denn seine Stimme gehorchte ihm nicht mehr. Er beobachtete das Messer, das über ihm schwebte. Ein Tropfen seines eigenen warmen Blutes rann daran herunter und landete auf seiner Wange. Die Klinge kam näher. Er wusste, was jetzt passieren würde, keuchte mit letzter Kraft: »Nein«, aber man schenkte ihm keine Gnade.

»Weißt du, wer ich bin?«, wurde er stattdessen gefragt.

»Der grausame Mann?«, stöhnte Lukas Ahrens hilflos.

»Ganz genau, der grausame Mann! Dessen Zorn soll dein Schmerz sein«, gab man ihm Antwort, während im gleichen Augenblick die Klinge niedersauste und sich tief in Ahrens' Augapfel bohrte. Das dabei entstehende schmatzende Geräusch wurde von einem heiseren Lachen begleitet, das aus den Tiefen einer dunklen Seele kam.

KAPITEL 10

Gegen Morgen des nächsten Tages

Die Hauptkommissarin hatte Himmel und Hölle in Bewegung gesetzt, um schnellstmöglich einen Haftbefehl für Lukas Ahrens zu erwirken. Jetzt stand sie damit im Arbeitszimmer des toten Mannes und fragte sich, ob ihr der Fall nicht längst über den Kopf gewachsen war. Vielleicht überforderte sie das alles. Der Beruf, die Sorgen um Jessica, womöglich wäre es besser, kürzerzutreten und die Pflege der Tochter zu übernehmen, anstatt sie in die Obhut Fremder zu geben.

»Ich hab was«, sagte Nele Bund, die neben ihr auftauchte. »Vermute mal, das sind die gesammelten Werke von Lukas Ahrens. Alles Horror-Kurzgeschichten, alle handeln vom Morden.« Sie hielt ein vergilbt aussehendes Taschenbuchexemplar in die Höhe. »Unsere Morde stehen da ebenfalls drin und sogar sein eigener …« Die Oberkommissarin brach ab und vermied es, einen Blick auf die Leiche zu werfen. Die Verstümmelungen im Gesicht waren grausam.

»Beide Augäpfel durchstochen«, hatte der Gerichtsmediziner ihnen erklärt, »und dann hat der Mörder noch versucht, die Gesichtshaut abzulösen. Aber dafür benötigt man chirurgisches Geschick.« Er hatte auf die laienhaft abgetrennte Haut gedeutet und gemeint: »So war das lediglich ein Gemetzel.«

Nele hatte bei sich gedacht, dass eine Häutung doch *automatisch* ein Gemetzel war, das aber für sich behalten. Jedenfalls hatten die Anwesenden erleichtert aufgeatmet, als der Leichensack geschlossen worden war. Nach dem Abtransport würde man die Wohnung noch gründlich durchsuchen, aber sie nahm an, dass sie das interessanteste Beweisstück bereits gefunden hatte.

»Das liest sich wie unsere Fallakte«, fuhr Nele fort. »Der Mord an der Prostituierten gleicht der Kurzgeschichte, in der sich ein brutaler Typ für den *Befreier der Seelen* hält.« Sie zitierte: »›Ich bin der Befreier deiner Seele, der Mann, der dich rettet.‹ Der Tathergang stimmt haargenau überein. Langer Schnitt von der Stirn bis zum Unterleib. Der Bauchraum des Opfers wurde mit Erde aufgefüllt, Motiv religiös. Gehen wir weiter zum Mord an der Direktorin Petra Kämmerer. Die dazu gehörende Geschichte trägt den Titel *Der Traumkannibale*. Handelt von einem Irren, der Frauen die Schädel aufbohrt, um ihre Gehirne zu essen, damit er an ihren Träumen teilhaben kann. Nach dem Mord stopft er seinen Opfern ein Stück ihres eigenen Gehirns in den Mund. Zuvor überzieht er es noch mit Schokolade und nennt das Ganze dann *Traumkonfekt*.« Nele sah auf und schüttelte den Kopf. »Wenn du mich fragst, hat der Ahrens ordentlich einen an der Waffel gehabt. Auf so ein Zeug muss man erst einmal kommen.«

»Na ja, wir haben bei unserer Arbeit auch schon viel gesehen, was man nicht für möglich halten würde«, antwortete Anja Gärtner abwesend.

»Und dann der Doppelmord, die Geschichte, die dein Mann erkannt hat. Im Buch ist der Täter ein Spinner, der sich selbst für einen Auserwählten hält.« Wieder las sie eine Zeile vor: »›… und mit eurem Blut wird auch die Sünde aus euren Körpern gespült …‹ Und zu guter Letzt der Mord an Ahrens, die Überschrift der entsprechenden Horror-Geschichte lautet: *Der grausame Mann*. Der Inhalt, denke ich, ist mittlerweile bekannt.«

»Wie viele solcher Geschichten stehen denn da drin?«, fragte Kommissar Faller, der gerade mit dem Team der Kriminaltechnik die Küche begutachtet hatte.

»Zwanzig«, antwortete ihm die Kollegin.

»Davon hat der Mörder mittlerweile vier kopiert, was, wenn er vorhat, alle nachzustellen?«

Anja Gärtner atmete tief durch, bevor sie einwarf: »Wer sagt uns denn, dass er das nicht schon längst getan hat? Wir sollten schleunigst herausfinden, welche der von Lukas Ahrens erfundenen Morde bereits stattgefunden haben. Außerdem will ich wissen, wo man diesen Schund kaufen kann. Vielleicht können wir auf diesem Weg die Tätersuche eingrenzen.«

Sie ließ ihren Blick ein letztes Mal durch den Raum schweifen. Sie hatte einen Fehler begangen. Wäre sie doch nur gleich zu Ahrens gefahren, anstatt auf den Beschluss zu warten. Aber nein, sie war engstirnig gewesen, verbohrt, hatte in dem Mann den Täter gesehen, einfach weil er so wunderbar gepasst hatte.

»Er ist als Mörder nicht raus, bloß weil er selbst tot ist«, unterbrach Simon Faller ihre Grübeleien, als könnte er Gedanken lesen. »Gut möglich, dass er einen Komplizen hatte, der mittlerweile der Meinung ist, solo weiterzumachen. Ahrens bedeutete immerhin eine Gefahr, über kurz oder lang wären wir auf seine literarischen Ergüsse gestoßen. Ein Wunder, dass nicht schon längst Einzelheiten der Morde an die Presse durchgesickert sind.«

Die beiden Frauen gaben ihm recht und Nele sprach aus, was sie alle dachten: »Bei diesem Fall wäre eine Indiskretion ausnahmsweise einmal hilfreich gewesen. Sicher hätte irgendwer, genauso wie Thomas, die Parallelen zu Ahrens' Geschichten erkannt.«

»Anja«, rief einer der Kriminaltechniker, der gerade dabei war, den Schreibtisch des Toten zu untersuchen. »Auf der Schreibunterlage steht ein Name.« Die Hauptkommissarin trat zu ihm. Neben unförmigen Kritzeleien, die Ahrens vermutlich aus Langeweile zu Papier gebracht hatte, stand: *Doktor Laura Heinrich*. Das Wort »Doktor« war eingekringelt. »Macht ein Foto und schickt mir das für meine Akten, wir versuchen herauszufinden, wer diese Doktorin ist.«

Ansonsten gab es in der Wohnung des Opfers für die Ermittler nichts weiter zu tun. Sie traten enttäuscht den Rückweg an. Im Treppenhaus hatten sich bereits die Nachbarn versammelt.

»Oh nein, der Ahrens«, stöhnte eine der Frauen, »das ist eure Schuld.« Die Worte galten den Beamten. »Ihr schützt natürlich nur die feinen Herrschaften in der Wörmshalder Allee.«

Anja riss der Geduldsfaden und sie ging auf die Frau zu.

Offenbar fühlte die sich sofort eingeschüchtert und wich zurück, aber die Beamtin hatte sie bereits erreicht. »Glauben Sie wirklich, dass es für mich einen Unterschied macht, wo ein Opfer gelebt hat?« Sie hatte laut und hart gesprochen und die Schaulustigen waren augenblicklich verstummt.

Nele stand bereits bei der Vorgesetzten und wollte sie unauffällig am Arm berühren, aber Anja war noch nicht bereit zu gehen. »Ich will weder hier noch sonst wo eine Leiche finden müssen, das können Sie mir glauben. Der, der dafür verantwortlich ist, sollte sich sicher sein, dass wir ihn aufspüren und vor Gericht stellen werden.« Ihr Zorn ebbte ab. »Gehen Sie in Ihre Wohnungen, die Kollegen werden Ihnen später noch Fragen stellen«, sagte sie schließlich etwas versöhnlicher und nickte den Menschen kurz zu, bevor sie sich umdrehte und das Haus verließ.

»Du weißt doch, wie die sind«, wollte Nele sie trösten, »die suchen nur einen Sündenbock.«

Anja fummelte eine vertrocknete Zigarette aus der Tasche, fand aber kein Feuerzeug und fluchte laut. Sie rauchte sehr selten, Thomas mochte das nicht, aber gelegentlich bildete sie sich ein, das Festhalten einer Kippe würde sie entspannen. Genervt steckte sie die einzelne Zigarette wieder in die Tasche und blaffte: »Ich bin nicht wütend auf die. Ich bin wütend auf mich, weil ich einen weiteren Mord nicht habe verhindern können.«

Einige Tage später

Die Nachricht von Lukas Ahrens' Tod verbreitete sich wie ein Lauffeuer, bald wussten alle Bescheid.

Die Fabriksiedlung und die Wörmshalder Allee trennte geografisch eine alte Bahnlinie. Schienenverkehr fand zwar nicht mehr statt, dennoch hatte man aus Kostengründen die Gleisanlage noch nicht abgebaut. Eine Unterführung, gerade breit genug für einen PKW, verband die beiden Stadtteile. Größere Fahrzeuge mussten die Bundesstraße, die um die Viertel herumführte, nehmen. Die Unterführung war bisher für viele eine Abkürzung und wurde gerne in Anspruch genommen. Nach den Morden begann das jedoch zum Problem zu werden. Plötzlich nahmen die Menschen die Verbindung nämlich wie ein Leck im Schiffsrumpf wahr, eines, durch das ein Mörder schlüpfen konnte. Zumindest vermuteten die Beamten das, denn beide Seiten hatten sich entschlossen, den Durchgang zu überwachen. Natürlich gab das niemand zu und augenscheinlich steckte dahinter auch kein ausgefeilter Plan, aber ganz offensichtlich sahen sich einige der Anwohner genötigt, die Unterführung im Auge zu behalten. Hüben wie drüben bemerkte man Hundebesitzer, die argwöhnisch beobachteten, welche Fahrzeuge die Strecke passierten, und die pendelnden Fußgänger wurden zwar nicht belästigt, aber mit eisigen Blicken gestraft.

Anja Gärtner wusste, dass solche Aktionen den Menschen das Gefühl gaben, die Kontrolle zu behalten. Allerdings war ihr auch bewusst, dass so etwas sehr schnell zu Gewalt führen konnte. Deshalb hatte sie die Streifenkollegen angehalten, besonders viel Präsenz zu zeigen. Das und das schlechte Wetter würden die selbst ernannten Grenzposten hoffentlich bald vertreiben.

In den Nachrichten sah man aufgeregte Anwohner und hörte viele Schuldzuweisungen. Vor allem die leitende Ermittlerin Anja Gärtner kam dabei nicht besonders gut weg. Es war nicht das erste Mal, dass die Hauptkommissarin unter Beschuss stand. Sie tat daher, was sie immer tat, die Anfeindungen so gut wie möglich ignorieren und Gerechtigkeit für die Opfer suchen.

Schnell hatte sich ergeben, dass sich eine junge Frau wenige Tage vor dem Mord an Ahrens nach dem Mann erkundigt hatte. Die beiden Zeuginnen waren mehr als nur hilfsbereit gewesen.

»Ich wusste gleich, dass mit der irgendetwas nicht stimmt. Ich hoffe, Sie finden das Miststück und lassen es im Knast verrotten«, hatte sich eine der Frauen geäußert.

Die Personenbeschreibung passte auf eine gewisse Doktor Laura Heinrich, deren Namen der Tote auf seiner Schreibtischunterlage notiert hatte. Hauptkommissarin Anja Gärtner hatte sich mit der Frau bereits telefonisch kurzgeschlossen. Dieses erste Gespräch hatte ihr nicht viel Hoffnung auf einen Durchbruch gemacht. Auch wenn Frau Doktor Heinrich nicht in der Lage war, ein stichhaltiges Alibi für die Mordnacht zu liefern, sagte das wenig aus. Denn die meisten, die von den Beamten befragt worden waren, lagen zur Tatzeit angeblich im Bett. Entweder hatten sie keine Zeugen oder *schlechte* Zeugen, also Ehepartner oder nahe Verwandte.

Um eventuell noch mehr zu erfahren, wurde kurzfristig ein persönliches Treffen, dem Doktor Laura Heinrich bereitwillig zugestimmt hatte, anberaumt.

Nun saß sie der Beamtin und Kommissar Simon Faller gegenüber, der sich höflich zurückhielt, während der Hauptkommissarin nicht entging, dass Frau Doktor Heinrich den Polizisten interessiert beäugte. Mit einer gewissen Erleichterung kam ihr in den Sinn, dass der junge Kollege vermutlich nicht ewig unter Liebeskummer leiden würde. Abgesehen davon, dass er ein netter Kerl war, sah er auch gut aus und würde sicher jemanden finden, der besser zu ihm passte. Jemanden wie Frau Doktor Heinrich vielleicht.

Anja schob diese Gedanken jedoch zunächst zur Seite, denn bis jetzt war die junge Ärztin immer noch Teil einer Mordermittlung.

»Wenn ich das geahnt hätte«, sagte Laura unaufgefordert. Sie war nervös, vor allem, weil sie befürchtete, dass sich ihr kleiner Ausflug negativ auswirken könnte, sollte die Klinik davon erfahren.

»Ich bin da als Privatperson hin, das war nicht mit meinem Arbeitgeber abgesprochen. Gut möglich, dass ich deshalb Probleme bekomme. Wie ich Ihnen schon am Telefon gesagt habe, wollte ich lediglich versuchen, etwas über die Vergangenheit einer Patientin herauszufinden.«

»Vielleicht sollten Sie uns die Geschichte noch einmal von Anfang an erzählen«, forderte Anja Gärtner die junge Frau freundlich auf.

Laura gab sich Mühe, sowohl ihren Besuch als auch die Beweggründe dafür exakt wiederzugeben. Am Ende ihrer Ausführungen fragte sie unsicher: »Habe ich das womöglich verursacht?«

Tatsächlich konnte die Hauptkommissarin ihr darauf keine abschließende Antwort geben, sagte jedoch beruhigend: »Davon gehen wir nicht aus, dennoch werden wir uns den Fall Daniela Parov noch einmal ansehen.«

»Falls Sie Fragen haben, stehe ich Ihnen jederzeit gerne zur Verfügung«, bot die Ärztin ihre Hilfe an.

Anja bedankte sich und bat Simon Faller, die Zeugin zum Ausgang zu bringen.

Ihr entging nicht, dass der Kollege ein wenig länger brauchte als gewöhnlich, bis er wieder im Büro auftauchte, und auch sein besorgtes »Die arme Frau macht sich jetzt

Vorwürfe« registrierte sie beruhigt. Kommissar Simon Faller war für die Liebe also noch nicht verloren.

Dann jedoch sagte sie ernst: »Ich hoffe nicht, dass wir da etwas übersehen haben. Nimm dir ein paar Leute und versuche alles über die Chemiefabrik herauszufinden.«

»Und was mache ich?«, mischte sich Nele Bund ein, die man zwischenzeitlich auf den aktuellen Stand gebracht hatte.

»Überprüfe die Angehörigen und damaligen Freunde von Daniela Parov.«

»Du meinst, dass einer von denen jetzt Amok läuft?«, reagierte die Oberkommissarin besorgt.

»Das weiß ich nicht, aber womöglich gibt es eine Verbindung zwischen der Parov und den jüngsten Morden.«

»Nach so langer Zeit will jemand die Arbeit der Parov fortführen?« Sie setzte das Wort »Arbeit« in imaginäre Anführungszeichen, die sie mit den Fingern in der Luft machte, bevor sie sagte: »Das wäre aber ziemlich schräg.«

»So schräg, wie sich eine Sammlung mörderischer Kurzgeschichten zu nehmen und einen Mord nach dem anderen daraus nachzustellen«, antwortete ihr die Hauptkommissarin mit einem Hauch von Ironie. »Fragt sich nur«, fuhr sie ernst fort, »warum man den Autor dieser Geschichten umbringt. Was hat Ahrens getan? Steckt er mit drin? War er ein Komplize? In das bisherige Muster passt er jedenfalls nicht, er ist der erste Mann, und ein Zufall war sein Tod ganz bestimmt nicht. Derjenige, der die Geschichten als Vorlage verwendet, weiß, wer Ahrens ist, und hat herausgefunden, wo er wohnt.«

»So wie Laura Heinrich«, erwiderte Nele, was Simon veranlasste, Einspruch zu erheben.

»Frau Heinrich hat damit doch nichts zu tun, die wollte lediglich einer Patientin helfen.«

Nele, bemüht, nicht zu sarkastisch zu klingen, widersprach: »Die Frau taucht aus dem Nichts auf und schon stirbt

Lukas Ahrens. Wir hätten doch nie von deren Identität erfahren, wenn er nicht ihren Namen notiert hätte.«

»Wer unerkannt bleiben will, zieht nicht bei Tag durch ein Viertel wie die Fabriksiedlung. Sie ist den Leuten dort aufgefallen, und dass sie nach Ahrens gefragt hat, war sicher auch nicht hilfreich beim Unauffälligbleiben.«

»Oder sie hat von Anfang an darauf gehofft, dass wir genau so denken«, mischte sich die Hauptkommissarin ein. »Wäre nicht die erste Mörderin, die sich als kooperative Zeugin anbietet und sich sozusagen aktiv an der Tätersuche beteiligt. Macht sie unverdächtig und gleichzeitig kann sie uns beobachten.«

»Diese harmlose Frau? Warum sollte so jemand willkürlich Leute ermorden?«, widersprach der junge Kommissar.

Was Anja Gärtner eben noch als erfreuliche Fügung gesehen hatte, nämlich dass Simons Interesse am weiblichen Geschlecht noch existierte, empfand sie jetzt gerade als Problem. Deshalb sah sie sich genötigt, zu sagen: »Wir schließen niemanden aus, bloß weil er uns sympathisch erscheint. Das ist leichtsinnig und unprofessionell. Genauso falsch ist es umgekehrt, den Fokus nur auf das Ekelpaket unter den Verdächtigen zu richten. Laura Heinrich wird ebenfalls überprüft, schließlich hat sie uns kein stichhaltiges Alibi für den Mord liefern können.«

Ihr Gespräch wurde unterbrochen, als ein Beamter das Ehepaar Warth ankündigte, das dringend mit der Hauptkommissarin sprechen wollte.

Ella Warth klammerte sich wie ein Äffchen an den Arm ihres Mannes Max. Sie sah verängstigt aus, wirkte, als hätte sie geweint.

»Meine Frau möchte eine Aussage machen«, begann Max das Gespräch, woraufhin Ella zaghaft nickte.

Die Hauptkommissarin bat den beiden Platz an und setzte sich dem Ehepaar gegenüber. »Um was geht es denn?«, fragte sie ruhig, auch um Ella die Anspannung zu nehmen.

»Um Herrn Ahrens«, antwortete die jetzt und schluchzte leise.

Das erste Mal seit dem Fund von Lukas Ahrens zeigte jemand Mitgefühl mit dem Toten. Allen anderen war es entweder egal oder aber sie ärgerten sich darüber, dass ihnen der Mann ab jetzt nicht mehr zur Verfügung stand. Trauer war Anja Gärtner bislang jedoch noch nicht begegnet.

»Sie mochten Herrn Ahrens?«, fragte sie deshalb spontan.

Zu ihrer Überraschung folgte ein Nicken. »Ich weiß natürlich, wie die anderen über ihn gedacht haben, und die Kritik war ja durchaus begründet, aber am Ende ist er doch nur ein armer Teufel gewesen, der es nicht herausgeschafft hat«, entgegnete Ella.

Anja gab einen vagen Laut von sich, den man sowohl als Zustimmung als auch als Widerspruch hätte deuten können. »Was genau führt Sie denn nun zu uns?«, fragte sie schließlich direkt.

Ella senkte den Blick. »Ich war noch einmal bei ihm, auch wenn der Verein nach den Morden an Miriam und Bärbel erst einmal von Besuchen in der Fabriksiedlung absehen wollte. Ich hatte Spielsachen für eine Familie, die ich bereits versprochen hatte, und da dachte ich, ich kann Herrn Ahrens auch gleich die Zeitschriften vorbeibringen, wo ich doch sowieso in der Gegend war.«

Ihr Blick richtete sich erst auf Max, dann auf die Beamten. »Wissen Sie, ich fand das ein bisschen übertrieben. Seit Jahren gehe ich ein-, zweimal die Woche in die Fabriksiedlung, im Sommer spaziere ich mit meinen Kindern da durch, wenn wir zum Badesee möchten, warum sollte ich da plötzlich Angst haben? Die Menschen dort haben vielleicht weniger Geld, aber deshalb ist das doch noch lange kein

Slum, in dem kriegsähnliche Zustände herrschen. Das ist ein ganz normales Stadtviertel.«

Anja Gärtner stimmte ihr zu und glaubte auch, dass ihre Worte ehrlich gemeint waren. Ella Warth schien keine Berührungsängste zu haben. Kein Wunder, dass Ahrens sie als Einzige in seinen vier Wänden geduldet hatte. Vermutlich hielt er sie nicht für eine Heuchlerin.

Max Warth wirkte hin- und hergerissen. Einerseits schien er seine Frau zu bewundern, andererseits sorgte er sich auch. Das drückten seine folgenden Worte deutlich aus: »Dein Engagement in allen Ehren, aber momentan läuft ein Mörder da draußen herum, deshalb wäre es mir lieber, du würdest zu Hause bleiben.«

Sie lächelte ihn an. »Ich bin sicher, das ganze Schlamassel ist bald vorbei, und wenn du darauf bestehst, bleibe ich solange natürlich zu Hause. Ich bezweifle sowieso, dass die Leute in der Fabriksiedlung noch großen Wert auf unseren Verein legen.«

Die Hauptkommissarin nahm das ebenfalls an, kommentierte das eben Gehörte jedoch nicht, sondern kam zum Thema zurück. »Sie sagten, Sie waren bei Herrn Ahrens, was ist da vorgefallen?«

Sie seufzte. »Er war schlecht gelaunt, so wie immer. Hat ein bisschen Dampf abgelassen wegen der Polizei, die seiner Meinung nach …« Sie zögerte, suchte nach einer diplomatischen Formulierung und sagte schließlich: »Schneller irgendwelche Ergebnisse liefern müsste.«

Unbewusst runzelte Anja die Stirn, sie hatte eine ziemlich klare Vorstellung, welche wenig schmeichelhaften Sätze aus dem Mund von Lukas Ahrens gekommen waren, hakte aber nicht weiter nach.

»Jedenfalls«, fuhr Ella fort, »meinte er, dass er den Fall längst aufgeklärt hätte. Ich gebe zu, das hat mich neugierig gemacht und ich fragte ihn direkt, wie er das denn meinte.«

Sie hob und senkte die Schultern. »Ich dachte, das war

nur wieder so ein Spruch von ihm, sonst wäre ich gleich zu Ihnen gekommen.« Sie bemerkte den ungeduldigen Blick der Beamten, und Max sagte: »Erzähl es ihnen einfach.«

Ella seufzte noch einmal schwer, dann stammelte sie: »Er meinte, er hätte etwas beobachtet, am Tag, als die Prostituierte starb.« Die nächsten Sätze leierte sie herunter, damit sie es schnell hinter sich hatte. »Er sagte, er wüsste jetzt, was passiert wäre, und wundern würde ihn das nicht, denn er hätte dem Kerl sowieso nie getraut, so wie der mit Menschen umgeht.«

»Welchem Kerl?«, wurde die Hauptkommissarin sofort hellhörig.

»Das ist es ja eben, mehr hat er nicht gesagt.« Ella schluchzte. »Ich dachte wirklich, er gibt nur an. Ihm gefiel es, so zu tun, als hätte er den Durchblick.«

»Und seine Worte bezogen sich auf die Morde?«, fasste Anja scharf nach. »Da sind Sie sicher?«

»Heute bin ich mir ziemlich sicher«, antwortete ihr Ella zögerlich. »Ich sagte ihm, dass er es der Polizei mitteilen müsste, wenn er den Mörder kennt. Daraufhin hat er nur gelacht, abgewunken und gemeint, ich solle es vergessen.« Sie seufzte. »Deshalb bin ich auch nicht zu Ihnen gekommen. Ich nahm es nicht ernst. Im Nachhinein mache ich mir natürlich Vorwürfe, aber was hätte ich tun sollen? Jetzt ist er tot und ich ringe seither mit mir.«

»Ich habe meine Frau dahingehend beruhigt«, mischte sich Max Warth ein. »Ich kannte den Mann zwar nur flüchtig, bin mir aber sicher, dass er jede Entscheidung in diesem Zusammenhang bewusst und im Vollbesitz seiner geistigen Kräfte getroffen hat.«

»Aber vielleicht würde er noch leben, wenn ich …«, warf Ella verzweifelt ein.

»Du warst nicht sein Babysitter«, versuchte es Max noch einmal. »Wenn er etwas wusste und es nicht der Polizei erzählt hat, dann wollte er vermutlich Kapital daraus schlagen, hat womöglich versucht jemanden zu erpressen.«

»Aber warum hat er es mir erzählt?«, entgegnete sie.

»Weil er ein Schwätzer war, der sich gerne selbst hat reden hören und Publikum brauchte.«

»Frau Warth, hat Herr Ahrens vielleicht sonst noch etwas über diesen *Kerl* gesagt?«, unterbrach die Beamtin jäh das Gespräch der Ehegatten.

»Nein, nur dass er ihm noch nie getraut hätte und sich derjenige stets menschenverachtend verhalten würde.«

»Haben Sie vielleicht irgendeinen Verdacht, wen er damit gemeint hat?«

Ella riss ihre Augen auf, wirkte entsetzt. »Ich kann doch niemanden beschuldigen.«

»Das sollen Sie auch gar nicht«, erwiderte die Hauptkommissarin sanft. »Allerdings vermute ich, dass Sie Lukas Ahrens besser kannten als die meisten und dass er Ihnen gegenüber vielleicht schon an anderer Stelle eine negative Bemerkung über einen Mitmenschen gemacht hat.«

»Das hat er ständig und über wirklich jeden«, warf Ella ein.

»Es hat niemand Bestimmten gegeben?«, ließ die Hauptkommissarin nicht locker.

Ella zögerte. Es war Max Warth, der sie schließlich drängte zu sprechen.

»Es gab viele Nachbarn, an denen Herr Ahrens herumnörgelte«, antwortete sie zuerst ausweichend. Ihr Mann umschloss tröstend ihre Hand, was auch eine Aufforderung war, weiterzureden. Endlich sagte sie: »Er mochte die Menschen außerhalb der Fabriksiedlung nicht. Hielt sie alle für Ausbeuter und Betrüger, auch die Ehemänner unserer Vereinsmitglieder. Behauptete, dass von denen keiner ehrlich an sein Geld gekommen wäre. Aber am schlimmsten war in seinen Augen Wilfried Storzig. Herr Ahrens hat sich oft aufgeregt, dass er die Leute aus der

Fabriksiedlung ausnutzen würde. Ihm hat er definitiv nicht über den Weg getraut.« Sie wirkte erschreckt über die eigenen Worte, ruderte zurück. »Aber das heißt ja nichts. Er hat Menschen generell nicht besonders gemocht.« Sie stieß geräuschvoll die Luft aus. »Mehr weiß ich wirklich nicht«, fügte sie gequält an.

Anja Gärtner nickte und entgegnete: »Danke für Ihre Offenheit, ich weiß, dass unser Gespräch nicht besonders angenehm für Sie ist.«

Ella winkte fahrig ab, froh, als die Beamtin das Thema wechselte und fragte: »Hat Ihnen Herr Ahrens vielleicht mitgeteilt, mit wem er in den letzten Tagen vor seinem Tod noch Kontakt hatte?«

Sie schüttelte den Kopf.

»Erwähnte er zufällig eine Laura Heinrich, *Doktor* Laura Heinrich?«

»Nein, den Namen habe ich noch nie gehört«, erwiderte sie offen.

»Und Daniela Parov, sagt Ihnen der etwas?«

Während Ella den Kopf schüttelte, rutschte Max ein Stöhnen heraus.

»Ihnen scheint der Name geläufig«, nahm das die Hauptkommissarin zum Anlass nachzuhaken.

»Geläufig ist gut! Damals hatte ich schreckliche Angst, sie würde kommen und unser Haus anzünden und wir würden alle mit Haut und Haar verbrennen.«

»Hatte Ihre Familie denn mit der Chemiefabrik zu tun?«, fragte die Polizistin.

»Alle Familien hatten das zu der Zeit«, gab er bereitwillig Auskunft. »Wir haben eine Firma für Brandschutzanlagen und Sicherheitsequipment. Wir rüsten große Unternehmen aus. Die Chemiefabrik gehörte zu unseren Hauptkunden. Natürlich war es ein herber Schlag, als die den Laden hier dichtgemacht haben. Aber wir konnten uns davon erholen.«

Ella warf ihm einen stolzen Blick zu, obwohl es dazu gewiss keinen Grund gab. Denn wenn man nachrechnete, konnte es nur den Bemühungen von Warth senior zu verdanken sein, dass die Firma heute noch existierte.

Nele Bund versagte es sich, beim Anblick des Paares eine Grimasse zu ziehen. Sie nahm an, dass es das war, was sich auch ihr Kollege Faller wünschte. Ein naives Weibchen, das bei jedem Rülpser ihres Herrn und Meisters ein Gesicht machte, als wäre eben die Welt neu entstanden.

»Nele«, riss sie die Stimme ihrer Vorgesetzten aus ihren Überlegungen, »begleitest du Herrn und Frau Warth bitte zum Ausgang?«

Das Gespräch war beendet und Ella fragte zaghaft zum Abschied: »Ich habe doch nichts falsch gemacht, oder?«

»Nein«, beruhigte sie die Hauptkommissarin erneut, »ich bin froh, dass Sie uns informiert haben.«

»Warum zögern Zeugen immer so lange, bevor sie sich an die Polizei wenden? Jedenfalls kam Ella Warth zu spät«, murmelte Simon Faller, während das Ehepaar in Oberkommissarin Bunds Obhut das Gebäude verließ.

»Ja, wie wir alle. Der Tod von Lukas Ahrens war unnötig, dieser eitle Fatzke«, schimpfte die Hauptkommissarin wütend. »Warum hat er uns nicht informiert? Das hätte ihm vielleicht das Leben gerettet.« Sie stand auf und tigerte im Büro hin und her. »Ich hätte ihn gleich verhaften sollen, noch in der Nacht, ich hätte dem Täter zuvorkommen müssen.«

»Du hast auf den Beschluss gewartet. Wer rechnet denn auch damit, dass der Hauptverdächtige plötzlich ermordet wird oder eventuell Kenntnis über den wahren Täter hat?«, widersprach ihr Kommissar Faller.

»Ja«, sagte sie dankbar für seine Worte, »aber mir scheint, bei diesem Fall müssen wir mit allem rechnen, deshalb versuchen wir schnellstmöglich herauszufinden, wen Lukas Ahrens gemeint hat. Jedenfalls treffen wir immer wieder auf die gleichen Personen: Jens Sauer, Bjarne Orth und außerdem

Wilfried Storzig. Ganz offenbar hat Ahrens keinen davon gemocht. Ich gehe davon aus, dass er auch Max Warth nicht ins Herz geschlossen hatte. Sie alle könnten der Kerl sein, dem er niemals getraut hat, von daher sind wir jetzt kein Stück weiter als zuvor.«

KAPITEL 11

Am nächsten Tag

Es schien so, als wäre ganz Wörmshalde zur Beerdigung der beiden Frauen erschienen. Die Familien von Miriam Sauer und Bärbel Kreismann hatten beschlossen, die beiden Freundinnen gemeinsam zu verabschieden. Hauptkommissarin Anja Gärtner und ihre Kollegen waren ebenfalls anwesend und hatten sich unauffällig zwischen die Trauergäste gemischt.

Jeder Beamte hatte eine Zielperson, der er besondere Aufmerksamkeit schenken sollte, gleichzeitig galt es natürlich, auch den Rest der Trauergäste im Auge zu behalten. Erstaunlicherweise waren viele Bewohner der Fabriksiedlung anwesend. Die Wogen begannen sich zu glätten. Man erinnerte sich daran, dass sich die Opfer wohltätig engagiert hatten und stets um ihre Nachbarn hinter der Bahnlinie bemüht gewesen waren. Die Menschen kamen langsam davon ab, dem jeweils anderen Stadtteil die Schuld an den jüngsten Tragödien zu geben. Stattdessen galt ihr vereinter Zorn nun der Polizei, die den Täter immer noch nicht geschnappt hatte.

Anja Gärtner hasste Beerdigungen, wie vermutlich die meisten Menschen. Normalerweise blieb sie solchen Veranstaltungen fern, hielt nicht viel von der Idee, der Mörder könnte bei der Bestattung seiner Opfer aufkreuzen. Aber bei diesem Fall war das durchaus denkbar. Die Vermutung, dass der Schuldige im unmittelbaren Umfeld der Frauen zu suchen war, schien immer noch naheliegend.

Ihr Blick schweifte über die Menge. Sie hatte Bjarne und Svenja Orth im Visier, die in der zweiten Reihe saßen. Die beiden waren vorhin an ihr vorbeigegangen, in edles Schwarz gehüllt und mit starren Blicken. Die sonst so aufrecht schreitende Svenja wirkte allerdings nicht so selbstsicher wie sonst. Gebeugt und ein wenig steif, mit dem Gang einer alten Frau, hatte sie ihren Platz erreicht. Bjarne stützte sie liebevoll. Sollte Svenja tatsächlich so tiefe Trauer empfinden?

Vielleicht habe ich mich geirrt und ihr wurde erst jetzt der Verlust so richtig bewusst, dachte die Hauptkommissarin mit schlechtem Gewissen. Sie erinnerte sich an die Tagebucheinträge von Bärbel Kreismann und daran, wie sehr die unter Svenja gelitten hatte. Möglich, dass es der allerdings nie bewusst gewesen war, wie verletzend sie sich anderen Menschen gegenüber verhielt.

Neben den Orths waren auch die Warths erschienen. Ella hatte sich die Nase geschnäuzt und den Arm ihres Mannes umklammert, so wie sie es auch auf dem Revier getan hatte. Die Orgel verstummte, der Chor oben auf der Empore ließ die letzten Töne seiner Lobpreisungen ausklingen und der Pfarrer betrat die Kanzel. Seine Predigt wurde begleitet vom Rascheln der Taschentücher und vom Schluchzen der Anwesenden.

Einmal rief die kleine Tochter von Miriam Sauer: »Mama kommt doch bald, oder?«, und in diesem Moment fehlten sogar dem Geistlichen die richtigen Worte. Sein »Gottes Wege sind unergründlich« ließ manches Gesicht wütend dreinblicken. Auch die Hauptkommissarin ertappte sich dabei, die Stirn zu runzeln und nach dem Sinn zu fragen, den es machte, so viel Leid zuzulassen.

Der Pfarrer, seit Jahrzehnten geübt in der Seelsorge, wusste, dass vielen seiner Schäfchen diese Erklärung nicht genügte, und versuchte zu trösten, indem er in Richtung der Angehörigen sprach: »Er holt die, die er liebt, vor ihrer Zeit.«

Lautes Weinen aus den vordersten Reihen erschütterte die Kirche, und Anja hoffte, es wäre nun bald vorbei. Sie versuchte, nicht weiter den Worten zu lauschen, sondern konzentrierte sich auf die Anwesenden. Wenige Bankreihen entfernt sah sie Wilfried Storzig mit seiner Mutter, die an einem Rosenkranz nestelnd tief ins Gebet versunken schien. Die Hauptkommissarin erinnerte sich daran, dass schon die Mutter von Miriam Sauer mit Erna Storzig befreundet gewesen war und nach deren Tod ein Band zwischen der Alten und Miriam bestanden hatte. Zumindest hatten das die polizeilichen Nachforschungen ergeben. Zwischen Erna Storzig und Miriam Sauer herrschte regelmäßig Kontakt. Das erklärte natürlich die Trauer von Wilfried Storzigs Mutter. Im Gegensatz zu ihr machte Wilfried nicht den Eindruck, dass ihm die Zeremonie besonders naheging. Er starrte geistesabwesend zu einem der Kirchenfenster und gähnte gelegentlich verstohlen.

Was nun vorne auf der Kanzel verkündet wurde, hörte Anja nur noch nebenbei; die Worte des Pfarrers, ruhig und mit tiefer Stimme gesprochen, hatten eine beruhigende Wirkung und waren für die Gläubigen sicher tröstend. Die Hauptkommissarin wechselte einen Blick mit Nele Bund, die die Aufgabe hatte, Jens Sauer im Auge zu behalten. Ihre Gesichtszüge waren hart.

»Ich mag keine Kirchen«, hatte die Oberkommissarin vor dem Einsatz erklärt.

Simon war daraufhin irritiert gewesen und hatte gefragt: »Weil du Atheistin bist?«

Nele, sich treu bleibend, hatte flapsig geantwortet: »Nein, weil ich auf den *großen Mann* da oben ziemlich sauer bin.«

Der Kommissar hatte nicht weiter gefragt, vermutlich weil er verstand, was Nele meinte, und auch Anja konnte sich dem Gefühl anschließen. Gerade sagte der Geistliche: »Wir sollten tief in unsere Herzen sehen und den Hass darin vertreiben. Wir sind Brüder und Schwestern, gleich, woher wir kommen, gleich, wo wir wohnen, gleich …«

Plötzlich nahm Anja eine Bewegung im Augenwinkel wahr. Zu ihrer Überraschung stand Erna Storzig auf. »Gleich, woher wir kommen?«, schnauzte sie ungehalten in die Runde.

Wilfried, der träge auf der Kirchenbank gehockt hatte, fuhr erschrocken zusammen. Er reagierte dann jedoch entsetzt und versuchte, seine Mutter dazu zu bewegen, wieder auf der Bank Platz zu nehmen. »Mutter!«, flüsterte er ihr vorwurfsvoll zu.

Sie schüttelte energisch seinen Arm ab und erhob erneut die Stimme. »Es ist nicht egal, woher wir kommen«, fuhr sie schimpfend fort. »Wir wissen doch alle, wer die Schuld hat!« Ihre Blicke wanderten durch die Kirche und blieben an denen hängen, die aus der Fabriksiedlung stammten. »Ihr seid schuld«, kreischte sie plötzlich und hob den Zeigefinger in deren Richtung.

Die anwesenden Polizisten richteten alle gleichzeitig ihre Augen auf Hauptkommissarin Gärtner. Ihr fast unmerkliches Kopfschütteln signalisierte den Beamten, noch nicht einzugreifen. *Warten wir, was wir gleich noch erfahren werden*, schien ihr Blick zu sagen.

Wilfried zog erneut heftig am Arm seiner Mutter, quengelte: »Bitte setz dich wieder hin«, aber Erna ließ sich nicht dazu bewegen.

Stattdessen kam sie erst richtig in Fahrt. »Ihr Kriminellen. Aufgeopfert hat sich Miriam für euch und das ist der Dank? Ihr schlachtet sie ab. Oh ja!«, drohte sie wie ein Inquisitor. »Ich habe euch durchschaut, ich durchschaue euch alle. Einmal Abschaum, *immer* Abschaum.« Ihre eisigen Blicke glitten über die Kirchenbänke. »Ihr solltet euch schämen, ihr …«

Endlich erhob sich Wilfried, der seine Mutter um fast zwei Köpfe überragte. Er fasste sie grob am Arm und schob sie vor sich her aus der Bank.

Der Pfarrer sah flehentlich zum Organisten, der sich wie auch die Mitglieder des Chors über die Brüstung gebeugt hatte, um besser zu sehen.

Kurz darauf erklang ein, wie es schien, besonders lautstark gespieltes Kirchenlied und übertönte die immer noch wütend schimpfende Erna Storzig.

Dieses Mal gab die Hauptkommissarin einem Kollegen mit einem Nicken den Hinweis, den beiden zu folgen. Den Mann kannten die Storzigs nicht und würden sich daher von ihm auch nicht gestört fühlen, wenn sie sich, wie anzunehmen war, vor den Toren des Gotteshauses ein Wortgefecht lieferten.

Nach der musikalischen Unterbrechung beeilte sich der Geistliche, zum Ende zu kommen. Vermutlich fürchtete er weitere emotionale Ausbrüche dieser Art. Tatsächlich konnte man aus verschiedenen Ecken ärgerliches Gemurmel vernehmen. Einige verließen sogar den Gottesdienst. Hauptkommissarin Gärtner erkannte unter ihnen die Zeugin, die Laura Heinrich beschrieben hatte. Die Stimmung zwischen den beiden Stadtvierteln, die sich gerade erst mühsam normalisiert hatte, drohte nun erneut zu kippen.

Die Polizistin war deshalb froh, als sich die Trauergemeinde kurz darauf auflöste.

»Die alte Storzig hat den Laden ganz schön aufgemischt«, bemerkte Oberkommissarin Bund, als die Beamten zum Revier zurückfuhren.

»Ja, und was sie ihrem Sohn an den Kopf geworfen hat, war auch nicht ohne, nannte ihn einen Versager, der kein Rückgrat hätte, genauso unfähig wie sein Vater«, wiederholte Simon Faller, was ihnen der Kollege, der Mutter und Sohn aus der Kirche gefolgt war, berichtet hatte.

»Die Hetze dieser Frau könnte zu Problemen führen«, bemerkte Anja Gärtner daraufhin, »als hätten wir nicht genug um die Ohren.« Sie fluchte wenig damenhaft. »Wir behalten die Streifenpräsenz vorerst bei, damit es nicht doch noch zu Eskalationen kommt.«

Einige Tage später

Die unschöne Szene von Erna Storzig bei der Beerdigung sollte auch noch die folgenden Tage für Gesprächsstoff sorgen. Leider machte das die Ermittlungen der Beamten nicht leichter. Dennoch gelang es dem Team um Hauptkommissarin Anja Gärtner, einiges herauszufinden.

»Die Kurzgeschichten-Sammlung von Lukas Ahrens wurde nicht in großer Auflage gedruckt«, fasste Oberkommissarin Bund das Ergebnis ihrer Recherche bei der morgendlichen Besprechung zusammen. »Genau genommen, gab es nicht einmal einen Verlag. Ahrens hat vor knapp achtundzwanzig Jahren auf eigene Rechnung zweihundert Exemplare drucken lassen und diese dann auf Flohmärkten und an Kiosken rund um Wörmshalde verkauft.«

»Die Kollegin meines Mannes«, ergänzte Anja Gärtner, »die, die Ahrens Kurzgeschichten für ihre Studienarbeit verwendet hat, erinnerte sich daran, dass sie das Taschenbuch zufällig an einem Weihnachtsmarktstand entdeckt hatte, und zwar in einem Vorort von Reutlingen. Wir können also davon ausgehen, dass sich die Exemplare im Stuttgarter Raum über die Jahre verteilt haben. Eine Eingrenzung wird schwer werden. Wer weiß schon, wann der Mörder darauf gestoßen ist? Vielleicht schlummerte ein Exemplar in seinem Keller, womöglich fand er es zufällig im Müll oder verstaubt im Zeitungsständer einer Kneipe. An der Stelle werden wir also nicht weiterkommen.«

Sie blickte zu einem Kollegen und fragte: »Was hat die Überprüfung von Doktor Laura Heinrich ergeben?«

»Nichts«, antwortete der knapp, bequemte sich dann aber auszuführen: »Beim Mord an Ahrens war sie allein zu Hause, aber beim Doppelmord und in der Nacht, als die Lehrerin getötet wurde, hatte sie Dienst in der Psychiatrie. Ich denke, die können wir streichen.«

Die Hauptkommissarin stimmte ihm sehr zur Erleichterung von Kommissar Simon Faller zu.

»Bleiben also die ursprünglichen Kandidaten: Jens Sauer, der Witwer von Miriam Sauer, der angeblich schlief, als Lukas Ahrens ermordet wurde, genauso wie Bjarne Orth, Max Warth und Wilfried Storzig. Letzterer hatte offensichtlich kein gutes Verhältnis zu Ahrens. Das bestätigt die Aussage von Ella Warth.«

»Ahrens war mit Storzigs Personalpolitik nicht einverstanden«, ergänzte Nele. »Er hat die Leute, die für wenig Geld bei dem Spediteur schuften mussten, angehalten, den Mann anzuzeigen.«

»Was natürlich keiner gemacht hat, weil alle auf die Extrakohle angewiesen waren«, warf Kommissar Faller ein.

»Denkbar, dass sich Storzig darauf nicht mehr verlassen wollte und den Unruhestifter deshalb zum Schweigen gebracht hat«, meinte einer der Kollegen. »Vieles spricht für Storzig als Täter. Er kannte alle Opfer, es bestanden sogar Beziehungen zwischen ihm und zwei der Frauen, die dritte Tote war eine Freundin der Mutter, Bärbel Kreismann womöglich nur ein Kollateralschaden und Lukas Ahrens …« Es folgte ein müdes Kopfschütteln. »Der hatte nicht nur etwas mit Storzigs Ex, der intrigierte auch gegen den Mann. Mir reicht das als Motiv.«

Die Hauptkommissarin stimmte dem Beamten anerkennend zu. »Mir ehrlich gesagt auch, aber uns fehlen Beweise, und Storzig streitet weiterhin alles ab.«

Sie sprachen gerade andere Theorien durch, als Hauptkommissarin Gärtner einen Anruf erhielt. Es war ihr Kollege von der Sitte, der ihr erst vor Kurzem den Kontakt zu Jana Grüns Zuhälter vermittelt hatte.

»Ich habe jemanden in Gewahrsam, mit dem du dich vielleicht unterhalten möchtest.«

Wenige Minuten später saß die Hauptkommissarin zusammen mit Nele Bund im Verhörzimmer des Dezernats für Sexualdelikte. Die Kollegen dort hatten die Mordkommission unterstützt. Zum einen hatten sie den Freier ausgemacht, der laut dem Zuhälter von Jana Grün unter den Prostituierten wegen seiner Brutalität gefürchtet war. Er saß wegen eines Raubüberfalls schon länger in Untersuchungshaft und schied deshalb als Täter aus. Gleichzeitig hatten die Kollegen aber auch Fotos möglicher Verdächtiger auf der Straße und in entsprechenden Etablissements herumgezeigt. Bisher war das nicht von Erfolg gekrönt gewesen, aber zufällig hatten sie heute bei einer Verhaftung einen Treffer gelandet.

»Ja, den Typen kenne ich«, gab die Frau, die ihnen jetzt gegenübersaß, quengelnd zu. Man sah ihr an, dass sie Drogen genommen hatte, auch ihre Alkoholfahne sprach für sich.

»Eine Prostituierte, die ihre Finger nicht bei sich behalten kann. Nicht das erste Mal, dass sie beim Ladendiebstahl erwischt wurde«, hatte sie der Kollege vor der Befragung aufgeklärt. »Heute musste die Streife eingreifen, weil sie sich nicht an ein Hausverbot gehalten hat und nach dem Rausschmiss des Kaufhauspersonals zu randalieren begann. Sie landete bei uns und zeigt sich seither sehr kooperativ.«

»Vielleicht nur, um wieder gehen zu können«, warf Anja ein.

»Das glaube ich nicht«, erwiderte der Beamte, »dafür weiß sie zu viel über *Hasenkostüme.*«

Es war ein Augenzwinkern gefolgt und Anja hatte in der Hoffnung, endlich voranzukommen, den Verhörraum betreten.

»Kann ich jetzt gehen?«, krähte die Frau, die halb auf dem Tisch lag. »Ich bin müde, will nach Hause.«

Man würde sie in die Ausnüchterungszelle stecken und später erneut befragen, aber dennoch wagte Anja einen

Versuch. »Sie sagten, Sie kennen den Mann«, begann die Hauptkommissarin und schob der Frau erneut die Fotografie vor die Nase.

Mühsam richtete sich die Prostituierte nun auf und grinste schräg. Zum Entsetzen der Kriminalbeamtinnen entblößte sie dabei ein unfassbar schlechtes Gebiss mit großen Lücken und gelben Zähnen. Das eigentlich recht hübsche Gesicht der Dreißigjährigen verlor damit jede Attraktivität.

»Das ist Jensi«, gab sie dennoch fröhlich Antwort »Das habe ich doch schon dem anderen Bullen gesagt.«

Anja ging nicht darauf ein, sondern fragte: »Was wissen Sie über den Mann?«

»Alles«, lallte sie amüsiert und kicherte. »Der hat mir alles erzählt über seine langweilige Frau, seinen öden Job und seinen Schwanz.« Sie lachte ordinär auf. »Ich habe es mit vielen Schwänzen zu tun, aber der von Jensi, der ist echt verrückt.« Ihr Lachen wurde jetzt unerträglich schrill. »Ich musste vor ihm in einem Hasenkostüm herumhüpfen, während er sich einen heruntergeholt hat. Das war wie Gymnastik mit einem Stalker. Ach je«, seufzte sie, nachdem sie sich von ihrem eigenen Scherz erholt hatte. »Der Jensi war ein angenehmer Freier.«

»Wann war er denn das letzte Mal bei Ihnen?«, blieb die Hauptkommissarin geduldig.

»Na an dem Tag, als ihn seine Alte bei mir abgeholt hat.« Sie lachte erneut, zeigte ihre unansehnlichen Zahnreihen, und Nele Bund hätte sich gewünscht, die Frau würde sich beim Lachen die Hand vor den Mund halten.

»Seine Frau hat ihn abgeholt?«, fragte die Hauptkommissarin ungläubig.

»Ja«, entgegnete die Prostituierte gut gelaunt, »dachte erst, das ist eine von euch, so wie die aufgetreten ist. Dann sagte sie jedoch: ›Mein Mann wird Ihre Dienste künftig nicht mehr benötigen‹. War irgendwie viel zu höflich für eine Polizistin. Daraufhin sind die beiden verschwunden. Das Hasenkostüm durfte ich behalten und bezahlt haben die mich auch, sogar recht großzügig, damit ich den Mund halte. Na ja.« Sie machte Anstalten, sich weiter vorzubeugen, so als wollte sie den Beamten irgendetwas anvertrauen, und murmelte: »Schade, der war ein guter Freier.« Erst sah es so aus, als würde sie noch etwas anfügen, stattdessen begann sie jedoch zu würgen und im nächsten Augenblick erbrach sich die Frau. Obwohl die Beamtinnen einen Satz nach hinten machten, blieb Oberkommissarin Bunds Pullover nicht verschont.

»Das war's dann wohl erst einmal«, kommentierte Anja Gärtner das Spektakel und sah bedauernd zu ihrem Kollegen vom zuständigen Dezernat.

»Schöne Sauerei«, murmelte der, während die betrunkene Frau ein »'tschuldigung« nuschelte.

Auf dem Rückweg zu ihren Büros fluchte Nele Bund so laut, dass sich andere Beamte nach ihnen umdrehten. Sie hatte sich den verschmierten Pullover bereits vom Leib gerissen und trug nur noch ein enges T-Shirt, das ihre gut definierten Muskeln sichtbar werden ließ. Sie wirkte wie ein weiblicher Gladiator kurz vor der Arena, bereit, sich bis zum Tod mit anderen zu messen. »Manchmal«, blaffte sie nun voller Inbrunst, »da hasse ich diesen Job.«

Anja Gärtner konnte nicht anders, als ihr mütterlich den Arm zu tätscheln und amüsiert zu entgegnen: »Dafür liebt dich dein Job umso mehr.«

Zurück in ihrem Büro berieten die Beamten über Jens Sauer.

»Wie wir uns gedacht haben: Er hatte Kontakt zu Prostituierten«, meinte Simon Faller.

»Seine Frau hat ihn erwischt, aber anstatt ihn zu verstoßen, versucht sie seine Bedürfnisse zu befriedigen, das würde ein Mordmotiv doch erst einmal ausschließen«, spekulierte Nele Bund weiter.

»Außer unsere erste Annahme stimmt, und das, was im heimischen Schlafzimmer passiert ist, hat ihm nicht mehr gereicht. Er will andere Dinge probieren, stößt bei der Gattin auf Widerstand, sucht sich jemand, der ihm seine Wünsche erfüllt, in dem Fall Jana Grün, und die ganze Sache eskaliert …«, überlegte Hauptkommissarin Gärtner laut. Dann schüttelte sie genervt den Kopf. »Warum nimmt er sich dann aber die Geschichten von Ahrens zum Vorbild?«

»Weil er sie kennt. Vielleicht hat er sie irgendwann einmal gelesen«, warf Simon ein. »Was, wenn er Jana Grün im Eifer des Gefechts umgebracht hat? Er kommt wieder zu sich und weiß, dass er sich schützen muss. Spuren verwischen et cetera. In dem Moment fällt ihm nichts Besseres ein, als irgendetwas zu tun, das die Polizei verwirrt. Er erinnert sich an eine Geschichte und stellt die nach.« Der Kommissar sah erwartungsvoll zu seinen Kolleginnen. »Auch wenn er auf diese Kostümsache steht, scheint er mir dennoch nicht der Typ, der unter Druck viel Fantasie entwickelt, also kopiert er das Erste, was ihm einfällt.«

»Und wie ging es dann deiner Meinung nach weiter?«, nahm Anja Gärtner den Kollegen ernst.

Simon überlegte kurz und meinte: »Sauer findet Geschmack am Töten, versucht es noch einmal, wählt sein nächstes Opfer zufällig, in dem Fall die Direktorin. Aber dieses Mal kommt er nicht davon. Seine Frau schöpft Verdacht und er muss sie beseitigen, bevor sie ihm gefährlich werden kann. Die Geschichten von Ahrens empfindet er dabei als hilfreich, also inszeniert er einen Doppelmord. Und wer weiß«, sagte Simon triumphierend, »womöglich ist Bärbel Kreismann ganz bewusst getötet worden. Was, wenn Sauer befürchtete, seine Frau hätte sich der Freundin anvertraut?«

»Und warum tötet er dann Ahrens?«, fragte Nele, die

mittlerweile ein Sweatshirt mit der Aufschrift *Polizei* trug. Trotzdem hatte sie immer noch das unangenehme Gefühl, der saure Geruch von erbrochenem Mageninhalt würde an ihr haften.

»Da fällt mir Ella Warths Aussage ein. Ahrens hat womöglich etwas gesehen. Wenn es um Erpressung ging und es zu einer Konfrontation zwischen Ahrens und Sauer kam, hatte Letzterer keine Wahl. Entweder bezahlen oder den Erpresser töten. Vielleicht ging es aber auch nur darum, den Autor zu töten, um damit einen Schlussstrich unter die Morde zu ziehen. Und vergessen wir nicht, Jens Sauer hat vielleicht seinen Bruder umgebracht. Es gibt von Ahrens auch eine Kurzgeschichte, bei der der Mörder sein Opfer erst bewusstlos schlägt, dann ins Wasser zieht und dort ertrinken lässt.« Er griff sich das Taschenbuch, schlug die entsprechende Seite auf und las das Ende vor: ›*… Der See war groß, es gab Strömungen. Schon bewegte sich die Leiche vom Ufer weg und der Mörder rief: »Ja, verschwinde, du widerlicher Scheißkerl! Verrecke, du hast genug Leid über uns gebracht!«*

»Wer weiß«, mutmaßte der junge Kommissar weiter. »Vielleicht hat sich Jens Sauer schon als Kind von Lukas Ahrens' Geschichten inspirieren lassen. Pforzheim und Stuttgart liegen ja nicht so weit auseinander. Der Vater ersteht eines dieser Taschenbücher, lässt es herumliegen, Klein Jens liest darin, kommt auf die Idee, den lästigen Bruder zu beseitigen, und Jahre später leistet ihm die Lektüre erneut gute Dienste.«

Hauptkommissarin Gärtner konnte sich mit der Theorie durchaus anfreunden und sagte daher entschlossen: »Wir werden noch einmal mit Jens Sauer sprechen.«

Als Hauptkommissarin Gärtner zusammen mit Simon Faller vor dem Haus der Sauers stand, rechnete sie mit Ablehnung. Stattdessen öffnete ihnen nach dem Klingeln erleichtert Sauers Schwester.

»Sie schickt der Himmel«, rief sie aufgeregt. »Ich hätte gar nicht gewusst, an wen ich mich wenden soll.« Sie gab die Tür frei und deutete nach oben. »Jens hat sich ins Schlafzimmer eingeschlossen, das macht er schon seit Tagen, kommt nur gelegentlich raus.« Sie senkte die Stimme, wie sie es vermutlich immer tat, wenn sie etwas Unangenehmes zu sagen hatte. »Mir ist ja klar, dass er trauert, aber er muss doch auch an die Kinder denken. Und«, fügte sie hektisch an, »es wird immer schlimmer. Seit gestern Nacht hat er sich verbarrikadiert und gibt mir keine Antwort mehr. Eben war ich oben, hab auf ihn eingeredet.« Sie stockte. »Ich mache mir wirklich Sorgen. So kenne ich meinen Bruder gar nicht.«

»Was ist passiert?«, fragte die Hauptkommissarin behutsam nach.

Die Schwester von Jens Sauer schluckte schwer. »Er rief, ich soll verschwinden, es würde doch sowieso alles keinen Sinn mehr machen.«

Anja Gärtner hatte genug gehört. Sie stürmte die Treppe nach oben, gefolgt von Kommissar Faller.

Energisch rüttelte sie an der Türklinke des Schlafzimmers und rief: »Herr Sauer, Hauptkommissarin Gärtner, bitte öffnen Sie sofort die Tür.«

»Warum?«, bekam sie Antwort. »Warum sollte ich das tun, jetzt, wo alles zu Ende ist?«

Die beiden Beamten sahen sich an. Eine Tür einzutreten war nicht so einfach, wie einem das das Fernsehen manchmal weismachen wollte. Dennoch warf sich Kommissar Faller beherzt dagegen.

»Herr Sauer, öffnen Sie«, schrie Hauptkommissarin Gärtner erneut.

»Nein«, brüllte Jens Sauer plötzlich. Er sprach voller Wut und wirkte längst nicht mehr wie der weinerliche Mann, den die Beamten in Erinnerung hatten.

»Ich bekomme die nicht auf«, flüsterte Simon Faller.

Die Hauptkommissarin blickte die Schwester an, die

verzweifelt mit den Armen ruderte. »Ich sagte doch, ich mache mir Sorgen.«

»Vielleicht über den Balkon«, schlug der Kommissar vor. Er erinnerte sich an die Außenfassade des Hauses.

»Der gehört zum Bad des Elternschlafzimmers«, erklärte Jens Sauers Schwester eifrig.

»Man gelangt nur durch das Schlafzimmer ins Bad?«, hakte die Hauptkommissarin nach.

Die Frau nickte und Anja Gärtner sah ihren Mitarbeiter fragend an.

»Ich bin ein geübter Kletterer«, beantwortete der ihre stumme Frage. »Wenn wir auf Verstärkung warten, ist es vielleicht zu spät.«

»Um Gottes willen, tun Sie etwas«, flehte die Schwester, während Anja Gärtner mit sich rang.

Schweren Herzens gab sie ihr Okay, verständigte jedoch umgehend die Kollegen.

Simon Faller ließ sich gleichzeitig von Jens Sauers Schwester in das Zimmer führen, das an das Bad angrenzte. Vom dortigen Fenstersims wollte sich der Beamte auf den Balkon des Bades hangeln. Während er ins Freie kletterte, bemerkte er seine Anspannung. Allerdings war es weder die Höhe noch der kurze Sprung zum Geländer, der ihn beunruhigte. Vielmehr stellte sich ihm die Frage, wie Jens Sauer auf ihn reagieren würde.

Hauptkommissarin Gärtner war in ihren Anweisungen klar gewesen. »Kein Risiko, wir wissen nicht, ob er unser Täter ist. Wenn das jedoch der Fall ist, musst du dich im Zweifel sofort zurückziehen, ist das nicht möglich, dann …«

Sie hatte nicht weitersprechen müssen. Simon wusste, dass er eventuell gezwungen sein würde, seine Waffe zu benutzen.

»Ich bekomme das hin«, hatte er gesagt und stand nun entschlossen auf dem schmalen Balkon.

Die Schwester war freundlich, aber bestimmt gebeten

worden, das Haus zu verlassen, und wartete nun zitternd auf der gegenüberliegenden Straßenseite.

Nachdem Anja Gärtner erleichtert beobachtet hatte, wie ihr Kommissar unversehrt den Balkon erreichte, eilte sie zurück zur Schlafzimmertür. Schon drang das unverkennbare Geräusch von zerspringendem Glas an ihre Ohren. Simon hatte die Scheibe eingeschlagen. Jetzt durfte er keine Zeit verlieren. Sie hörte Poltern und Rufe.

Der Kommissar durchquerte das Bad mit drei Schritten, riss mit gezückter Dienstwaffe die Tür auf und blieb stehen, als er Jens Sauer erblickte. Der Mann saß auf dem Bett. In seiner Hand hielt er ein großes Messer, von dem Blut tropfte.

Zur gleichen Zeit

Svenja Orth hasste den Teppich im Schlafzimmer. Die zarten Farben, die unruhige Muster bildeten, passten zwar hervorragend zu den Vorhängen und der Stofftapete hinter dem Bett, erinnerten sie aber jedes Mal daran, in welcher Hölle sie gefangen war.

Der Teppich quält mich, dachte sie resigniert, als sie mit den Augen der blasslila Linie folgte, die sich an der linken Ecke mit Rot und Hellgrün vermischte und eine Rose formte.

Sie konzentrierte sich auf die Blütenblätter, die sich nur mit geübtem Auge erahnen ließen, während sie gleichzeitig das Gefühl hatte, ihr Rücken würde auseinanderbrechen. Den Schmerzensschrei zu unterdrücken, gelang ihr nicht. Es war ein heiserer Laut, der der Pein, die sie erdulden musste, kaum gerecht wurde. So hilflos zu sein, war fast schlimmer als der Schmerz. Hunderte Male schon hatte sie sich gewünscht, die Kraft zu besitzen, das hier zu beenden.

»Du weißt, was du falsch gemacht hast?«, fragte er sie mit

kalter Stimme, und wie gewöhnlich beeilte sie sich zu nicken und zu rufen: »Ja, und es tut mir leid!«

Egal, was sie geantwortet hätte, es wäre verkehrt gewesen. Selbst Schweigen würde ihn provozieren. Sie wusste längst, dass es kein Entkommen gab, nur ein Ausharren. Ihr Blick konzentrierte sich auf das Rosenblatt, das sich an ein zweites in Dunkelrot schmiegte. Es war deutlicher gezeichnet als sein zarter Nachbar. Sie hatte sich schon viele Male gefragt, warum sie sich nicht für einen weniger verspielten Bodenbelag entschieden hatte. Fast alles im Haus folgte dem modernen geradlinigen Stil ohne Schnörkel, was hatte sie also zu diesem mädchenhaften Teppich bewegt? Ihre Handflächen pressten sich auf den flauschigen Flor, als der Tritt in die Nieren folgte. Wie ein Messer bohrte sich seine Schuhspitze in ihre Seite. Was, wenn er heute zu weit gehen würde? Was, wenn sie ins Krankenhaus müsste? Die Angst, alle Welt würde erfahren, was mit Bjarne, was mit ihrer Ehe in Wirklichkeit los war, ließ sie die Zähne zusammenbeißen und die Muskeln anspannen. Sie musste unbedingt verhindern, dass das passierte.

»Du Schlampe, du betrügst mich, du belügst und hintergehst mich!« Ihr Mann war außer sich, in wilder Raserei.

Wenn ihn auch die Nachbarn nicht hören konnten, so befürchtete sie, dass Alissa mittlerweile in der Lage war, zumindest zu verstehen, dass ihre Eltern stritten. Vor zwei Monaten hatte sie das Mädchen am Morgen im Schrank gefunden. Sie hatte dort zusammengekauert gesessen und sich die Hände über die Ohren gehalten. Svenja nahm immer noch an, dass sie die ganze Nacht so verbracht hatte. Natürlich war sie bemüht gewesen, ein Gespräch mit ihr zu suchen.

»Ich habe von Monstern geträumt und mich versteckt, das ist alles«, war die trotzige Antwort des Kindes gewesen und Svenja hatte sie hingenommen.

Die Schuhspitze bohrte sich weiter in ihr Fleisch und sie

schluchzte: »Es tut mir leid, es tut mir leid.« Obwohl sie nicht einmal wusste, was er ihr heute vorwarf.

Das Blütenblatt, das ihre Augen als Nächstes erfasste, hatte sich von den anderen gelöst, sollte darstellen, dass die Knospe bereits am Erblühen war. Heiße Tränen liefen der Frau auf dem Teppich über das Gesicht.

»Du hast mir widersprochen, jetzt halten mich alle für einen Pantoffelhelden. War das deine Absicht, mich vor den Nachbarn wie einen Idioten dastehen zu lassen?«

Svenja keuchte, jetzt wusste sie zumindest, wessen er sie bezichtigte. Am Morgen hatten sie beim Einkaufen das Ehepaar, das am Ende der Sackgasse wohnte, getroffen.

»Wie geht es? Schreckliche Geschichte, diese Morde, hoffentlich unternimmt die Polizei bald etwas!« Dann machte jemand eine Bemerkung wegen des Wetters, Schnee, der noch kommen sollte. Bjarne meinte, es sei ein kaltes Jahr, und Svenja hatte unbedarft ergänzt, dass es letztes Jahr aber noch viel kälter gewesen sei. Der Nachbar nickte und gab ihr recht: »Stimmt, so kalt wird es dieses Jahr sicher nicht mehr werden.«

Warum nur hatte sie nicht den Mund gehalten, was spielte es denn für eine Rolle, ob kalt, warm, Schnee …

Neben dem Blütenblatt schwebte eine kleine Hummel in grau, gelb, ihre Flügel konnte man nur sehen, wenn man in die Knie ging und die Augen zusammenkniff. In ihrer liegenden Position erkannte sie Svenja jedoch sehr gut. Die Hummel verschwand aus ihrem Blickfeld, als Bjarne seine Frau an den Haaren in die Höhe zog.

Ihr Genick knackte und in diesem Augenblick wünschte sie sich, er würde es einfach zu Ende bringen.

»Du bist das Letzte«, zischte er und als sie nicht reagierte, wurde sein Griff fester. »Sag es, du Miststück.«

»Ich bin das Letzte«, stöhnte sie mit den wenigen Reserven, die sie noch hatte.

Wütend stieß er sie von sich. Ihre Stirn knallte auf den

Teppich. Die weichen hohen Fasern milderten den Aufprall, würden vermutlich verhindern, dass sich ein blauer Fleck auf der Haut bilden würde.

»Ich brauche frische Luft«, schleuderte er ihr wütend entgegen. »Dein Gestank ist unerträglich, du solltest duschen.«

Damit stürmte er polternd die Treppe nach unten und ließ die Haustür hinter sich zuknallen.

Im Haus von Jens Sauer

»Lassen Sie das Messer fallen«, hörte Anja Gärtner ihren Kommissar durch die Tür sagen. Simon setzte noch ein lautes, flehendes »Bitte« dahinter.

»Nein«, kreischte Sauer erneut und stierte mit irrem Blick zu dem Beamten. »Ich mache das, was ich für richtig halte.«

»Ich werde Ihnen nichts vorschreiben, aber das Messer müssen Sie zur Seite legen, das verstehen Sie doch sicher«, versuchte es der Kommissar weiter und bewegte sich unauffällig zur Tür. Der Schlüssel steckte zum Glück.

Jens Sauer senkte den Kopf, starrte auf das Messer und ignorierte weiterhin die Aufforderung des Polizisten. Allerdings machte er auch keine Anstalten, den Beamten anzugreifen. Stattdessen murmelte er: »Ich werde immer bestraft …«

In diesem Augenblick erreichte Simon die Tür und schloss auf. Keine zehn Sekunden später stand auch Hauptkommissarin Gärtner im Zimmer. »Messer fallen lassen«, fuhr sie den Mann auf dem Bett hart an. »Sofort!«

Endlich glitt Jens Sauer die Klinge aus der Hand. Simon stürzte nach vorne, kickte sie mit dem Fuß außer Reichweite und sicherte den Mann auf dem Bett mit festem Griff.

»Er hat Schnittwunden am Arm«, rief er seiner Kollegin zu.

Ab diesem Augenblick ließ sich Jens Sauer behandeln wie ein Kind.

Der Arzt stellte fest, dass die Verletzungen nicht tief waren, und legte einen Verband an. »Der Mann gehört in psychiatrische Behandlung, immerhin haben wir es mit versuchtem Selbstmord zu tun, auch wenn der sehr dilettantisch ausgeführt worden ist.«

»Ich will zu Miriam«, widersprach Jens Sauer, »sonst gehe ich nirgendwohin.«

Der Mediziner schüttelte den Kopf, was so viel bedeutete wie: *Ich hab's ja gesagt, der gehört in eine Klinik.*

Anja Gärtner dachte nicht daran, ihren Hauptverdächtigen einfach so ziehen zu lassen. »Sie wollen zu Miriam, obwohl Sie sie getötet haben«, wagte die Hauptkommissarin deshalb einen direkten Vorstoß.

»Sie fehlt mir so schrecklich«, jammerte Jens.

»Warum haben Sie Ihre Frau getötet?«, fragte die Beamtin nun sanfter. Sie hatte nicht versäumt gehabt, den Mann über seine Rechte aufzuklären, aber offenbar war es dem Verdächtigen ein Bedürfnis zu sprechen.

»Ohne Miri bin ich nichts, sie hat alles organisiert, sie hat alles geregelt, wie hat das nur passieren können?«

»Was? Was ist passiert?«, bohrte Anja Gärtner nach.

»Sie ist gestorben.« Er zog die Nase hoch wie ein trotziges Kind.

»Sie ist gestorben, weil Sie sie umgebracht haben«, wurde die Hauptkommissarin deutlicher. »Sie haben ihr den Hals durchgeschnitten.«

»Nein«, schluchzte Jens, »warum hätte ich das tun sollen? Aber ich hatte immer ein schlechtes Gefühl bei dieser Bärbel Kreismann. Wäre Miriam nur nicht in deren Haus gewesen. Und was ist mit Karsten, diesem Versager, hat seiner Frau nicht einmal Babys machen können. Den sollten Sie mit Ihren Fragen quälen …«

Und dann ergoss sich ein Redeschwall über die Beamten. Jens Sauer gestand zwar ein, bei einer Prostituierten gewesen zu sein, aber nur, weil Miriam nicht gleich erkannt hatte, was für ihn wichtig war. Alles, was er vorbrachte, klang, als wäre er zeit seines Lebens ein unverstandenes Opfer und der Tod seiner Frau lediglich ein weiterer Knüppel, den ihm das Schicksal zwischen die Beine geworfen hatte. Bei allem Verständnis für die Trauer eines Menschen hörten sich Sauers Erzählungen nach einem Vollbad im Selbstmitleid an. »Ich bin verloren ohne Miri«, schluchzte er mehrmals.

Anja Gärtner hätte den Mann gerne an dessen Kinder erinnert, die jetzt einen Vater bräuchten, nahm allerdings an, dass dieser Einwand an ihm abprallen würde.

»Es ist wie damals mit meinem Bruder«, jammerte Sauer weiter.

»Erzählen Sie mir davon«, versuchte es die Beamtin auf diesem Weg, obwohl sie bereits ahnte, dass ihr Gegenüber nicht der war, den sie suchten.

»Er hat mir das Leben immer schwer gemacht und dann starb er. Ich habe ihn gelegentlich aufgezogen. ›Du traust dich nicht an den Rand des Teiches zu gehen, du Mädchen‹, das habe ich zu ihm gesagt. Unser Vater hat uns verboten, zu nahe heranzugehen, also hielt sich mein kleiner Bruder daran. Ich nannte ihn einen Feigling und er …« Ein Schluchzen folgte. »… er hat es dann heimlich doch getan. Natürlich musste er dabei ausrutschen, unglücklich stürzen und sterben.« Eine Zornesfalte bildete sich auf Jens' Stirn. »Er starb und nahm mir alles. Wieder hatte er Mutter für sich allein. Die nächsten Jahre widmete sie einzig ihrer Trauer. Wir zogen um, ich verlor meine Freunde, alles nur wegen ihm.« Er machte ein verächtliches Gesicht. »Keiner denkt an mich.«

Anja Gärtner hatte genug gehört. Entweder war Jens

Sauer sehr schlau und spielte gerade Theater oder aber er war ein Egozentriker, wie er im Buche stand, unfähig, für jemand anderes als für sich selbst Gefühle aufzubringen. Am Ende klang seine Trauer nicht nach Verzweiflung, sondern nach Wut. Wut darüber, dass ihm der Tod seines Bruders oder seiner Frau das Leben unbequem gemacht hatte. Die dramatische Aussage des Mannes war keinen Pfifferling wert, allerdings hoffte die Hauptkommissarin sehr, dass es irgendwo in Jens Sauers Herzen Schuldgefühle gab. Den eigenen Bruder hatte er mies behandelt und seiner Frau war mit Jens sicher auch kein Eheglück beschert gewesen.

Schließlich brachte man ihn ins Krankenhaus. Kurz darauf stellte sich außerdem heraus, dass das Messer, das Jens Sauer für seinen halbherzigen Suizidversuch verwendet hatte, unmöglich die Tatwaffe bei den Morden hätte sein können. Man würde ihn im Auge behalten und auch nicht von der Verdächtigenliste streichen, aber im Nachhinein stimmte Anja Gärtner Oberkommissarin Bund zu, die über Jens Sauer sagte: »Der Typ hat weder die Eier zum Leben noch zum Sterben und schon gar nicht zum Töten.«

Im Haus von Bjarne und Svenja Orth

Svenja rappelte sich auf. Sie war heute nicht gezwungen gewesen, auf dem Teppich auch den Stiel mit den Dornen zu begutachten, was ihr zumindest einen kleinen Trost spendete.

Ihr Rücken schmerzte und die oberen Wirbel schienen nicht an ihrem Platz. In ein paar Tagen, wenn das Schlimmste verheilt war, würde sie zu ihrem Physiotherapeuten gehen, eine Geschichte von verpatzten Yogastellungen erzählen und sich einrenken lassen. Aber bis dahin mussten heiße Duschen und Schmerzmittel helfen. Für gewöhnlich konnte sich Bjarne zwei, drei Wochen beherrschen, bevor ihn ein neuer Wutanfall zum Äußersten trieb. Wie gewohnt redete sich Svenja auch heute ein, dass es das Beste wäre, einfach zu verdrängen, was eben geschehen war. Die nächsten Tage wäre ihr Ehemann wieder liebevoll und bereit, ihr die Sterne vom Himmel zu holen. Was konnte man sich mehr wünschen? Er sorgte dafür, dass es ihr und Alissa materiell an nichts fehlte und ermöglichte seiner Frau dadurch eine gute gesellschaftliche Stellung. Als das warme Wasser ihren geschundenen Körper wie eine streichelnde Hand berührte, atmete Svenja durch.

So schlimm war es dieses Mal doch gar nicht, dachte sie, tief in ihrem Inneren wissend, dass sie sich selbst belog. Aber es half ihr, weiterzumachen.

Sie stellte das Wasser ab und wickelte sich in den sündhaft teuren Bademantel, den er ihr aus Paris mitgebracht hatte.

Erst nach einem prüfenden Blick in den Spiegel, froh, dass Bjarne bislang immer darauf geachtet hatte, ihr Gesicht zu verschonen, wagte sie, das Schlafzimmer zu verlassen, um nach Alissa zu sehen.

Als sie deren Zimmer betrat, tat das Mädchen so, als wäre es in die Hausaufgaben vertieft. Svenja trat zu ihr, hauchte ihr einen Kuss auf die Wange und ging dann zum Bett. Während sie die Decken zurechtzog, tastete sie unauffällig über das Bettlaken. In letzter Zeit war der Kleinen öfter einmal ein Malheur passiert. Svenja sprach das Kind niemals darauf an, sondern wechselte lediglich die Bettwäsche, stopfte sie in die Waschmaschine und spülte das Zeugnis einer sorgenvollen Entwicklung einfach weg, wohl wissend, dass das ein Fehler war. So wie sie in letzter Zeit stets versuchte, alles, was die Wahrheit ans Licht bringen könnte, aus dem Weg zu räumen. Langsam trat sie hinter ihr Kind am Schreibtisch, stand wie ein Schutzengel da und doch war ihr klar, dass sie dieser Position überhaupt nicht gerecht wurde. Alissa zu schützen, war ihr nicht möglich gewesen. Das

Schweigen und Verdrängen hatte nicht gereicht. Das Mädchen wusste Bescheid. Svenja streichelte sanft über das Haar der Tochter, die sich der Berührung entzog, indem sie den Kopf wegdrehte. Der Schmerz über die ständige Ablehnung ließ Svenja zittern, deutlich spürte sie, wie es in ihr brodelte. Wenn sich dieses Gefühl einstellte, dann war es, als würde in ihr eine Bombe ticken, als stände sie kurz vor der Explosion. Sie brauchte dringend ein Ventil, eine Möglichkeit, wieder Herr ihrer Sinne zu werden. In ihren Gedanken entstanden unschöne Szenen und irgendwo ganz tief in ihrem Inneren spürte sie eine große Schuld.

KAPITEL 12

Konnte man einen Moment der vollständigen Ruhe denn besser nutzen, als in wunderschönen Erinnerungen zu schwelgen? Die Kurzgeschichten von Lukas Ahrens dienten dabei wieder einmal als Inspiration; die Worte formten die Szenen im Kopf der Leser und Leserinnen. Das, verbunden mit der Realität, also einem willentlich herbeigeführten Tod nach Ahrens' Anleitungen, ließ die geschriebenen Zeilen lebendig werden wie ein mitgedrehtes Video der Tat. Heute wurde zur Erbauung eine Episode gewählt, die der Autor mit besonders viel Feingefühl ausgearbeitet hatte. Sie trug den bezeichnenden Titel: *Hilf dem Mann, der nicht sterben wollte!*

Die Hilfe war nicht verwehrt worden. Zwar hatte es sich nicht um einen Mann, sondern um eine Frau gehandelt, aber gleichermaßen wie im Buch hatte auch sie sich viel zu sehr ans Leben geklammert. Schon in vielen Romanen wurde das sogenannte *Burking* beschrieben, benannt nach dem Serienkiller William Burke. Interessierte Leser von Krimis begegneten dieser Tötungsart für gewöhnlich, wenn es darum ging, einen Mord zu begehen, ohne Spuren zu hinterlassen. Eine feine, saubere Art, das Ersticken zu praktizieren. Ahrens war es gelungen, den Vorgang so wiederzugeben, als hätte er ihn selbst schon viele Male ausgeführt.

Er beschrieb das Töten als Tanz des Mörders mit seinem Opfer, ein gefühlvoller langsamer Tanz mit wenig Bewegung. Der Tanz glich eher einem sanften Gleiten als einer einstudierten Schrittfolge. Derjenige, der das Leben nahm, saß auf dem Oberkörper desjenigen, der das Leben gab. Fast hätte man es ein freiwilliges Sterben nennen können.

Es wurde umgeblättert. Das dort Beschriebene brachte

die Erinnerung immer stärker zurück. Ja, so war es gewesen. Das Töten geschah ohne große Gewalteinwirkung, das Kissen auf dem Gesicht verschloss alle Atemöffnungen, das Gewicht des Knies auf der Brust der Frau erschwerte das Luftholen.

Nicht dass das Blut und der Schmerz in den Augen der Sterbenden zu verachten wären, aber die ruhige, lautlose Methode brachte nicht so viele Mühen mit sich. Kein Werkzeug, das versteckt werden musste, kein Blut, dass es abzuwaschen galt, keine Polizei, die aufdringliche Fragen stellte. So hatte alles seinen Reiz: der Tod im Feuer, das Ertrinken oder eben das Ersticken. Aber das gehörte der Vergangenheit an. In der Gegenwart waren Improvisation und das Messer zu verlässlichen Gehilfen geworden.

Mit einem Grinsen wurde das Inhaltsverzeichnis aufgeschlagen. Hier fanden sich zwanzig Anleitungen, und der suchende Zeigefinger glitt langsam an den Titeln entlang, so als ginge es darum, bei einer Speisekarte das perfekte Gericht auszuwählen.

»Ja, das wird es werden«, erklang plötzlich ein erfreutes Flüstern. Bebende Lippen lasen, was dort stand: *»Hexentod und Schmerz«*, und fügten dann ein zufriedenes »Das passt!« an.

Einige Tage später

Die Beerdigung lag nun schon einige Tage zurück, dennoch war Erna Storzigs Wut ungebrochen. Sie hielt daran fest, dass der Mörder in der Fabriksiedlung zu suchen war, und machte daraus auch kein Geheimnis. Ihr war es gleichgültig, ob man sie dafür hasste.

Mit einem selbstgefälligen Lächeln stieß sie ihre Nordic-Walking-Stöcke in den harten Waldboden. Sie würde sich gewiss nicht den Mund verbieten lassen, das hatte noch keiner gewagt, weder ihr Ehemann noch ihr Sohn. Nach einigen Schritten stoppte sie und keuchte schwer. Es war anstrengend, bei der Kälte zu laufen, noch dazu fehlte ihr seit Miriams Tod eine Begleitung. Missmutig betrachtete sie die nassen Blätter, die an den Stockspitzen hingen. Inbrünstig wünschte sie sich Regen oder Schnee, dann hätte sie zumindest einen Grund, dieses öde Sportprogramm vorzeitig abzubrechen. Aber der scharfe Wind, der zwischen den kahlen Ästen hindurchpfiff, vertrieb heute auch die Wolken. Erna schürzte die Lippen und setzte sich wieder in Bewegung. Ihre klammen Finger pressten die Handgriffe der Stöcke zusammen, während sie ihren Laufrhythmus fand und mit ansehnlichem Tempo durch den Wald marschierte, so als wollte sie den erobern.

Abgelenkt durch rachsüchtige Gedanken, die ihr durch den Kopf schossen, und beim Hören eingeschränkt von der dicken Strickmütze über den Ohren glaubte sich die Mutter von Wilfried Storzig allein in dem kleinen Waldstück hinter dem Speditionsgelände. In Gefahr wähnte sie sich nicht, zu sehr war sie davon überzeugt, dass es niemand wagen würde, Hand an eine so bedeutende und überlegene Person wie sie zu legen. Am Ende sollte es jene Selbstüberschätzung sein, die Erna in die Falle tappen ließ.

Der Wald zog in dieser Jahreszeit kaum Spaziergänger an. Selbst für die Gassirunde gab es behaglichere Ecken in Wörmshalde. Zudem war es den meisten Berufstätigen am frühen Nachmittag gar nicht möglich, sich im Freien einem Bewegungsprogramm zu widmen. Was Erna stets genossen hatte, nämlich das Gefühl, in ihrem eigenen Reich unterwegs zu sein, sollte ihr nun zum Verhängnis werden. Sie erschrak, als plötzlich eine Gestalt vor ihr auftauchte, erkannte nicht sofort, um wen es sich handelte, und wog sich, als sie es tat, in falscher Sicherheit.

»Die Hexe, die geläutert werden muss«, vernahm sie die Worte ihres Gegenübers, noch bevor ihr das Messer in die schweißglänzende linke Wange gerammt wurde.

Sofort breitete sich ein unbeschreiblicher Schmerz in Ernas Körper aus, der sich, als die Klinge zurückgezogen wurde, noch steigerte. Die verletzte Gesichtshälfte hing in Fetzen, Blut hatte sich im Mund der Frau gebildet, denn ein scharfer Schnitt verlief an der Zunge entlang und hatte das Zungenband durchtrennt. Aber damit war es noch nicht getan. Das Messer schoss erneut durch die Luft, dieses Mal bohrte sich seine Schneide in die rechte Wange des Opfers. Es war, als würde man Erna links und rechts ohrfeigen – aber eben nicht mit der harmlosen Handfläche, sondern mit einer geschärften Klinge.

Wilfried Storzigs Mutter sank in die Knie, Blut lief ihr aus dem Mund, während ihr zerfleischtes Gesicht wie Feuer brannte.

Ein armseliger Versuch der Verteidigung begann. Erna, durch die Handschlaufen an ihre Stöcke gefesselt, holte damit aus. Allerdings wirkte das, als wollte einer der schwarzen Waldkäfer den Stiefel verscheuchen, der ihn unweigerlich gleich zerquetschen würde. Es reichte weder zur Flucht, noch verfügte sie über die Kraft zur Gegenwehr.

»Ja, du Hexe, geh in die Knie! Ich bin dein Richter!«, hörte die Sterbende Worte, die sie nicht verstand. Wie konnte sie auch ahnen, dass es sich um ein Zitat handelte? Erna hatte niemals die Geschichten von Lukas Ahrens gelesen, wusste nicht einmal, dass er welche geschrieben hatte.

»Ich bin dein Richter, der Mann, der dich bricht, damit dich in Zukunft niemand mehr fürchten muss«, wurde eine weitere Stelle aus dem Buch exakt wiedergegeben. »Der Mann, der gesandt wurde, dich zu richten.«

Verzweifelt und im Bann des Schmerzes unfähig, auch nur einen klaren Gedanken zu fassen, tat Erna das, was Sterbende meist taten, sie flehte um ihr Leben. Immer noch rann ihr Blut aus dem Mund wie der Geifer eines tollwütigen Tieres. Die zerstochene Zunge machte ihr das Sprechen schwer und am Ende klang ihr Betteln, ihr verzweifelter Appell, Erbarmen zu haben, wie das Lallen eines Betrunkenen.

»Was?«, reagierte ihr Gegenüber belustigt. »Ich verstehe dich nicht, du musst deutlich sprechen, so wie du es normalerweise tust. Sicher erinnerst du dich noch daran, wie du anderen mit deinem Gefasel Leid zugefügt hast? Mein Zorn wird heute dein Schmerz sein.«

Ein letztes Aufbäumen ging durch Ernas Körper. Sie versuchte sich aufzurichten und stammelte mit der verletzten Zunge undeutlich: »Ich habe kein Leid zugefügt.« Dabei heftete sie ihren Blick auf das Messer. Alles Boshafte war aus ihrem Gesicht verschwunden, nur noch Angst zeichnete das Antlitz der sterbenden Frau. Erschöpft senkte sie den Kopf, kniete schließlich auf allen vieren, kraftlos und bereit, sich dem Schicksal zu ergeben. Im nächsten Augenblick bohrte sich das Messer in ihren Nacken. Ein Stück der Klinge brach ab, blieb in der Wunde stecken und würde für die Gerichtsmedizin zurückbleiben. Es spielte keine Rolle, denn jetzt war es vorbei. Der Körper von Erna Storzig kippte zur Seite, sie würde nie wieder jemandem Leid zufügen.

Etwa zur gleichen Zeit

Cassy, so ließ sich Kassandra von ihren Freunden nennen und präsentierte sich unter diesem Spitznamen auch in den sozialen Netzwerken, hatte sich ihr Vorhaben nicht gründlich überlegt, das tat sie nie. Ein von der Natur wohlwollend geformter Körper, ein ansprechendes Gesicht mit großen Kulleraugen und vollen Lippen – letztere verdankte sie allerdings nicht den eigenen Genen – und wallendes blondes

Haar hatten es ihr bisher erspart, über die Folgen ihrer Handlungen nachzudenken.

Im Normalfall wurden ihr aufgrund ihres Erscheinungsbildes die meisten Unverschämtheiten vergeben. Das hatte über die Jahre dazu geführt, dass die Siebenundzwanzigjährige ein ausgesprochen robustes Selbstbewusstsein besaß, das manchmal schon an Größenwahn grenzte. Damit erklärte sich auch, warum eine Person wie Kassandra gewisse Ansprüche an ihre Umwelt stellte. Vor allem von einem Lebensgefährten erwartete sie einiges. Er sollte in der Lage sein, ihr großzügige Geschenke zu machen, sie in die Klubs ausführen und dort in einem schicken Auto vorfahren. Unbedingt zwingend war dessen Vorzeigbarkeit.

Vorstrafen, Handlungen am Rande der Legalität, wie zum Beispiel Schlägereien, Betrug oder Ähnliches, ignorierte sie nicht nur, sondern begrüßte sie sogar. Ein Bad Boy, wie sie für gewöhnlich behauptete, ließ das Leben spannender werden. Im Bett gefiel es ihr, wenn er mit seinen Straftaten protzte. Auf ihre Verschwiegenheit konnte er sich blind verlassen. Es sei denn …

Kassandra hielt nun doch inne, und für eine Sekunde erinnerte sie sich an die gemeinsame Zeit mit ihrem Freund und wie gut sie sich gefühlt hatte. Dann jedoch erschien ein anderes Bild vor ihren Augen. Ein Bild, das außer ihr auch jeder gesehen hatte, der über einen Internetzugang verfügte und sich die Mühe machte, nach dem Account einer gewissen *Shimara* zu suchen. Shimara postete nämlich heiße und sehr eindeutige Fotos von sich und Kassandras Freund. Cassy war natürlich die Letzte gewesen, die es bemerkt hatte, und fühlte sich verständlicherweise gedemütigt.

Sechs Jahre waren sie ein Paar gewesen und zum Dank hatte er sie bloßgestellt. Sie, die Frau, die jeden haben konnte, sie war zur Lachnummer geworden.

Kassandra setzte sich wieder in Bewegung. Unmöglich, das einfach so hinzunehmen. Innerlich schäumte sie vor Wut.

Es gab nichts zu überlegen. Die Beziehung war vorbei und die Zeit für Rache gekommen.

Am Abend, Dienststelle der Kriminalpolizei

Hauptkommissarin Gärtner saß am Schreibtisch, ihr gegenüber Kommissar Faller. Gemeinsam brüteten die beiden Beamten über den Akten, als der Anruf kam.

Simon wusste sofort, dass etwas passiert sein musste. Er konnte das nicht nur an der versteinerten Miene der Hauptkommissarin ablesen, sondern auch an ihrer plötzlich steifen Körperhaltung. Wie in Trance ließ sie den Telefonhörer auf den Schreibtisch fallen.

Man hörte den Mann am anderen Ende der Leitung rufen: »Hallo? Anja? Bist du noch dran?«

»Was ist denn?«, fragte der Kommissar besorgt seine Chefin, erhielt aber keine Antwort.

Anja Gärtner schien ihn überhaupt nicht mehr wahrzunehmen. Stattdessen öffnete sie ihre Schublade und zog das Holster mit der Dienstpistole heraus.

»Ist etwas passiert?«, fragte ihr Kollege nun alarmiert.

Sie blickte ihn tatsächlich kurz an, sagte emotionslos: »Nein, alles in Ordnung«, drehte sich um und verließ den Raum.

Ein Anflug von Panik überkam den jungen Beamten. Schnell griff er zum Hörer und keuchte: »Hier Kommissar Faller, was haben Sie Hauptkommissarin Gärtner gesagt? Ist etwas passiert?«

»Ja, etwas Gutes«, antwortete ihm der Anrufer fröhlich. »Wir haben ihn.«

»Wen?«, fragte Simon völlig verwirrt.

»Na den, der Anja das angetan hat. Seine Freundin – oder vielleicht sollte ich sagen: seine Ex-Freundin – hat ihn verpfiffen. Sie schwört, dass er damit geprahlt hat, vor fünf Jahren den Wagen einer Polizistin gerammt zu haben. Der Typ wurde bereits festgenommen. Sitzt unten bei uns in Haft.«

»*Hier* im Gebäude?« Simons Worte klangen schrill.

»Klar. Der wird gestehen, da bin ich sicher, der …«

Das zweite Mal innerhalb weniger Minuten landete der Hörer auf der Tischplatte. In der nächsten Sekunde war Simon im Flur. Keine Spur von Hauptkommissarin Gärtner.

Schon machte er sich Vorwürfe, er hätte ihr sofort folgen müssen, durfte jetzt keine Zeit verlieren. Der Kommissar rannte los.

Vielleicht war Simon Faller nicht der hartgesottene Ermittler, der einen übel zugerichteten Tatort lässig begehen konnte. Womöglich besaß er gelegentlich auch eine Naivität, über die sich andere lustig machten, aber eines war er gewiss nicht, nämlich träge. Kommissar Faller hatte in sämtlichen Sportprüfungen hervorragend abgeschnitten. Spezialeinheiten der Polizei, die von ihren Teammitgliedern besondere körperliche Fitness verlangten, würden ihn mit Kusshand aufnehmen. Abgesehen davon war er ein hervorragender Schütze, trainierte in seiner Freizeit in einem Jiu-Jitsu-Verein und war ein ausdauernder Läufer. Er schwitzte nicht einmal, als er jetzt durch die Gänge sprintete und dabei geschickt jedem Hindernis in Form von Beamten, Stühlen oder Mülleimern auswich.

Einer der Kollegen rief: »Hey, Faller, auf der Jagd nach einem Faschingshasen?« Spott, mit dem er leben musste, seit er gegenüber dem Kriminaltechniker eine unbedarfte Bemerkung gemacht hatte. Aber das war ihm völlig gleichgültig. Er hatte nur das Ziel, ein Unglück zu verhindern.

Nachdem er um eine weitere Ecke gebogen war, konnte er sie sehen. Anja Gärtner ging zügig auf eine Tür zu. Dahinter lagen die Zellen und Verhörräume. Simon beschleunigte. Er tauchte auf der Höhe seiner Chefin auf, als diese gerade die Klinke herunterdrücken wollte. Sie hatte das Pistolenholster an ihrem Gürtel befestigt, die Sicherungsschlaufe war geöffnet. Er erreichte seine Vorgesetzte mit so hohem Tempo, dass er sie grob mitriss, als er sich im Vorbeilaufen bei ihr unterhakte.

»He, was soll das?«, schnauzte sie erschrocken, wollte sich losreißen, aber Simon ließ nicht locker. Wie ein Schraubstock umschlossen seine Finger ihren Oberarm.

»Wenn du dich wehrst, schlage ich dich k. o.«, zischte er und zog sie weiter. Hinter der nächsten Ecke ließ er ihren Arm los, legte ihr stattdessen die Hand auf den Rücken, um sie vorwärtszuschieben. So würden sie den Kollegen nicht auffallen.

Endlich erreichten sie einen Seitenausgang. Sicherheitshalber versperrte er Anja den Weg, sodass es ihr unmöglich war, sich an ihm vorbeizuschieben und noch einmal zurückzugehen. Mit einem letzten sanften Stoß bugsierte er die Frau ins Freie.

Es dämmerte, die Abendluft war so kalt, dass es sich anfühlte, als hätte eine feine Rasierklinge ihre Haut gestreift.

Mit einer schnellen Bewegung griff er nach Anjas Waffe, steckte sie ein und drängte seine Vorgesetzte weiter. Das gefrorene Gras knirschte unter ihren Schritten, irgendwo hupte es und jemand schrie: »Bist du blind?«

Sie sprachen nicht, bis sie in Simons Auto saßen. Es roch nach Cockpit-Spray und Kaugummi. Vermutlich verströmte ein versteckter Duftspender den Pfefferminzgeruch.

Anja begann zu zittern, erst jetzt spürte sie die Kälte. Sie hörte das Rascheln, als ihr Kollege nach hinten griff und eine dicke Winterjacke zwischen den Sitzen nach vorne zerrte. Behutsam legte er sie der Hauptkommissarin um die Schultern. Sie begann zu weinen, erst sehr leise, dann bebend und schließlich gequält wie ein weidwundes Tier. Er reichte ihr wortlos Taschentücher aus dem Handschuhfach. Trotz der Wut, der

Trauer und der Verzweiflung schoss Anja der irrationale Gedanke durch den Kopf, dass sie noch nie im Leben ein so aufgeräumtes Handschuhfach gesehen hatte. Vielleicht verleitete sie das zu dem Kommentar: »Schönes Auto«, auch wenn der in mehrfacher Hinsicht unpassend war. Vor allem war das Fahrzeug alles andere als schön; bestenfalls hätte man es noch als funktional bezeichnen können, denn dass das bereits achtzehn Jahre alte Gefährt noch eine TÜV-Plakette besaß, war lediglich dem Wohlwollen des Autogottes geschuldet.

Simon griff ihre Bemerkung dennoch auf, versuchte, unbeschwert zu klingen, als er entgegnete: »Es gehört meiner Mutter. Sie leiht es mir, bis ich mir wieder eines kaufen kann. Eine Scheidung ist nicht billig.« Er seufzte und scherzte: »Schön hat die Karre allerdings noch niemand genannt. Einziges Highlight ist der Kofferraumaufkleber mit zwei Chihuahuas, denen die Augen fast aus dem Kopf fallen, während sie jedem Hintermann verkünden: *Wir sind klein, aber zu zweit!* Die Kollegen freut's natürlich. Die nennen mich mittlerweile *den Chihuahua.*«

Einen Augenblick schwiegen beide, dann konnte er nicht mehr an sich halten und blaffte: »Was hast du dir nur dabei gedacht? So ein Wahnsinn.«

»Ich habe überhaupt nicht mehr gedacht«, gab sie offen zu. »Ich wollte … Gott, ich …« Ihre Augen füllten sich erneut mit Tränen. »Was habe ich nur getan?« Erst jetzt schien sich ihr Schock zu lösen.

»Du hast gar nichts getan«, hielt Simon sofort dagegen.

»Ich hatte meine Waffe dabei, ich war bereit, sie zu benutzen!«

Er drehte sich abrupt zu ihr, verlangte: »Sieh mich an.«

Sie folgte seiner Aufforderung widerwillig, er erkannte ihre Verzweiflung und sie seine Sorge.

»Du hast nichts getan. Gar nichts«, wiederholte der Kommissar.

»Ich hätte beinahe«, keuchte sie, »ich bin nicht mehr tragbar, ich …«

»Kein Wort mehr«, unterbrach er Anja scharf. »Hätte, wollte – das spielt überhaupt keine Rolle. In Momenten tiefster Verzweiflung planen wir dumme Dinge. Jemand hält sich eine Waffe an den Kopf, andere stellen sich auf den Fenstersims, um zu springen, oder wir schmieden Rachepläne. Manchmal kommt man eben an den Punkt, an dem man für eine Sekunde bereit ist, bis zum Äußersten zu gehen, aber dann macht man das doch nicht. Man senkt die Waffe, tritt zurück und überlässt es anderen, über die zu richten, die uns etwas angetan haben.«

»Als Polizistin hätte mir das nicht passieren dürfen.«

»Als Mutter aber schon«, warf er ein und sah ihr tief in die Augen. »Wir sind nicht nur Beamte. Außerdem weiß ich, dass du nicht geschossen hättest«, fügte er ruhig an.

»Woher willst du das wissen?«, entgegnete Anja trotzig und wandte sich ab.

»Weil du im letzten Moment an Jessica und Thomas gedacht hättest und was aus ihnen ohne dich werden würde.«

»Das kannst du nicht wissen«, widersprach sie erneut.

»Doch, kann ich«, antwortete er voller Überzeugung.

»Und was jetzt?«, fragte die Hauptkommissarin unglücklich.

»Ich fahre dich nach Hause, du schläfst dich aus und morgen arbeiten wir weiter an unseren ungelösten Mordfällen.«

»Ich sollte ihm gegenübertreten«, bemerkte Anja gefasst.

»Ja, bei einer Gerichtsverhandlung, aber nicht hier«, erwiderte Simon.

Sie wollte Einwände erheben, aber er kam ihr zuvor. »Würdest du dem Angehörigen eines Opfers erlauben, dem Täter gegenüberzutreten?«

Sie schwieg, wusste, dass der Kommissar recht hatte, und ließ zu, dass er den Wagen startete.

Bevor sie nach ihrer Handtasche fragen konnte, sagte er: »Deine Sachen bringe ich dir später vorbei.«

»Ein Kontrollbesuch? Ob die durchgeknallte Gärtner auch wirklich zu Hause ist?«, bemühte sie sich um einen Scherz.

»Nein«, stieg er in leichtem Tonfall darauf ein und bugsierte das ruckelnde Vehikel aus der Parklücke. »Ein Freundschaftsbesuch!« Kurze Zeit später fügte er noch an: »Falls die durchgeknallte Gärtner dann allerdings nicht zu Hause ist, gebe ich umgehend eine Fahndung raus.«

»Du hättest mich vorhin wirklich k. o. geschlagen, oder?«, fragte sie leise.

Er nickte ernst und sie murmelte verlegen: »Danke.«

Als er vor dem Einfamilienhaus der Gärtners parkte, sagte er zum Abschied: »Ich möchte dich gerne als Vorgesetzte behalten.«

»Du bist wirklich einer der besten Menschen, die ich kenne«, antwortete sie aufrichtig. Dann folgte ein Grinsen. »Die nennen dich echt *Chihuahua?*«

Er zuckte zustimmend mit den Schultern.

»Mach dir nichts daraus«, scherzte sie und griff den Spruch des Aufklebers auf: »Dafür sind *wir* zu zweit!«

Sie konnte Thomas nichts vormachen. In dem Moment, in dem sie die Wohnung betrat, wusste er, dass etwas Schlimmes passiert sein musste. Jessica versuchte sich gerade an einem Puzzle und hob nicht einmal den Kopf, als ihre Mutter hereinkam, so konzentriert war sie. Natürlich handelte es sich um große Teile, gerade einmal zwanzig. Verschiedene Stücke einer schwarzen Katze mit gelben Augen, für die meisten Erwachsenen in wenigen Sekunden lösbar. Als Anja das realisierte, spürte sie erneut das Bedürfnis, zu bestrafen, den starken Wunsch, Vergeltung zu üben.

»Was ist los?«, flüsterte Thomas besorgt.

Obwohl nicht wirklich zu befürchten war, dass Jessica ihr Gespräch verfolgen konnte, hatten sie sich nach dem Unfall immer so verhalten, als wäre das Mädchen durchaus in der Lage, alles zu verstehen. Deshalb zogen sie sich auch jetzt in die Küche zurück. Wortlos griff Anja nach einer Flasche Brandy, die ihr Mann zum Flambieren seiner Desserts verwendete. Sie trank direkt aus der Flasche, nahm einen kräftigen Schluck, setzte dann noch einmal an und goss die braune Flüssigkeit erneut die Kehle herunter, so als wäre sie Wasser.

Thomas bemerkte, wie er zu zittern begann. »Was ist los?«, fragte er mit bebender Stimme.

Anja sah ihn an, ihre Augen füllten sich mit Tränen. »Die haben ihn«, antwortete sie tonlos.

Mehr musste sie nicht sagen, ihr Mann verstand sofort. Er trat auf sie zu, schloss sie fest in die Arme und begann zu weinen. »Das ist doch gut«, schluchzte er, »das ist gut, er wird bestraft, dieses Schwein …«

»Ich wollte ihn umbringen, ich wollte es wirklich, aber dann …«

»Alles wird gut«, beruhigte sie Thomas, drückte sie noch fester an sich.

Anja fühlte sich so geborgen wie schon seit Langem nicht mehr. »Ich hätte beinahe eine Dummheit begangen, wenn Simon nicht da gewesen wäre …«

Während sie erzählte, was vorgefallen war, unterbrach sie ihr Mann nicht ein einziges Mal. Sie standen noch eine ganze Weile eng umschlungen und schweigend da.

Es waren die Rufe von Jessica, die sie zurück in die Realität holten. »Mama, Papa, seht nur! Es ist eine Katze, eine schwarze Katze mit gelben Augen. Ich habe es geschafft!«

KAPITEL 13

Am nächsten Morgen

Simon Faller hatte seine Vorgesetzte zum Dienst abgeholt.

»Alles in Ordnung?«, fragte er direkt und Anja nickte.

Der Kommissar hatte nicht vor, die Ereignisse des gestrigen Tages erneut hochkochen zu lassen. Sein *Freundschaftsbesuch* am späten Abend war emotional genug gewesen. Er hatte Jessica kennengelernt und war voller Mitgefühl gewesen. Thomas, Anjas Mann, hatte ihn herzlich begrüßt und sich zutiefst dankbar gezeigt. Deshalb wollte er es gerne auf sich beruhen lassen, dennoch sah er sich verpflichtet, Anja noch eine Information zu geben. »Die haben den Kerl heute früh verlegt. Er sitzt in U-Haft. Ich habe übrigens bereits jedem erzählt, dass ich dich nach Hause gebracht habe, nachdem du von der Verhaftung erfahren hast.«

Er sah im Augenwinkel, dass sie widersprechen wollte, und sagte: »Die sind alle froh, dass du gegangen bist. Der Kollege, der dich in der ersten Euphorie verständigt hat, macht sich nämlich jetzt im Nachhinein schwere Vorwürfe. Belassen wir es dabei«, fügte er noch mit Nachdruck an.

Ihr Aber schnitt er mit den Worten: »Wir sollten uns auf den jüngsten Mord konzentrieren«, ab.

»Erna Storzig«, entgegnete Anja trocken. »Das ist meine Schuld«, sprach sie weiter. »Wir hätten die Frau im Auge behalten müssen.«

»Warum?«, reagierte Simon genervt, während er den Wagen über die vom Schneematsch verschmierte Fahrbahn steuerte. »Erna Storzig hat die Polizei beschimpft und sich abgesehen davon auch noch leichtsinnig verhalten. In der

Kirche hat sie ein ganzes Stadtviertel provoziert und dann marschiert sie während einer offenen Mordermittlung alleine durch ein einsames Waldstück. Manche Menschen kann man einfach nicht beschützen.«

Als sie den Tatort erreichten, fühlte sich Anja Gärtner von den Kollegen beobachtet. Vermutlich wussten mittlerweile alle, dass man den Mann, der Schuld an ihrem schweren Schicksalsschlag trug, gefasst hatte.

Nele Bund löste sich aus einer Gruppe Kollegen und kam auf ihre Vorgesetzte zu. »Wie geht es dir?«, fragte sie voller Mitgefühl, und die Hauptkommissarin wünschte sich, sie würde das lassen.

Trotzdem antwortete sie, bemüht, die Fassung zu bewahren: »Es wird schon gehen.«

»Gut, dass der Chihua...« Sie berichtigte sich, sagte: »Gut, dass Simon da war«, und warf ihrem jungen Kollegen einen dankbaren Blick zu, was den erröten ließ. »Und gut, dass ich nicht da war«, fuhr sie angriffslustig fort, »ich weiß nicht, was ich sonst getan hätte.«

»Nele«, fuhr Anja sie an, »sag so etwas nicht.«

Die Oberkommissarin erwiderte gelassen: »Keine Sorge, alles lief nach Vorschrift, der Mistkerl bekommt seinen Prozess und seine Strafe, die vermutlich viel zu milde ausfallen wird. Aber man wird sich überall, wo er auftaucht, daran erinnern, wer er ist und was er getan hat, und das wird ihm zumindest die Zukunft versauen.«

Das Rufen des Gerichtsmediziners unterbrach sehr zur Erleichterung von Hauptkommissarin Gärtner das Gespräch. Auch der Arzt warf Anja einen bedauernden Blick zu, unterließ es jedoch, das Thema anzuschneiden, und sagte stattdessen: »Die Frau liegt seit gestern hier. Todeszeitpunkt etwa früher Nachmittag.«

Anja riss überrascht die Augen auf. »Hat sie denn niemand vermisst?«

»Der Sohn sagt, er hätte erst heute Morgen bemerkt, dass sie fort war. Angeblich wären sie sich die letzten Tage aus dem Weg gegangen nach dem Streit auf der Beerdigung. Die Polizei hat er auch heute früh nicht verständigt, weil er davon ausging, dass seine Mutter zum Sport aufgebrochen wäre. Ihm sei aufgefallen, dass die Nordic-Walking-Stöcke fehlten.«

»Wer hat die Frau gefunden?«

»Ein Ehepaar aus Karlsruhe. Die waren auf der Fahrt nach Tübingen, die Tochter studiert und lebt dort. Der Zwischenstopp sollte dazu dienen, den Hund Gassi zu führen, da sind die beiden auf die Leiche gestoßen.«

Wie um das Gesagte zu unterstreichen, bellte in einiger Entfernung der Dackel der Zeugen, die frierend ein ganzes Stück abseits standen.

»Was ist mit Wilfried Storzig?«, fragte Anja ihre Oberkommissarin.

»Sitzt zu Hause und trauert, ein Kollege ist bei ihm.«

»Ich will, dass das ganze Haus, die Büros und das Speditionsgelände auf den Kopf gestellt werden, ruft die Hundestaffel«, gab Anja Anweisung, dann atmete sie tief durch. Es war an der Zeit, die Leiche zu begutachten.

Erna Storzig lag auf dem Rücken. Die Arme und Beine waren weit ausgestreckt. Ihre Nordic-Walking-Stöcke steckten in ihrem Oberkörper, ragten wie riesige Stacheln aus ihrer Brust.

Ihr zerschnittenes Gesicht, das durch die Verletzungen fast bis zur Unkenntlichkeit entstellt war, wirkte unecht, so als hätte man ihr eine groteske Horrormaske übergestülpt. Dazu kam noch, dass der Mund weit offen stand. Anja konnte sofort erkennen, dass etwas zwischen den Zähnen der Toten steckte.

»Was ist das?«, fragte die Hauptkommissarin und obwohl ihr Erna Storzig alles andere als sympathisch gewesen war, empfand sie tiefes Bedauern darüber, dass man der Frau so etwas Grausames angetan hatte.

»Sieht wie ein *Tannenzapfen* aus«, antwortete der Gerichtsmediziner, der sich von seinem Assistenten eine chirurgische Zange reichen ließ, um das, was zwischen Erna Storzigs Kiefern klemmte, zu entfernen. Es handelte sich tatsächlich um einen großen Tannenzapfen.

»Wie eine Mundbirne …«, bemerkte Nele Bund und erntete dafür fragende Blicke. »Na, die Geschichten von Lukas Ahrens, ich sollte doch in den Datenbanken recherchieren, ob es noch andere Morde gibt, bei denen seine Horrorstorys als Vorlage gedient haben.« Sie zuckte mit den Schultern. »Dafür musste ich das Zeug natürlich lesen. Wie ich sehe, bin ich die Einzige, die dabei gründlich war.«

»Nele«, ermahnte die Hauptkommissarin sie, auf den Punkt zu kommen.

»Es gibt eine Kurzgeschichte mit dem Titel *Hexentod und Schmerz.*«

»Lass mich raten«, unterbrach sie Kommissar Faller. »Ein Irrer bringt Frauen um, die er für Hexen hält?«

Die Oberkommissarin lächelte gequält. »So was in der Art. Dabei zerschneidet er ihnen die Gesichter, damit sie niemanden mehr mit ihrer Schönheit verhexen können, und setzt ihnen eine sogenannte *Mundbirne* ein. Das ist leider keine Erfindung des Autors, sondern ein reales Folterinstrument des Mittelalters. Eigentlich handelt es sich dabei um eine Metallkonstruktion, die sich durch ein Gewinde spreizen lässt und sozusagen im Ruhezustand die Form einer Birne hat. Diese Gerätschaften dienten der Folter, man stemmte damit die Kiefer der mutmaßlichen Hexe auseinander. Vermutlich soll dieser Tannenzapfen die Mundbirne ersetzen. Der, der das getan hat, scheint sich zumindest treu zu bleiben. Ein echter *Ahrens-Fan*«, fügte die Oberkommissarin noch sarkastisch an.

Wilfried Storzig saß bleich im Wohnzimmer. Man hatte ihm mitgeteilt, dass Ernas Leiche gefunden worden war. Seit dieser Nachricht raste sein Herz, und Schweiß stand ihm auf der Stirn.

Das ist der Schock, redete er sich ein und versuchte vergeblich zu weinen. Es gelang ihm nicht, etwas zu empfinden. Er wollte keinesfalls gleichgültig wirken und war sich auch durchaus bewusst, was das für einen Eindruck machen könnte. Also hielt er sich gelegentlich die Hände vors Gesicht, rieb sich die Augen und stöhnte leise.

Hauptkommissarin Anja Gärtner fiel natürlich auf, dass der Mann unter Schock stand. Außerdem hatte sie es sich abgewöhnt, aus der Art, wie Menschen trauerten, etwas herauszulesen. Sie hatte Mörder erlebt, die ihr mehr als glaubhaft Nervenzusammenbrüche vorgespielt hatten. Andere wiederum machten kein Geheimnis aus ihrer Erleichterung, dass ein ungeliebter Verwandter das Zeitliche gesegnet hatte, und waren dennoch so unschuldig wie ein Neugeborenes. Auch wenn diejenigen pietätlos waren, so waren sie doch zumindest ehrlich. Jedenfalls zog sie keine Schlüsse aus Storzigs Verhalten. Aus dem, was die Kriminaltechnik gefunden hatte, jedoch schon.

Mit einem milden Lächeln betrat sie den Raum, klärte den Mann über seine Rechte auf und sprach eine vorläufige Verhaftung aus.

Die Vernehmung von Wilfried Storzig war eine zähe Angelegenheit. Der Beschuldigte antwortete einsilbig, während sein Anwalt erwartungsgemäß jede Gelegenheit nutzte, dazwischenzuquatschen und die Unschuld seines Mandanten zu beteuern.

Zum wiederholten Male sagte er gerade: »Das sind nichts als Indizien. Wo ist die Tatwaffe, wo sind die blutbesudelten Handschuhe, wo die DNA-Spuren der Opfer?«

»Wo sind die Alibis Ihres Mandanten?«, konterte Hauptkommissarin Gärtner und blickte zu Storzig.

Obwohl sie sich selbstbewusst gab, hatte sie sich die Vernehmung einfacher vorgestellt. Anfangs war sie von der Schuld des Mannes überzeugt gewesen. Was hatte sich im Laufe des Gesprächs geändert? Storzig knickte nicht ein, beharrte darauf, nichts mit den Morden zu tun zu haben.

»Sie wissen so gut wie ich, dass die Mutter von Herrn Storzig mehrfach bezeugt hat, dass ihr Sohn während der Morde bei ihr war. Die beiden hatten ein enges Verhältnis und haben unter einem Dach gelebt.«

»Frau Storzig ist tot, ermordet. Sie lag beinahe vierundzwanzig Stunden im Wald und wurde zufällig von Spaziergängern gefunden. Ihr Mandant hat weder nach seiner Mutter gesucht noch die Polizei über ihr Verschwinden informiert. Tut mir leid«, sagte die Hauptkommissarin mit vor Sarkasmus triefender Stimme, »aber das hört sich nicht nach einem engen Verhältnis an.«

»Das hat Ihnen Herr Storzig doch bereits hinlänglich erklärt. Wie in allen Familien gibt es gelegentlich Streit, die beiden sind sich deshalb die letzten Tage aus dem Weg gegangen. Außerdem hingen am Morgen die Nordic-Walking-Stöcke nicht an ihrem angestammten Platz, also musste er davon ausgehen, dass seine Mutter unterwegs wäre«, ließ sich der Anwalt nicht aus der Reserve locken, während sein Mandant mit tumbem Gesicht auf die Tischplatte starrte.

»Herr Storzig«, versuchte es Anja auf eine andere Weise. Sie klang jetzt wohlwollend wie eine Erzieherin, die ein kleines Kind dazu bringen wollte, einen Fehler einzugestehen. »Wir haben Ihre Sammlung gefunden.« Sie deutete auf den Schuhkarton, der auf dem Tisch stand und in dem sich Fotos, alte Briefe und Zeitungsausschnitte von Petra Kämmerer befanden.

»Auch das haben wir doch schon geklärt«, mischte sich erneut der Anwalt ein. »Herr Storzig hat nie bestritten, eine Beziehung mit Frau Kämmerer gehabt zu haben. Das sind Erinnerungsstücke.«

»Erinnerungsstücke? Die Beziehung liegt Jahre zurück. Wir werten gerade den Datenstick aus, der sich ebenfalls in dieser angeblichen Erinnerungskiste befand. Ich kann Ihnen jetzt schon sagen, dass sich darauf zeitnahe Aufnahmen befinden.« Wieder wandte sie sich Wilfried zu. »Sie haben Petra Kämmerer verfolgt, ist es nicht so?«

»Ich habe sie nicht verfolgt«, widersprach der nun heftig. »Ich bin ihr eben gelegentlich über den Weg gelaufen.«

Er blickte zu seinem Anwalt, dessen wohlwollendes Nicken entging der Beamtin nicht. Natürlich hatten sich die beiden abgesprochen und Storzig hielt sich sehr zum Leidwesen der Hauptkommissarin strikt an die Anweisungen seines Rechtsbeistandes.

»Ich räume ein, dass ich da vielleicht ein wenig zu weit gegangen bin und Petras Privatsphäre verletzt habe.«

»Sie sind ein Stalker«, fuhr ihn Anja an. »Sie haben die Frau ausspioniert.«

»Und selbst wenn«, mischte sich der Anwalt wieder ein, »formulieren Sie dafür die Anklage. Das hat jedenfalls nichts mit Mord zu tun.«

»Schließt ihn aber auch nicht aus«, hielt die Polizistin dagegen. »Jana Grün, die Prostituierte, war die Erste. Bei ihr ist Ihnen die Sicherung durchgebrannt. Was hat die Frau getan? Über Sie gelacht?«

Storzig lief rot an. Anja wusste, dass sie auf dem richtigen Weg war, provozierte weiter und ignorierte die Einwände des Anwalts. »Ich nehme an, es hat sich einfach so ergeben. Sie hatten genug davon, von Frauen gegängelt und ausgelacht zu werden. Es fühlte sich für sie gut an, sich endlich einmal zu wehren. Nach Jana Grün erinnerten Sie sich an Petra Kämmerer, die Frau, die Ihnen ebenfalls so viel Schmerz zugefügt hatte. Warum also nicht auch sie töten? Einmal begonnen war es einfacher als gedacht. Wer war die Nächste? Miriam Sauer, die Freundin Ihrer Mutter, ein Klatschweib. Hat sich Miriam den Mund über Sie zerrissen, womöglich zusammen mit Ihrer Mutter? Vielleicht hat sie aber auch mit ihrer Freundin Bärbel Kreismann über Sie gelästert, deshalb mussten beide sterben. Lukas Ahrens, ein verhasster Widersacher, der engen Kontakt mit Petra Kämmerer gepflegt hat, stand ebenfalls auf Ihrer Liste, und zum Schluss …« Sie blickte ihr Gegenüber eindringlich an. »… zum Schluss musste die Frau sterben, die Ihnen zeitlebens im Weg gestanden hatte, Ihre eigene Mutter.«

Eigentümlicherweise begann Storzig nun leise zu weinen. Selbst der Anwalt wirkte verblüfft, hatte wohl ebenso wie die Hauptkommissarin eher mit vehementem Widerspruch gerechnet.

»Sie haben recht«, murmelte Storzig, »meine Mutter stand mir im Weg. Ja, ich habe sie gehasst, sie hat mich manipuliert und mir mein Leben vorgeschrieben. Ich hätte gehen sollen, zusammen mit Petra, als ich die Chance hatte. Es war ein Fehler gewesen, zu bleiben, die Spedition weiterzuführen und dieses Leben zu leben.« Er weinte immer noch, als er jetzt sagte: »Ich gebe zu, dass ich Petra heimlich beobachtet habe, sie hat mir gefehlt und gleichzeitig war ich wütend, weil sie ohne mich zurechtkam. Aber ich habe sie nicht getötet, ich habe niemanden getötet, weder diesen widerlichen Ahrens noch meine Mutter.«

Storzigs Anwalt atmete erleichtert aus, während sich Anja Gärtner vor Ärger über das fehlende Geständnis der Magen zusammenkrampfte. Die Durchsuchung des Geländes war noch im vollen Gange, genauso wie die Auswertung des Bildmaterials, aber langsam befürchtete die Hauptkommissarin, den falschen in Gewahrsam zu haben. Dennoch wollte sie den Mann nicht einfach vom Haken lassen. Daher sagte sie: »Soll der Ermittlungsrichter entscheiden.«

Gleichzeitig sprach Kommissar Faller mit Holger Stehl, dem Bruder von Daniela Parov, den die Beamten nach einiger Recherchearbeit hatten auftreiben können. Der Dreiundvierzigjährige hatte sich mürrisch bereit erklärt, aufs Revier zu kommen.

»Ich will von diesem ganzen Scheiß nichts mehr wissen«, meckerte er zur Begrüßung.

Kommissar Faller war bemüht, freundlich zu bleiben. »Vielen Dank, dass Sie mit uns sprechen«, begann er die Befragung.

»Ich bin nur hier, damit Sie nicht bei mir zu Hause aufkreuzen«, schnauzte Stehl jedoch unversöhnlich.

»Sie waren nicht leicht zu finden«, mischte sich Nele ein, die ebenfalls anwesend war.

»Offenbar immer noch zu leicht«, zischte ihr Gegenüber. »Ich habe nicht umsonst den Namen meiner Frau angenommen. Wenn ich gekonnt hätte, wäre sogar mein Vorname geändert worden. Es ist nicht besonders angenehm, der Bruder einer verurteilten Irren zu sein.«

»Sie haben keinen Kontakt zu Ihrer Schwester?«, fasste Simon nach, obwohl er längst wusste, dass Daniela Parov seit ihrer Inhaftierung keinen Besuch bekommen hatte. Frau Doktor Heinrich war so nett gewesen, ihm das unter der Hand mitzuteilen.

»Wie käme ich dazu?«, stieß Stehl wütend hervor. »Diese dämliche Kuh hat Jahre meines Lebens ruiniert.«

»Sie ist dennoch Ihre Schwester«, stichelte der Kommissar weiter und Nele Bund fand, dass er das ganz gut machte.

Augenscheinlich hatte er sich bereits einiges von Hauptkommissarin Gärtner abgeguckt.

»Dass sie meine Schwester ist, dafür kann ich nix«, reagierte er genervt. »Ich kann auch nix dafür, auf der falschen Seite der Bahnlinie geboren worden zu sein.«

»Wie darf ich das verstehen?«, hakte der Beamte nach.

»So wie ich es sage. Ich habe in der Fabriksiedlung leben müssen, während die reichen Kinder hinter der Bahnlinie in der Wörmshalder Allee gewohnt haben. Mein Vater saß nicht im Büro oder hatte eine Arztpraxis, war weder Rechtsanwalt noch Kommissar«, hängte er abschätzig an. »Er war nur ein einfacher Arbeiter.«

»Dagegen ist nichts einzuwenden. Mein Vater war Dachdecker, hat winters wie sommers auf dem Bau verbracht, Kreuz kaputt mit Mitte fünfzig, aber ich habe mich nie für ihn geschämt, im Gegenteil«, reagierte der Kommissar leutselig. Offensichtlich traf Simon Faller damit den richtigen Ton, denn ihr Zeuge lenkte ein.

»Sie haben recht, ist nichts zu sagen gegen ehrliche Arbeit, und uns wäre es auch gut gegangen, wenn mein Vater ein Familienmensch gewesen wäre«, entgegnete Holger Stehl.

»Verstehe«, erwiderte der Beamte mitfühlend.

»Ganz ehrlich, mein Vater war eine Katastrophe. Lieb und nett mit uns und meiner Mutter, aber unzuverlässig ohne Ende. Das meiste Geld landete in Spielautomaten oder in der Kasse einer vollbusigen Wirtin. Während die Nachbarn all-inclusive in die Dominikanische Republik geflogen sind, ging meine Mutter putzen, damit wir die Miete zahlen konnten. Im Job hat er immer nur das Nötigste getan. Keinerlei Ehrgeiz, das war ja das Schlimme. Wir hätten umziehen können, in eine bessere Wohngegend, sogar in die Wörmshalder Allee, wenn er nur anders gewesen wäre.«

»Ich hatte nicht den Eindruck, dass es sich in der Fabriksiedlung so schlecht lebt«, übernahm es dieses Mal die Oberkommissarin nachzufassen.

»Natürlich nicht, aber für mich als Kind war es das Ende der Welt, dass mir meine Eltern keinen meiner Wünsche erfüllen konnten. Ich habe die Jungs und Mädchen in der Wörmshalder Allee gesehen, die immer die neusten Klamotten trugen, coole Mofas hatten und bei Klassenfahrten jede Menge Taschengeld. Da glaubte ich eben, wenn man dort wohnen würde, wären alle Probleme gelöst. Ich wollte, seit ich denken konnte, raus aus der Fabriksiedlung. Ich schwor mir, es zu schaffen, egal wie.« Das erste Mal, seit er das Revier betreten hatte, entspannte sich sein Gesicht und er lachte auf. Weniger verkniffen wirkte er richtig sympathisch. »Allerdings hätte ich es mir dann doch auf eine andere Art gewünscht. Daniela hat es noch viel schlimmer gemacht. Zuerst war ich nur der Teenager, den die schicken Mädchen aus der Wörmshalder Allee ignorierten. Dann jedoch haben sie mich beachtet. Plötzlich war ich kein Niemand mehr, sondern der Junge mit der Killerschwester.« Er stieß die Luft aus. »Ich war froh, als uns das Amt eine Wohnung in Heilbronn besorgt hat und wir umziehen konnten. Meine Mutter starb vor acht Jahren. Aber sie hat nie verwunden, was passiert ist.«

Die Beamten baten den Mann, mit seinen eigenen Worten wiederzugeben, wie er die Zeit vor siebenundzwanzig Jahren erlebt hatte.

Holger Stehl erzählte nur ungern von der Vergangenheit, trotzdem begann er zu sprechen: »Sie hing sehr an meinem Vater. Daniela und er, da passte kein Blatt dazwischen, und als er starb, da brauchte sie einen Schuldigen. Sie konnte nicht akzeptieren, dass er erstens einen ungesunden Lebensstil gehabt hatte und dass zweitens Menschen eben nun mal sterben. Ich weiß nicht, ob sie damals Drogen nahm, mit den falschen Freunden zusammen war oder einfach einen angeborenen Dachschaden hatte, jedenfalls steigerte sie sich immer mehr in diese Verschwörungskiste hinein. Sie erfand die lächerliche Geschichte von giftigen Substanzen, die unseren

Vater über die Jahre vergiftet hätten. Selbst meine Mutter hatte irgendwann genug davon. ›Es macht ihn nicht mehr lebendig‹ waren ihre Worte gewesen, aber Daniela hat sich nicht abbringen lassen. Eines Tages wurde sie von der Polizei abgeholt und wir erfuhren, dass wir die ganze Zeit mit einer Mörderin unter einem Dach gelebt hatten. Danach war es schwer, aber es ging weiter. Heute habe ich einen guten Job und lebe in einem Viertel, das der Wörmshalder Allee sehr ähnlich ist.« Er grinste. »Meine Kinder halten das für selbstverständlich, aber ich ...« Er richtete sich ein wenig auf. »Ich genieße jeden Tag in meinem eigenen kleinen Haus. Und es ist mir egal, ob das spießig klingt. Jedenfalls ...« Sein Blick wurde wieder hart. »... werde ich mir das nicht kaputtmachen lassen, schon gar nicht von meiner Schwester. Mit der will ich nichts mehr zu tun haben. Ich nehme an, dass Sie mich wegen der Morde in Wörmshalde einbestellt haben«, sagte er nun ganz direkt. »Aber darüber weiß ich nichts.«

»Wir dachten, Sie erinnern sich vielleicht an Freunde Ihrer Schwester, jemanden, mit dem sie sich besonders gut verstanden hat.«

Er schüttelte energisch den Kopf. »Der Altersunterschied war zu groß. Ich verbrachte wenig Zeit mit meiner Schwester, und ihr Interesse an mir war ebenfalls gering.«

»Vielleicht gab es jemanden, der sie zu Hause abgeholt hat?«

»Sie hatte verschiedene Typen, allesamt schräg. Jedoch bin ich mir sicher, dass das keine Revolutionäre waren, die das System zu Fall bringen wollten, so wie meine Schwester. Die suchten einfach eine zum Vögeln. Eine Zeit lang war sie mit so einem Möchtegernkünstler zusammen, aber der hat auch nur Sprüche geklopft. Kurz vor ihrer Verhaftung hat sie sich von dem getrennt.«

Die Beamten wussten, dass ihr Gegenüber von Lukas Ahrens sprach, allerdings war das für sie keine Neuigkeit. Sie stellten weitere Fragen über ehemalige Schulkameraden, über

Regina Müller, die Frau, die mit Ahrens ein Verhältnis hatte und die laut Akten von Daniela Parov ermordet worden war. Leider blieb Holger Stehl ein schlechter Zeuge. Entweder er wollte nicht mit neuen Einzelheiten herausrücken oder, und das nahmen die Beamten eher an, er kannte keine. Am Ende verabschiedeten sich die Polizisten höflich und Holger Stehl stapfte erleichtert davon.

»Dein Vater war Dachdecker?«, fragte Nele neugierig, als die Vernehmung beendet war.

»Ja«, antwortete ihr der Kollege und legte den Kopf schräg, so als würde er auf eine Spitze von ihr warten.

Aber Nele nickte nur und sagte: »Meiner arbeitet immer noch als Klavierlehrer.«

»Ehrlich?« Simon reagierte verblüfft und meinte: »Ich hätte jetzt eher gedacht, dass aus deiner Familie seit Hunderten von Jahren nur Polizisten hervorgehen.«

»Wieso denn das?«, fragte sie auf der Hut.

»Weil du von allen Kollegen diejenige bist, die auf mich wirkt, als hätte sie schon in der Babywiege die Uniform getragen.«

Ein ungewohnt mädchenhaftes Kichern erklang aus dem Mund der Beamtin. »Ich glaube, das ist das Netteste, was mir ein Mann je gesagt hat.«

Als Simon daraufhin errötete, schlug sie ihm lachend mit der Hand auf die Schulter. »Die Vernehmung lief übrigens richtig gut, bist bestimmt bald Kommissariatsleiter. Vergiss dann nicht die alte Oberkommissarin Bund.«

»Wie könnte ich?«, antwortete er mit einem gespielt jämmerlichen Tonfall. »So schnell vergisst dich doch keiner.«

Der Ermittlungsrichter folgte sehr zum Bedauern der Hauptkommissarin den Argumenten des Anwalts. Storzig durfte gehen und die Kollegen blickten die Hauptkommissarin erwartungsvoll an, als sie davon erfuhren. *Was jetzt?*, schienen ihre Gesichter zu fragen.

»Wir hatten nicht genug gegen ihn in der Hand. Hätte er gestanden, wäre es etwas anderes gewesen, aber so ... Sein beharrliches Leugnen, die fehlenden eindeutigen Beweise«, begann sie ihre kurze Ansprache. Unwillkürlich dachte sie an Jessicas Puzzle, Teile, die sich ineinanderfügten und zu einem großen Ganzen wurden. Aber das war mit Storzig als Täter nicht der Fall. Daher fasste sie sich ein Herz und sagte: »Wir sollten noch einmal alles gründlich durchgehen.«

Das Team verkniff sich ein kollektives Stöhnen, aber man sah den Kollegen auch so an, dass sie sich etwas anderes erhofft hatten.

»Für heute ist jedoch Feierabend«, verkündete Anja mit einem aufmunternden Lächeln.

Am späten Abend in der Wörmshalder Allee

Ella Warth hantierte in der Küche. Sie hatte eine Neudekoration der großen Arbeitsplatte vorgenommen, während ihr Mann Max oben duschte. Glücklich seufzend betrachtete Ella ihr Werk.

Der alte Messerblock, ein Geschenk der Schwiegermutter, hatte endlich seine wahre Bestimmung gefunden – und zwar im Müll. Ohnehin war das Set schon lange nicht mehr komplett gewesen. Das kleine Obstmesser hatten sie bei einem Picknick verloren, der Griff des Brotmessers war in der Spülmaschine gesprungen, das Fleischmesser zweckentfremdet worden und jetzt, da auch noch ein weiteres großes Messer fehlte, vermutlich hatte es Max mit Küchenabfällen in den Müll geworfen oder für irgendeine Bastelei verwendet, machte das plumpe Ding überhaupt keinen Sinn mehr.

Dafür fand der Toaster endlich seinen Platz vor der Steckdose. Überhaupt, wie oft hatte sie in der Vergangenheit tatsächlich zum Messerblock gegriffen, anstatt sich in der Schublade zu bedienen? Ella schüttelte den Kopf und dachte das Gleiche wie damals, als man ihr das Geschenk überreicht hatte: *Wie fantasielos!*

Sicherlich hatte ihre Schwiegermutter damit ausdrücken wollen, wie wenig Wertschätzung sie der neuen Frau an der Seite ihres Sohnes entgegenbrachte, aber das hatte sich Gott sei Dank geändert. Und wenn Max' Mutter noch erfahren würde, dass ein Baby unterwegs wäre …

Ella konnte es selbst kaum glauben, aber in all dem Chaos war sie tatsächlich schwanger geworden. Ihre Ärztin zeigte sich mehr als zufrieden und heute beim Zubettgehen wollte sie es Max verkünden. Eigentlich hatte sie die Überraschung für den Morgen geplant gehabt, während die Kinder in der Schule waren, aber dann standen unerwartet Bjarne und Svenja vor der Tür und luden sich quasi selbst zum Kaffee ein. Ella hatte irgendwie das Gefühl gehabt, dass Svenja in der Küche herumgeschnüffelt hatte, warum auch immer. Jedenfalls hatte sie sich überraschend oft bereit erklärt, das Geschirr hin- und herzutragen, einen fehlenden Kaffeelöffel zu holen oder eine weitere Kuchengabel. Unter Freundinnen war das nicht ungewöhnlich. Ella fand sich auch in Svenjas Küche zurecht. Eigenartig war nur, dass so viel Hilfsbereitschaft nicht zu Svenja passte. Wenn es sich Ella recht überlegte, dann war Svenja mehr in der Küche als im Wohnzimmer gewesen. Das war sogar Max aufgefallen, der das Verhalten der Nachbarin ebenfalls merkwürdig fand.

Erfreulicherweise war Max in letzter Zeit oft zu Hause. Wenn ihm der Trubel mit der Familie und den Kindern zu viel wurde, dann machte er einen kleinen Spaziergang oder besuchte einen Nachbarn, aber offenbar hielt er sich von anderen Frauen fern. Momentan war er sogar ausgesprochen anhänglich. Ella deutete das als gutes Zeichen und schnürte die Mülltüte zu. Affären gehörten, so wie dieser furchtbare Messerblock, erst einmal der Vergangenheit an. Ein seliges Lächeln huschte über ihr Gesicht, gleichzeitig kam ihr ein absurder Gedanke, den sie zuerst verdrängte, der ihr aber den ganzen Abend keine Ruhe mehr lassen sollte.

KAPITEL 14

Dienststelle der Kriminalpolizei, am frühen Morgen

Am nächsten Morgen setzte sich Anja Gärtner schon früh an ihren Schreibtisch. Draußen dämmerte es gerade und ihre Mitarbeiter hatten sich noch nicht eingefunden, etwas, worauf die Hauptkommissarin gehofft hatte. Nach einer schlaflosen Nacht wollte sie jetzt noch einmal alles in Ruhe überprüfen. Die Stille, die im Büro herrschte, erleichterte es ihr, mit neuer Kraft an den Fall heranzugehen.

Ohne Hast breitete sie die Unterlagen vor sich auf dem großen Besprechungstisch aus, schob die Tafeln mit den Tatortbildern näher heran und begann ganz von vorne. Als Erstes blätterte sie durch das Buch mit Lukas Ahrens' Kurzgeschichten, denn sie waren der Wegweiser durch diese Morde. Dann nahm sie sich die Protokolle und Aussagen vor. Mit einer leichten Nervosität öffnete sie die Akte Daniela Parov. *Der schöne Feuerteufel* hatte alle Brände zugegeben, nur nicht den, bei dem Regina Müller umgekommen war. Eine junge schwangere Frau, die mit Lukas Ahrens ein Verhältnis gehabt hatte. War es plausibel, dass es der mehrfachen Mörderin Daniela Parov beim Leugnen um ihren Ruf gegangen war? Dass sie lediglich abstritt, um nicht als eifersüchtige Ex wahrgenommen zu werden? Oder war es wahrscheinlicher, dass die Parov in dem Fall die Wahrheit gesagt hatte, da eine Lüge ihr nichts genützt hätte? Schnell griff Anja zu Ahrens' Kurzgeschichten. Sie hatte sie gelesen, wusste, dass es auch eine über den Tod im Feuer gab. Sie schlug die entsprechende Seite auf und überflog den Text. Der Mörder sagte dort nach seiner Tat: *»Ich rette, was nicht mehr zu retten ist«*, dann endete das Kapitel mit dem Satz:

»Die Flammen stiegen in die Höhe und nahmen die Seelen der Unglücklichen mit.«

War dieser Text womöglich die Vorlage für den Mord an Regina Müller gewesen? Die Frau hatte eine neunjährige Tochter zurückgelassen und war zum Zeitpunkt ihres Todes mit ihrem zweiten Kind schwanger gewesen. Aus den Akten ergab sich nicht, wer der Vater der Kinder war. Mittlerweile wussten sie, dass Lukas Ahrens ein Verhältnis mit der Frau gehabt hatte. War er vielleicht der Täter, hatte er sich mit einem Mord aus der Verantwortung für Mutter und Kinder ziehen wollen?

Anja Gärtner schüttelte den Kopf. Womöglich war es doch wahrscheinlicher, dass Daniela Parov aus Eifersucht eine Widersacherin umgebracht hatte oder Regina Müllers Tod die Folgen eines Unfalls waren.

Die Hauptkommissarin dachte an Wilfried Storzig und die aktuellen Mordfälle. Wenn Storzig der Täter war, warum sollte er dann ausgerechnet Lukas Ahrens' Erzählungen benutzen, um Frauen zu töten? Wäre es bei dem schlechten Verhältnis der Männer nicht wahrscheinlicher, dass Storzig sich eine andere Vorgehensweise überlegen würde? Allerdings sah es so aus, als hätte Ahrens etwas beobachtet, etwas, das im Zusammenhang mit Storzig stand.

Unerlaubterweise zündete sich Anja Gärtner die vertrocknete Zigarette, die sie in ihrer Tasche mit sich führte, an und zog gierig daran. Sie schmeckte ihr nicht und das schnell inhalierte Nikotin verursachte einen leichten Schwindel. Genervt drückte sie die halbgerauchte Kippe in einem Blumentopf aus, sich fest vornehmend, sie später zu entsorgen, bevor sich die Reinigungskraft darüber ärgern würde.

Anja betrachtete die Tatortfotos vom Fall Regina Müller. Die Leiche war sehr stark verkohlt. Sie las die Aussagen:

»Trinkerin und Kettenraucherin« waren die Worte, die die Nachbarn verwendet hatten. Die meisten vermuteten, dass sie mit einer brennenden Zigarette eingeschlafen wäre.

Außerdem behaupteten sie, dass Regina Müller zu Exzessen neigte und wechselnde Männerbekanntschaften hatte. Öfter fiel die Äußerung: »Die arme kleine Lisa, mit so einer Mutter, und dann ein Baby unterwegs, wieder ohne Vater.«

»Jeder Kerl in der Siedlung kommt als Erzeuger infrage«, hatte sich eine Zeugin gehässig geäußert.

»Regina, du hattest viele schlechte Eigenschaften«, seufzte die Hauptkommissarin leise, als sie fertig war.

Anjas Augen wanderten über das Vernehmungsprotokoll von Holger Stehl, dem Bruder von Daniela Parov. Besonders interessant fand sie die Passage, als er sagte: »Ich wollte, seit ich denken konnte, raus aus der Fabriksiedlung. Ich schwor mir, es zu schaffen, egal wie.«

Wieso hatte Anja Gärtner das Gefühl, die Sätze kämen ihr vertraut vor? Sie erinnerte sich an eine andere Bemerkung. Die stammte von Oberkommissarin Bund, hatte nichts mit dem Fall zu tun gehabt. Die Äußerung hatte den Mann betroffen, der vor fünf Jahren für Anjas Unfall verantwortlich gewesen war. Neles Worte hatten gelautet: *Aber man wird sich überall, wo er auftaucht, daran erinnern, wer er ist …*

Es war, als würde sich ganz langsam ein Schalter umlegen, als würden die Ecken und Kanten der einzelnen Puzzleteile, die sich bisher verhakt hatten, jetzt anfangen ineinanderzugreifen. Noch konnte sie es nicht fassen. Da waren Lukas Ahrens, der Wohltätigkeitsverein, der sich an der Prostituierten gestört hatte. Mütter, die mit den Lehrmethoden von Petra Kämmerer nicht einverstanden gewesen waren, der Kinderwunsch einer unglücklichen Frau, die gemobbt worden war, die Freundschaft zwischen Miriam Sauer und Erna Storzig, treue und untreue Ehemänner, Hasenkostüme, die alte Chemiefabrik und zwei Welten innerhalb der Gemeinde Wörmshalde.

Plötzlich fluchte Anja laut, knallte sogar die Faust auf den Tisch. Sie konnte spüren, dass sie nahe dran war, dass die Lösung irgendwo vor ihr lag, und doch erschloss sie sich ihr noch nicht. Ungeduldig erwartete sie ihr Team. Die Kollegen nahmen verschlafen die vielen Anweisungen entgegen, die sie von der Hauptkommissarin erhielten. In erster Linie ging es um Recherchen, Dinge, die zusätzlich überprüft werden mussten, die zum Teil Jahrzehnte zurücklagen, und die Überwachung von Wilfried Storzig.

In der Wörmshalder Allee, Haus von Familie Orth

Svenja Orth sah die Hummel, die über den Blüten schwebte. Dieses Mal konnte sie auch den Stiel und jede einzelne Dorne des Teppichmotivs betrachten, während sie auf dem Bauch lag und Bjarne seine Wut über ihr ergoss. Sie versuchte, den Schmerz zu ignorieren, bemerkte nur, wie ihr Körper bei jedem Tritt zusammenzuckte. Der Hocker vor dem zierlichen Kosmetiktisch war umgefallen, ihre Handtasche lag auf dem Boden. Es war die große, die, die sie gestern dabeigehabt hatte, als sie bei Ella und Max zum Kaffee gewesen waren. Das Messer befand sich noch darin, das wusste sie.

Der Schlag auf den Rücken ließ sie erneut zusammenzucken. Was auch immer er ihr vorwarf, sie hörte es nicht. Entschlossen robbte sie ein Stück über den weichen Teppich, was er als Flucht deutete, weshalb er brüllte: »Du wirst mir nie entkommen!«

Stimmt, dachte Svenja, *ich werde ihm nie entkommen. So wie meine Mutter meinem Vater nicht entkam, bis der durch einen Schlaganfall ans Bett gefesselt war. Und selbst dann entkam sie ihm nicht, pflegt ihn seither aufopfernd und lässt sich auch die letzten Jahre von einem Mann kaputtmachen, der sie nicht verdient hat.*

Als Kind hatte sie nicht verstanden, was um sie herum passierte, glaubte oft, es wäre die Schuld der Mutter, die den geliebten Vater zur Gewalt treiben würde. Später begriff sie es und doch verachtete sie ihre Mutter, obwohl die eigentlich das Opfer gewesen war. Svenja hatte sich geschworen, nicht in die gleiche Falle zu tappen, dennoch hatte sich die Geschichte wiederholt. Der umwerfende Bjarne, der sie mit Liebesschwüren überschüttet hatte, sie auf Händen trug, bis ihm dieselben ausgerutscht waren. Beteuerungen, Entschuldigungen und noch mehr Liebesschwüre hatten Svenja bewogen, ihm schnell zu vergeben. Zu schnell. Es war ein schleichender Prozess gewesen und heute war sie das Abbild ihrer Mutter. Ständig in Angst lebend, wenn er in der Nähe war, unentwegt bemüht, die Fassade aufrechtzuerhalten, sich einredend, das wäre so für alle das Beste. Auch für Alissa …

Vor ihrer Nase glänzte die Klinge des Messers. War es für Alissa wirklich das Beste? Noch nie hatte Svenja die Dinge so klar gesehen. Was, wenn Alissa am Ende das gleiche Schicksal erwarten würde? Das Kind lehnte sie jetzt schon ab, vermutlich würde sie Svenja hassen, wenn die sich gegen den Vater stellte, aber wenn es helfen würde, dem Mädchen eine Zukunft voller Gewalt zu ersparen …

Fast schämte sich Svenja, das nicht früher erkannt zu haben, aber es war noch nicht zu spät. Sie würde das hier und jetzt beenden. Auch wenn sie körperlich die Unterlegene war, musste sie es zumindest versuchen, für Alissa. Im nächsten Augenblick umklammerte sie das Messer, zog es vollends aus der Handtasche und drehte sich um.

Bjarne, mit verzerrtem Gesicht über sie gebeugt, erstarrte. Diesen kurzen Moment nutzte Svenja, rutschte ein Stück von ihm weg und kam auf die Füße.

»Was fällt dir ein?«, begann er wütend zu schreien, aber seine Stimme wackelte.

»Du wirst mich nie wieder anfassen«, zischte Svenja mit

tränenverschmiertem Gesicht. »Du wirst sofort das Haus verlassen oder ich schwöre, ich bringe dich um.«

Er lachte auf, so als hätte sie einen guten Witz gemacht, ging tatsächlich auf sie zu und sagte gelangweilt: »Gib mir das Messer, was soll der Blödsinn?«

Dass er so tat, als wäre sie diejenige, die den Verstand verloren hatte, stachelte Svenjas Entschlossenheit nur noch an.

»Ich sagte, verlass das Haus«, wiederholte sie gedehnt ihre Worte.

»Es reicht«, verlor Bjarne erneut die Beherrschung und stürmte in Richtung seiner Frau.

Als die das Messer in sein Fleisch rammte, hielt sie den Atem an, und doch war es, als wären Millionen Liter Sauerstoff auf einmal in ihre Lungen gepumpt worden, als wäre eine schwere Last abgefallen, als würde ihr Leben endlich wieder ihr gehören. »Ich habe so oft die Falschen als Ventil missbraucht, dabei hätte ich einfach nur dich aus meinem Leben entfernen müssen.« Sie zog die Klinge zurück.

Bjarne machte einige Schritte rückwärts, führte automatisch seine Hand zur Wunde und sah völlig überrascht drein.

Svenja richtete sich zu ihrer vollen Größe auf. Etwas von seinem Blut war auf ihrer Haut gelandet. Es war warm, wirkte wie die Berührung eines Freundes, die einen ermutigen sollte, den eingeschlagenen Weg weiter zu gehen.

Vom Notruf erfuhr Anja Gärtners Team durch einen aufmerksamen Kollegen. »Ich glaube, das könnte euch interessieren«, unterbrach er das Meeting der Hauptkommissarin. »Die Streife vor Ort wurde zu einem Fall häuslicher Gewalt gerufen, und zwar in der Wörmshalder Allee.«

»Wer?«, fragte Anja völlig überrumpelt.

»Svenja und Bjarne Orth, das Kind hat die Notrufzentrale verständigt.«

Als die Beamten in der Wörmshalder Allee ankamen, waren bereits einige Kollegen vor Ort. Eine Mitarbeiterin des Jugendamtes saß mit Alissa im Wohnzimmer, während eine weibliche Polizistin bei der Mutter im Obergeschoss Wache hielt.

Mit viel Einfühlungsvermögen näherte sich die Hauptkommissarin dem Mädchen, nachdem die Sozialarbeiterin grünes Licht gegeben hatte.

»Wir kennen uns, weißt du noch?«, begann sie Alissa zu begrüßen. »Ich bin Polizistin, mein Name ist Anja Gärtner.«

Alissa sah die Beamtin mit großen Augen an. »Tut die weh?«, stellte sie eine Gegenfrage und deutete auf die Narbe in Anjas Gesicht.

Wären die Umstände nicht so tragisch gewesen, dann hätte die Hauptkommissarin laut aufgelacht. Wieder einmal bewunderte sie die unverblümte und direkte Art, die nur Kindern eigen war und die Erwachsene ihnen so unbedingt wegerziehen mussten.

»Anfangs ja«, antwortete sie ehrlich, »jetzt schmerzt es mich, wenn ich daran denke, wie sie entstanden ist.«

Alissa machte ein ernstes Gesicht. »Und wie ist sie entstanden?«

»Ein Unfall.«

»Wie bei meiner Mama?«

Anjas Blick traf sich mit dem der Betreuerin. »So ähnlich«, erwiderte die Polizistin vorsichtig.

»Ich habe gehofft, Mama würde gehen. Ich dachte, wenn ich nicht nett zu ihr bin und Ärger mache, dann würde sie gehen.«

»Und warum hätte sie *gehen* sollen?«, hakte die Beamtin behutsam nach.

»Damit er ihr nicht mehr wehtun kann. Ich wäre bei ihm geblieben, und Mama wäre in Sicherheit gewesen.«

Die Aussage des Kindes zerriss der Beamtin das Herz, dennoch musste sie fragen: »Alissa, was ist heute geschehen?«

»Sie hat geweint, sie hat wieder so schrecklich geweint, und er hat geschrien und ihr wehgetan. Er hat sie nicht in Ruhe gelassen und ich habe mir die Ohren zugehalten, aber es hat nicht aufgehört.«

»Dann hast du die Polizei angerufen, das war sehr tapfer von dir. Das hast du wirklich gut gemacht.«

»In der Schule war ein Polizist, einer mit richtigen Polizistenkleidern, nicht so wie Sie.«

Die Bemerkung ließ Anja schmunzeln.

»Der hat gesagt, dass wir die Notfallnummer anrufen sollen, egal wann, und wir mussten sie laut aufsagen, damit wir sie nicht vergessen. Das war doch ein Notfall, oder?«

»Das war es«, beruhigte sie die Hauptkommissarin.

»Ich will jetzt zu meiner Mama«, fuhr Alissa fort und dicke Tränen kullerten ihr über die Wangen.

»Pass auf«, sagte Anja verschwörerisch, »ich sehe mal nach deiner Mama und du gehst zwischenzeitlich mit dieser netten Frau mit. Ich und deine Mutter kommen dann nach.«

Im oberen Stockwerk traf Anja auf Nele Bund und den Arzt.

»Die Frau gehört dringend ins Krankenhaus. Sie wurde schwer misshandelt, und soweit ich das beurteilen kann, sind einige Verletzungen schon älter«, sagte der Mediziner eindringlich.

»Der Mistkerl hat sie grün und blau geschlagen«, bestätigte Nele, »Svenja Orth ist völlig fertig. Für mich ein klarer Fall von Notwehr. Abgesehen davon scheinen wir unseren Mörder gefunden zu haben. Bjarne Orth, der angeblich charmante Nachbar, ist in Wirklichkeit ein mieser Frauenschläger. So einem traue ich mehrere Morde zu.«

Ein Uniformierter trat zu ihnen. »Die im Krankenhaus

sagen, die Verletzungen des Mannes sind nur oberflächlich, keine Lebensgefahr.«

Nele Bund setzte schon zu einem *Schade* an, verkniff sich das aber, als sie der warnende Blick ihrer Vorgesetzten traf.

Simon Faller stürzte zu ihnen. »Das fanden wir im Garten, versteckt hinter einem großen Blumenkübel.« Er hob eine Beweismitteltüte in die Höhe. Darin befanden sich ein Hammer und ein Meißel. Man erkannte eingetrocknetes Blut an den Metallflächen.

Die Hauptkommissarin besah sich den Fund und schüttelte leicht den Kopf. »Faszinierend«, murmelte sie nachdenklich. »Kaum hat Storzig seinen Kopf aus der Schlinge gezogen, haben wir neue Verdächtige.« Sie wurde ernst. »Bringt das sofort ins Labor, mich interessiert vor allem eines: Gibt es auf den Werkzeugen irgendwelche Fingerabdrücke?«

»Und das Blut?«, fragte der Kommissar verwirrt. »Müssten wir nicht vor allem feststellen, ob das zu einem der Opfer gehört?«

»Ich vermute, das stammt von Petra Kämmerer, der Schuldirektorin. Die Gerichtsmedizin nahm an, dass mit diesen Werkzeugen ihre Schädeldecke geöffnet wurde. Natürlich sollen unsere Experten das ebenfalls abklären.« Sie sah Simon eindringlich an. »Es ist wichtig, dass ich schnell die Ergebnisse habe, erledige das bitte sofort und persönlich.« Der Beamte nickte und machte sich unverzüglich auf den Weg.

»Damit haben wir also unseren Beweis, Bjarne Orth ist unser Täter«, sagte Nele leise.

»Was ist mit Svenja?«, hielt die Hauptkommissarin dagegen.

»Wieso sollte die zuerst fünf Frauen und Ahrens umbringen, anstatt sich gleich ihren prügelnden Ehemann vom Hals zu schaffen?«

»Vielleicht um die Fassade der glücklichen Ehefrau aufrechtzuerhalten«, entgegnete Anja. »Aber du hast recht,

Bjarne Orth wird bis auf Weiteres nirgendwo hingehen. Stell einen Beamten ab. Wenn seine Verletzungen nur leicht sind, besteht vielleicht Fluchtgefahr.«

»Und Svenja Orth?«

Der Mediziner mischte sich noch einmal ein: »Kann ich den Transport der Frau veranlassen?«

»Ich will ihr noch ein, zwei Fragen stellen«, antwortete Anja und betrat kurz darauf das Schlafzimmer.

Svenja Orth lag bereits auf der Bahre. Sie sah erbärmlich aus und jammerte: »Es tut mir leid, aber ich hatte keine andere Wahl. Was wird denn nun aus Alissa? Sie wird mich hassen.«

Gerne hätte Anja Gärtner die Frau beruhigt. Unter anderen Umständen wäre sie auf die Mutter eingegangen, aber noch musste sie auch Svenja wie eine Verdächtige behandeln. Deshalb fragte sie direkt: »Woher stammt das Messer?«

Wahrheitsgemäß gab die weinende Frau an, es bei Ella Warth eingesteckt zu haben. »Es war eine Kurzschlussreaktion. Bjarne wurde immer schlimmer, hatte sich nicht mehr unter Kontrolle. Als wir bei den Warths waren, habe ich jede Minute genutzt, nicht in seiner Nähe zu sein. Ich stand in der Küche, sah das Messer im Messerblock und griff danach. Ich war nicht bei mir, machte mir keine Gedanken darüber, ob es jemand bemerken würde. Vielleicht hoffte ich auch darauf, aber so ist es nie, oder?« Sie lächelte schmerzvoll. »Es kommt keiner und nimmt dir die schweren Entscheidungen ab.«

»Nein«, gab ihr Anja recht. »Die müssen wir im Normalfall selbst treffen. Wäre es nicht an der Zeit, reinen Tisch zu machen?«, fragte die Hauptkommissarin sanft.

»Ja, das wäre es wohl«, gab Svenja mit Tränen in den Augen nach. »Es ging schon eine ganze Weile so. Erst eine Ohrfeige, dann Schläge. Je mehr er unter Druck stand, desto schlimmer wurde es. Und ich dachte damals, ich habe den großen Fang gemacht. Kein Wunder, dass seine Ex-Freundin nie versucht hat, ihn zurückzubekommen. Bjarne hat allen erzählt, wie sehr er mich liebt, und ich habe mich dafür beneiden lassen, dabei war es die Hölle.«

»Hat denn niemand Bescheid gewusst?«

»Manchmal dachte ich, alle würden es mir ansehen.« Sie schüttelte den Kopf. »Aber ob das wirklich so war, weiß ich nicht.«

»Was wäre passiert, wenn Sie von einer Ihrer Freundinnen darauf angesprochen worden wären?«, fragte die Beamtin vorsichtig.

»Keine Ahnung.«

»Wären Sie nicht wütend auf diese Frau gewesen, die vielleicht gedroht hätte, Ihr Geheimnis zu verraten?«

»Was?«, rief Svenja entsetzt. »Denken Sie etwa, dass ich … Ich habe meinen Mann angegriffen, ja, aber das war etwas anderes, ich habe doch nichts mit den Morden zu tun.«

»Besitzen Sie einen Hammer und einen Meißel?«

Svenja schüttelte energisch den Kopf. »Nein, wir bestellen immer Handwerker, wenn etwas kaputtgeht.«

»Haben Sie Ihrem Mann jemals ein falsches Alibi gegeben?«

Dieses Mal zögerte Svenja.

»Frau Orth, wissen Sie noch? Zeit, reinen Tisch zu machen.«

Die Frau seufzte. »Tatsächlich hat er manchmal unten im Wohnzimmer geschlafen. Ich hätte nicht bemerkt, wenn er das Haus verlassen hätte. Aber …« Sie zögerte, sagte dann: »Er ist immer noch Alissas Vater, ich werde ihn nicht des Mordes beschuldigen, das kann ich ihr nicht antun.«

»Sie sollen ihn nicht beschuldigen«, bemühte sich Anja zu erklären. »Ihr Mann hat Sie körperlich schwer misshandelt, dafür wird er sich verantworten müssen. Natürlich stellt sich da die Frage, wem er sonst noch Gewalt angetan hat.«

Sie schluchzte. »Ich glaube nicht, dass er das hat. Sosehr

ich mir wünschte, er hätte sich für andere Frauen interessiert und mich in Ruhe gelassen. Aber Bjarne war in jeder Hinsicht treu, ich war die Einzige, die seine ganze Liebe und seinen ganzen Hass zu spüren bekam.«

Sie weinte und fragte nach Alissa. Gleichzeitig signalisierte der Mediziner, dass es genug wäre. Anja nickte und ließ die Sanitäter die Frau zum Krankenwagen transportieren.

»Wen nehmen wir nun fest? Bjarne oder Svenja Orth?«, fragte Nele Bund genervt.

Zeitgleich klingelte das Handy der Hauptkommissarin. Sie bekam interessante Nachrichten und beendete zufrieden das Gespräch.

»Wie zu erwarten weder Fingerabdrücke auf dem Hammer noch auf dem Meißel.«

»Bjarne oder Svenja haben die Werkzeuge abgewischt, um Spuren zu beseitigen«, hielt Nele dagegen.

»Und dann sind sie so dumm und verstecken die beiden Dinge in ihrem eigenen Garten, mit dem Blut von Petra Kämmerer?«

»Du denkst, die beiden haben nichts mit den Morden zu tun und dass ihnen die Beweise untergeschoben wurden?«

»Das denke ich, seit ich die Bestätigung für eine Theorie habe.« Sie reichte Nele ihr Handy. »Das hat uns der Kollege geschickt, eine Abstammungsurkunde von Elisabeth Müller, die kleine Lisa, Tochter von Regina Müller.«

»Die Frau, die von Daniela Parov ermordet wurde.«

»Die Frau, die angeblich von Daniela Parov ermordet wurde.«

»Und was fangen wir damit an? Hier steht, das Mädchen wurde von einer Familie Benz adoptiert und dass der leibliche Vater unbekannt ist.« Nele stieß einen Pfiff aus. »Geht es darum? Weißt du, wer der Vater ist? Ist das die Verbindung?«

»Du siehst den Wald vor lauter Bäumen nicht«, erwiderte

die Hauptkommissarin und fasste zusammen, was man ihr noch mitgeteilt hatte.

»Und was machen wir jetzt?«, reagierte Nele entsetzt.

»Wir werden als Erstes versuchen, die anderen Familienmitglieder aus dem Haus zu holen. Ich hoffe, die Kinder sind in der Schule oder der Kita. Schließlich kann niemand vorhersagen, wie ein psychisch gestörter Mensch reagiert, wenn ihn die Polizei verhaften will. Und nicht vergessen, bisher haben wir nur eine Theorie, am besten wäre daher ein Geständnis oder ein Zeuge.«

Ihr Gespräch wurde unterbrochen, als sie unten an der Treppe Stimmen vernahmen.

»Ich bin die Nachbarin«, erkannten die Beamtinnen Ella Warth. »Ich wollte nur Fragen, ob ich helfen kann. Geht es Alissa gut? Was ist mit Svenja und Bjarne? Ich konnte die Krankenwagen sehen.«

Die Kollegen von der Streife wollten Ella abwimmeln, aber die Hauptkommissarin mischte sich sofort ein.

»Nein, schon in Ordnung«, rief sie von oben. »Vielleicht kann uns Frau Warth tatsächlich behilflich sein.«

Oberkommissarin Bund nickte ihrer Vorgesetzten erleichtert zu, dachte: *Wir dürfen schließlich auch einmal Glück haben,* und wartete, bis die beiden Frauen in der Küche verschwunden waren. Dann forderte sie telefonisch Verstärkung an.

Ella Warth machte ein besorgtes Gesicht, als sie von Hauptkommissarin Gärtner gebeten wurde, Platz zu nehmen.

»Ich könnte uns einen Kaffee machen«, bot sie an. »Svenja wäre es sicher recht, wenn ich sie als Gastgeberin vertreten würde. Ich …« Sie brach ab, zuckte mit den Schultern und meinte schließlich: »Ich drücke mich falsch aus, nicht wahr? Sie sind kein Gast und ich darf vermutlich hier nichts anfassen.«

»Oh, die Kriminaltechnik hat den Raum bereits freigegeben, aber ich denke, angesichts der Umstände ist es besser, wenn wir hier alles so lassen, wie es ist. Trotzdem danke für das Angebot.«

Ella nickte und seufzte schwer. »Ich muss Ihnen etwas gestehen«, begann die Nachbarin von Svenja Orth.

»Wirklich?«, reagierte Anja Gärtner interessiert und nahm gegenüber der Frau Platz.

»Gestern waren die Orths bei uns zu Hause.« Ellas Blick traf den der Polizistin. »Danach fehlte ein großes Messer, ein Tranchiermesser.« Da die Beamtin nichts erwiderte, sprach Ella weiter: »Ich nehme an, dass Svenja es genommen hat, und wenn ich den Krankenwagen und das Polizeiaufgebot hier sehe, vermute ich, dass etwas Schlimmes damit passiert ist.«

»Wussten Sie, dass Bjarne Orth seine Frau misshandelt?«, fragte die Hauptkommissarin direkt, ohne die Sache mit dem verschwundenen Messer zu kommentieren.

»Was?«, rief Ella entsetzt.

»Sie wohnen direkt gegenüber. Theoretisch könnten Sie ins Schlafzimmer der Orths sehen, wenn die die Gardinen nicht zugezogen haben. Also? Wussten Sie es?«

Anjas Gegenüber senkte schuldbewusst den Blick. »Ich wusste es nicht«, gab sie trotzig zurück, »aber ich habe etwas geahnt.«

»Und dennoch haben Sie uns nicht informiert, als das Messer verschwand. Obwohl Sie eine Frau in Verdacht hatten, die regelmäßig in eine Notlage gerät?«

»Ich kam doch erst auf die Idee mit Svenja, als ich Ihre Kollegen vor dem Haus der Orths bemerkte. Ich habe mir zuvor gar keine Gedanken gemacht. Svenja war gestern zwar irgendwie komisch, aber deshalb hatte ich sie nicht gleich in Verdacht, bei uns Messer zu stehlen«, bemerkte sie ernst. »Max fand Svenja gestern übrigens ebenfalls merkwürdig.«

»Ihrem Mann ist das ungewohnte Verhalten von Frau Orth also auch aufgefallen?«, hakte die Beamtin nach.

»Ja«, erklärte Ella eifrig.

»Wo ist Ihr Mann jetzt? Ich würde ihn nämlich gerne dazu befragen.«

»Zuhause«, antwortete Ella erleichtert. »Er hat sich ein paar Tage freigenommen, auch um mir beizustehen.« Sie tätschelte ihren Bauch. »Die ersten Vorsorgeuntersuchungen«, sagte sie strahlend. »Wir erwarten unser drittes Kind.«

Das »Herzlichen Glückwunsch« sprach Anja mit einem Kloß im Hals aus, während sie das Gefühl hatte, an der Gratulation zu ersticken.

Die Hauptkommissarin, immer noch von der Nachricht aus dem Konzept gebracht, starrte auf die Hand, die den noch nicht vorhandenen Babybauch streichelte, als Ella fragte: »War es denn nun Bjarne? Ich meine, wenn er zur Gewalt neigt, ist das doch eine logische Schlussfolgerung, oder?«

»Ja, da haben Sie recht. Allerdings ist es nicht immer so einfach. Ein Mörder kann auch völlig unauffällig in einem Familienverbund leben. Tatsächlich verhalten sich gerade Serienmörder häufig sehr angepasst«, erwiderte Anja Gärtner um einen unaufgeregten Tonfall bemüht.

»Das war bei Bjarne ja auch der Fall«, widersprach Ella. »Oder ist Svenja diejenige welche?« Neugierig blickte sie die Polizistin an. Auch wenn sie versuchte, mitfühlend zu sein, merkte man ihr doch an, dass ihr Svenja als Schuldige mehr zusagen würde. »So oder so, die arme Alissa kann einem leidtun. Andererseits hat sie vielleicht jetzt die Chance, aus dem ganzen Schlamassel herauszukommen.«

»Sie meinen, so wie Sie damals?« Kaum hatte Hauptkommissarin Gärtner das gesagt, betrat Oberkommissarin Bund den Raum und reichte ihr eine Notiz mit dem Wortlaut: *Wir haben im Haus ein Exemplar von Ahrens' Kurzgeschichten gefunden, aber keine Tatwaffe.*

Ella hatte nicht auf die Frage geantwortet, tat so, als hätte sie sie nicht gehört, was die Hauptkommissarin veranlasste, erneut zu sagen: »Sie hatten doch die Möglichkeit, die Fabriksiedlung zu verlassen, damals, nachdem Ihre Mutter gestorben war.«

»Bravo«, gab Ella gereizt zurück. »Sie haben also herausgefunden, dass ich als Kind einmal hier gelebt habe, na und?«

»Warum haben Sie das für sich behalten? Weiß Ihr Mann denn davon? Wir können ihn fragen. Oberkommissarin Bund läuft schnell rüber und …«

»Nein«, rief Ella laut, »nein, tun Sie das nicht. Ich habe es ihm nie gesagt, weil es ein Kapitel meines Lebens ist, über das ich nicht gerne spreche.«

»Warum nicht?«, blieb Anja Gärtner unnachgiebig, auch wenn sie mit ruhiger Stimme sprach. »Warum reden Sie nicht gerne darüber? Weil es Ihnen peinlich ist, in einem weniger schicken Stadtviertel aufgewachsen zu sein, oder weil Sie sich schämen, die eigene Mutter ermordet zu haben? ›Die Flammen stiegen in die Höhe und nahmen die Seelen der Unglücklichen mit‹«, zitierte die Polizistin. »Sie kennen den Satz, nicht wahr?«

Ella Warth erstarrte für einen winzigen Augenblick, bevor sie in die Höhe schnellte, eine Schublade aufriss und sich das erstbeste Messer griff, das sie dort fand. Bedrohlich hielt sie es in der Hand, wandte sich mit irrem Blick an ihre Anklägerin und zischte: »Sie hinterhältige Schlange. Sie tragen die Narbe zu Recht. Wer auch immer das angefangen hat, ich werde es jetzt zu Ende bringen.« Völlig außer sich wollte sie sich auf die Hauptkommissarin stürzen.

Nele Bund zog sofort die Dienstwaffe, bereit, abzudrücken, und brüllte: »Halt! Messer fallen lassen!«, was Ella jedoch nicht aufhielt.

»Denken Sie an Ihr ungeborenes Kind«, schrie die

Hauptkommissarin, die mittlerweile selbst die Waffe gezogen hatte. »Sollte es nicht eine Chance bekommen?«

»Mit einer Mutter im Gefängnis?«, geiferte Ella, hielt jedoch inne und schien sich zu besinnen.

»Legen Sie das Messer weg«, forderte Anja die Frau eindringlich auf.

Einige Sekunden verstrichen, bevor das erlösende Scheppern der Klinge zu hören war, die auf dem Plattenboden aufschlug.

Nele überwältigte die Frau, legte ihr Handschellen an und gab den Kollegen Bescheid. »Wir haben sie.«

Die nächste Stunde erlebte Ella Warth wie in Trance. Schemenhaft erkannte sie auf dem Weg zum Streifenwagen ihren Ehemann Max, der von einem Polizisten daran gehindert wurde, zu ihr zu eilen. Sie hörte in weiter Entfernung seine Rufe: »Ella, das kann doch nicht sein. Sie irren sich, sie irren sich. Sag doch etwas!«

Als man sie auf die Rückbank des Fahrzeugs schob und die Tür hinter ihr schloss, genoss sie die Ruhe, die entstanden war. Sie erinnerte sich an eine Geschichte von Ahrens. Ein verhafteter Mörder, einer, der im Gefängnis gefürchtet war, einer, der trotzdem mächtig blieb, der seinen Zorn immer noch in anderer Menschen Schmerz verwandeln konnte, einer …

Erst im Verhörzimmer kam Ella wieder zu sich.

Es war der gleiche Raum, in dem sie ihre Aussage über Lukas Ahrens gemacht hatte.

Ein fremder Mann saß neben ihr, stellte sich als Anwalt vor, riet ihr, geständig zu sein, auch dem ungeborenen Kind zuliebe, sprach davon, dass es immer noch Hoffnung gebe.

Irgendwann betrat Hauptkommissarin Gärtner das Zimmer zusammen mit Nele Bund und Kommissar Faller.

Ella verzog angewidert den Mund. »Sie haben alles kaputtgemacht«, stieß sie wütend hervor.

»Wie lange hätten Sie so weitermachen wollen?«, reagierte die Beamtin mit einer Frage.

»Es wäre vorbei gewesen, wenn Sie Bjarne oder Svenja verhaftet hätten. Ich hatte alles in Ordnung gebracht.«

»Sagen Sie mir warum? Warum haben all diese Menschen sterben müssen?«

»Warum?«, erwiderte Ella aufgebracht. »Das fragen Sie ernsthaft?«

Anja nickte geduldig.

»Weil sie mich genervt haben, weil sie mein Leben zerstören wollten, weil sie mir im Weg standen. Sie machten mich zornig, so wie Sie es gerade tun, Frau Hauptkommissarin.« Feindselig fixierte Ella die Beamtin. »Aber das wird Sie und Ihre Familie teuer zu stehen kommen. Ich werde und kann das nicht so hinnehmen. Ich werde …«

Ein mildes Lächeln huschte über das Gesicht der Kriminalbeamtin. Vor ihr lag das Exemplar von Ahrens' Kurzgeschichten, das sie im Haus der Warths konfisziert hatten. Sie schlug es auf und vollendete Ellas Satz in leierndem Tonfall: »›Ich werde mich rächen, werde Ihnen jeden Knochen im Leib brechen. Sie können nicht mehr ruhig schlafen‹ und so weiter und so fort.« Das Lächeln der Beamtin wurde breiter, während Ella vor Wut kochte. »Wir kennen die Geschichten in Ahrens' Buch und Ihre Vorliebe, sie sich als Anleitung zu nehmen. Wie kam es dazu?«

Diese Frage war Ella bereit zu beantworten. »Er hat sie damals meiner Mutter mitgebracht, damals, als er sie regelmäßig gevögelt hat. Ahrens war nur einer von vielen, aber er war nett zu mir, und als ich das Buch in die Finger bekam, habe ich es gelesen.«

»Und Ihre Mutter hat Ihnen das erlaubt?«, fragte die Hauptkommissarin bewusst vorwurfsvoll, auch weil sie hoffte, dadurch die andere gesprächiger zu machen.

Tatsächlich ging Ella darauf ein. »Es spielte keine Rolle, ob meine Mutter nüchtern oder besoffen war, sie war stets dumm. Ich glaube nicht, dass sie überhaupt irgendetwas konnte. Sie hat sich einen Scheiß darum gekümmert, was ich lese, esse oder trinke. Ihr Interesse galt dem Schnaps und den Männern. Ich habe es nicht mehr ausgehalten. Bei ihr zu sein, war die Hölle. Aber ich wusste, da gab es noch etwas anderes, direkt vor meiner Nase. Die Wörmshalder Allee war mein Märchenschloss. Dort wollte ich mit meinem Prinzen leben für immer und ewig.«

»Und dann haben Sie das Feuer gelegt?«

»Es war ganz einfach. Ich zündete die Couch an, ging nach unten und musste nur warten. Die Menschen sprachen zu der Zeit viel über die Brandstiftungen. Abgesehen davon trauten selbst die Nachbarn meiner Mutter zu, mit einer brennenden Zigarette eingeschlafen zu sein. Ich hatte es mir schon lange ausgemalt, wie es wohl wäre ohne sie. Ich war klug und ich war ein Kind, das niemand verdächtigt hat. Als ich erfuhr, sie würde noch ein Baby bekommen, da wusste ich, dass ich mich beeilen musste. Ahrens' Geschichten waren so ...« Sie lächelte verträumt, was ihre nachfolgenden Worte noch unheimlicher machte. »Sie waren wie Komplizen. Ich konnte sie abwandeln, bis sie für meine Zwecke gepasst haben. Seine Ideen haben mich inspiriert. Ich habe die Geschichten auswendig gelernt und Textstellen aufgesagt, bin in die Rolle von Ahrens' Protagonisten geschlüpft, übrigens meistens Männer. Es war anregend, wenn ich sie beim Töten zitiert habe, wenn ich ...« Sie stoppte und stieß geräuschvoll die Luft aus. »Aber das geht nur mich etwas an.«

»Wie ging es weiter?«, forderte die Beamtin Ella auf, mit ihrem Geständnis fortzufahren.

»Meine Mutter starb und ich kam in die Obhut des Jugendamtes, dann in ein Waisenhaus. Ältere Kinder werden nicht so häufig adoptiert und es gab weit hübschere Mädchen als mich. Aber ich habe mich dennoch durchgesetzt. Ich erinnere mich noch an Carola. Sie trug immer gelbe Bänder in ihren Haaren und hat furchtbar angegeben. Stets hat sie behauptet, alle würden sie lieber mögen. Ich habe das dann beendet. Sie ertrank bei einem Ausflug, ihr Körper trieb einfach davon, wie bei der Geschichte von Ahrens. Danach wurde ich adoptiert und mein Leben verlief endlich nach Plan. Ich konnte es kaum erwarten, erwachsen zu werden und eines Tages in der Wörmshalder Allee zu leben.« Sie schnalzte mit der Zunge. »Mein Adoptivvater war bereits gestorben, nur meine Adoptivmutter kam mir in die Quere, als sie zum Pflegefall wurde. Aber ich ließ mich nicht aufhalten.«

»Sie haben Sie umgebracht«, hakte die Hauptkommissarin nach, bemüht, nicht schockiert zu wirken.

»Ich war sanft. Kennen Sie die Burke-Methode?«

Anja Gärtner nickte.

»Ahrens hat sie in seinem Buch wunderbar beschrieben, wie auch alles andere. Wenn ich mich erinnern wollte, musste ich nur seine Geschichten lesen, das war wie ein Blick in ein Fotoalbum.« Sie zuckte lässig mit den Schultern. »Jedenfalls war ich nach dem Tod meiner Adoptivmutter frei und konnte mir einen Job in Wörmshalde suchen. Ich landete direkt in der Firma von Max. Anfangs arbeitete ich im Büro und war natürlich zuerst einmal unsichtbar für den Juniorchef. Aber gutes Aussehen ist nicht alles. Ich verstand schnell, wie Max tickt, und das half mir zu bekommen, was ich wollte. Wissen Sie«, plauderte sie gelassen weiter, »Max ist kein Engel, was das Treusein angeht, aber ich habe einen Weg gefunden, das zu managen.«

»Sie hatten also Ihr Ziel erreicht, warum dann der Mord an der Prostituierten, warum die Schuldirektorin töten?«

»Glauben Sie denn ernsthaft, man muss nichts mehr tun, wenn das Ziel erreicht ist? Ab da kann es ruckzuck abwärts gehen und das hätte ich nie zugelassen. Eine Prostituierte in Wörmshalde, nicht weit von unserem Heim, unseren

Kindern entfernt? Absolut inakzeptabel. Zudem war die Frau uneinsichtig. Unser Verein hat es auf vernünftige Weise versucht, sich sogar an die Behörden gewandt, aber da war nichts zu machen. Außerdem verhielt sie sich ausgesprochen dumm und glaubte tatsächlich, ich hätte ein sexuelles Interesse an ihr.« Ella schüttelte sich übertrieben. »Was für eine ekelhafte Person. Sie hatte auf jeden Fall verdient zu sterben.«

»Und Petra Kämmerer?«

»Die hat nichts von ihrem Job verstanden. Ich erlaube niemandem, schlecht über meine Kinder zu reden! Sie hat meinen Sohn beleidigt, das war unverzeihlich. Abgesehen davon war sie auch nicht besser als die Hure.«

»Und Ihre Freundinnen Miriam Sauer und Bärbel Kreismann?«, fasste die Hauptkommissarin nach.

»Ich bin mir sicher, dass Miriam, dieses widerliche Klatschweib, etwas von Max' Untreue wusste.«

Anja Gärtner, die selbst das erste Mal davon hörte, bezweifelte das zwar, widersprach jedoch nicht.

»Vermutlich hätte sie es Bärbel erzählt, das habe ich verhindert. An diesem Kaffeenachmittag ging ich vor Svenja. Ich dachte mir schon, dass es besser wäre, offiziell nicht die Letzte zu sein, die die Runde verlässt. Von meiner Küche aus konnte ich sehen, wann Svenja nach Hause kam. Danach ging ich zurück zu Bärbel. In der Dunkelheit hat mich niemand gesehen. Ich behauptete, etwas vergessen zu haben, und trat ein. Die beiden schöpften keinen Verdacht, und ich war schnell, vor allem schneller als Bärbel. In diesem Punkt hatte Svenja recht, Bärbel war unbeweglich. Als ich alles erledigt hatte, verschwand ich unbemerkt.«

»Warum aber Lukas Ahrens? Ich dachte, Sie mochten ihn? Hatte er Sie in Verdacht?«

Ellas schrilles Auflachen ließ die Beamten und ihren Anwalt zusammenzucken. »Nein, das nicht, aber er hat mich erkannt. Allerdings erst, nachdem diese bescheuerte *Psychotante* ihn über Daniela Parov ausgefragt hat. Plötzlich erinnerte er sich an die Tochter von Regina Müller. Ich hätte niemals damit gerechnet, dass er mich wiedererkennt, aber irgendetwas an mir kam ihm wohl schon die ganze Zeit vertraut vor. Er erzählte mir vom Besuch der Ärztin und wie es ihm langsam gedämmert hatte. Mächtig stolz war er darauf, dass er so genial gewesen ist, sich zu erinnern.« Das Wort »genial« schleuderte sie mit Abscheu in den Raum. »Netterweise ließ er mir dann Bedenkzeit«, fuhr sie ironisch fort. »Tat so, als würde er verstehen, dass ich meine Vergangenheit für mich behalten wollte. Leider hielt es ihn nicht davon ab, mich zu drängen. Allen Ernstes schlug er mir vor, mit ihm vor die Kamera zu treten. Träumte von Schlagzeilen, nach dem Motto: Die arme kleine Lisa Müller, zurück in Wörmshalde, erlebt dort die nächste Tragödie. Ihr guter Freund, der Künstler und Autor Lukas Ahrens, steht ihr jedoch zur Seite.« Sie verzog das Gesicht. »Er war ein begabter Erfinder von Geschichten, aber völlig realitätsfremd. Bedauerlicherweise wurde er zur Gefahr. Ich konnte mich unmöglich darauf verlassen, dass er den Mund hielt, also hatte ich keine Wahl. Vermutlich war es ihm ein Trost, dass sein Tod aus seiner eigenen Feder stammte.« Sie gluckste vergnügt. »Er hat die Geschichte des *grausamen Mannes*, kurz bevor es zu Ende ging, erkannt.« Ihr Gesicht nahm nun einen bedauernden Ausdruck an, bevor sie sagte: »Um ihn tat es mir fast leid.« Ellas Mimik änderte sich. »Aber nicht um Erna Storzig, dieses gehässige Weib mit seinen Andeutungen bei der Beerdigung. Von wegen, sie würde jeden durchschauen. Da konnte ich sie doch nicht am Leben lassen. Was, wenn sie tatsächlich die Wahrheit herausgefunden hatte? Ehrlich gesagt, ihr Mord hat mir richtig Spaß gemacht und ich fand in Ahrens' Buch auch eine schöne Geschichte dazu. Sie abzufangen war leicht, ich kannte ihre Gewohnheiten und hoffte, dass sie nach Miriams Tod einfach alleine in den Wald gehen würde. Sie war einer der Menschen, die mich unglaublich wütend gemacht haben, aber«, fuhr sie schnippisch fort, »ich habe gelernt, wie ich meinen Zorn zu deren Schmerz machen konnte.«

Der Anwalt räusperte sich, warf seiner Mandantin einen warnenden Blick zu, Ella schien jedoch keine Hemmungen mehr zu kennen. Sie erzählte bereitwillig, wie sie Hammer und Meißel im Garten der Orths hinterlegt hatte, nachdem ihr klar geworden war, wer das Messer aus ihrer Küche entwendet hatte. »Natürlich wusste ich, dass Bjarne seine Frau schlägt. Dieses Wissen hat mir ein gutes Gefühl gegeben und mir erspart, mich selbst um Svenja zu kümmern. Immerhin war sie öfter gemein zu mir. Noch am Abend sprach sich herum, dass Storzig nicht mehr in Polizeigewahrsam war. Kurz danach fiel mir das mit dem Messer auf. Svenja wäre der ideale Sündenbock gewesen. Ich war mir ziemlich sicher, dass Svenja das Messer nur gestohlen hat, um Bjarne eines Tages damit zu töten. Vielleicht dachte sie, es wäre besser, eine Tatwaffe zu besorgen, die man nicht zu ihr zurückverfolgen konnte, womöglich wollte sie es auf diese Weise aber auch mir oder Max anhängen. Jedenfalls wäre sie in Bedrängnis gekommen, wenn man Beweisstücke auf ihrem Grundstück gefunden hätte. Ich ging eigentlich davon aus, gegenüber bald neue Nachbarn begrüßen zu dürfen.« Sie lehnte sich fast fröhlich in ihrem Stuhl zurück und sagte schließlich: »Ich habe alle Ihre Fragen beantwortet, Frau Hauptkommissarin. Was hat mich verraten? War es meine Aussage wegen Wilfried Storzig?«

Anja Gärtner hielt sich bedeckt. »Nicht nur«, sagte sie knapp und hatte Mühe, ihre Abscheu zu verbergen.

Die Vernehmung war beendet und Ella Warth wurde zurück in ihre Zelle gebracht.

KAPITEL 15

Einige Monate später

»Lebenslang mit anschließender Sicherheitsverwahrung«, sagte Kommissar Faller erleichtert, als sie das Gerichtsgebäude nach der Urteilsverkündung verließen. »Einweisung in eine psychiatrische Klinik, wie zu erwarten. Die Gutachter waren sich alle einig, dass es sich bei Ella Warth um eine gefährliche Psychopathin handelt. Unglaublich, dass sie jahrelang allen die brave Hausfrau vorgespielt hat. Ich hätte sie niemals verdächtigt.«

»Ich hatte die Frau auch lange nicht im Fokus«, bekannte die Hauptkommissarin.

»Offenbar hat Ella Warth nicht damit gerechnet, dass wir nach Lisa Müller suchen würden«, bemerkte Oberkommissarin Bund.

»Hätten wir normalerweise auch nicht, wenn uns nicht Simons Frau Doktor Heinrich auf den Fall Parov aufmerksam gemacht hätte«, entgegnete Anja Gärtner schmunzelnd.

Während der Kommissar halbherzig abstritt, dass es sich um *seine Frau Doktor* handeln würde – mittlerweile hatte er Laura schon ein paar Mal privat getroffen –, sagte Anja: »Manchmal hilft eben auch der Zufall. Wie wir heute wissen, ist Ella Warth eine geborene Elisabeth Müller. Ihre Mutter Regina Müller und Freunde in der Fabriksiedlung nannten sie jedoch nur Lisa. Aufgrund der Vorgeschichte des Kindes gestattete das Gericht bei der Adoption die Änderung des Vornamens. Laut Akte auch ein ausdrücklicher Wunsch des Kindes. Zumal Ella in dem Sinn kein neuer Name ist, sondern nur eine weitere Abkürzung von Elisabeth. So wurde aus Elisabeth oder Lisa Müller eine adoptierte Ella Benz und schließlich eine verheiratete Ella Warth. Aber das wussten wir ja damals noch nicht. Wirklich irritiert im Laufe der Ermittlungen haben mich vielmehr einige ihrer Bemerkungen. Sie sprach von dem *Schlamassel*, das bald vorbei wäre, so als hätte es lediglich eine wilde Geburtstagsparty gegeben und nicht etliche Morde. Außerdem war da noch ihr Kommentar zu Lukas Ahrens: ›Am Ende ist er doch nur ein armer Teufel gewesen, der es nicht herausgeschafft hat.‹ Erst dachte ich, sie ist einfach nur mitfühlend, aber später bin ich darüber gestolpert. Vor allem, als ich die Aussage von Daniela Parovs Bruder las, der sich ähnlich geäußert hatte, der es auch so unbedingt aus der Fabriksiedlung *herausschaffen* wollte. Plötzlich fragte ich mich, ob es noch einen anderen Grund für Ella Warths solidarisch klingende Worte gab. Womöglich eine Verbindung über den Wohltätigkeitsverein hinaus. Wie sich herausstellte, lag ich richtig. Die Gemeinsamkeit war ihre Herkunft, nämlich die Fabriksiedlung, aus der beide stammten. Zudem hat sie, wie sie selbst so richtig bemerkt hat, mit ihrer Aussage über Storzig einen Fehler begangen. Da passte nämlich etwas nicht zusammen. Ahrens hat Storzig nicht gemocht und seine Nachbarn sogar dazu angehalten, den Mann wegen seiner unlauteren Methoden im Umgang mit Angestellten anzuzeigen. Er hat uns bereitwillig erzählt, dass sich Storzig auf dem Parkplatz mit Jana Grün getroffen hat. Warum sollte er dann also zögern, wenn er noch mehr gegen Storzig in der Hand gehabt hätte? Meiner Einschätzung nach war Lukas Ahrens auch kein Erpresser, sondern jemand, der Aufmerksamkeit wollte. Er hätte Storzig doch liebend gern in einer Mordermittlung bloßgestellt, und zwar mit Pauken und Trompeten. Er hätte die Informationen an uns oder direkt an die Öffentlichkeit weitergeben können. Das war zumindest meine Theorie. Allerdings hat Ahrens nichts dergleichen getan. Warum nicht? Am Ende nahm ich an, dass Ahrens entweder Ella Warth belogen hatte, was meiner Meinung nach überhaupt keinen Sinn ergab, oder Ella Warth uns. Die logische Frage, die daraus folgt, ist, warum sollte Ella die Polizei belügen, wissentlich und gezielt, es sei denn …«

»Sie ist die Täterin und will uns auf eine falsche Spur locken. Das erklärt auch, warum sie nicht sofort zu uns kam, als man Ahrens' Leiche fand. Sie hatte sich das erst ein paar Tage später ausgedacht«, ergänzte Nele Bund. »Definitiv fehlte es ihr nicht an schauspielerischem Talent und Raffinesse. Allerdings hatte Ella auch Glück. Storzigs Stalker-Kiste hat ihn ganz schön verdächtig gemacht.«

»Jedenfalls hat sie nicht lange gezögert, uns einen neuen Verdächtigen zu präsentieren«, warf Simon ein. »Das jedoch hatte sie nicht richtig durchdacht.«

»Genau«, stimmte ihm Anja Gärtner zu. »Die abgewischten Fingerabdrücke passten nicht zu einem Mörder, der leichtsinnig genug ist, die Tatwaffen im eigenen Garten zu verstecken. Trotzdem hätte es auch anders ausgehen können. Ella Warth ist die meiste Zeit ziemlich abgebrüht gewesen. Wenn ihr nicht die Nerven durchgegangen wären, hätten wir bis heute keine Beweise gehabt. Schließlich ist es keine Straftat, eine Adoption zu verheimlichen. Und selbst als ich kurz vor der Verhaftung erfuhr, dass ein Mädchen in dem Waisenhaus, in dem auch Ella Warth untergebracht gewesen war, bei einem Ausflug ertrank, war ich mir noch nicht sicher, ob das reichen würde, sie zu überführen.«

»Du hast sie sauber aus der Reserve gelockt«, erwiderte Nele Bund anerkennend.

»Ich hatte lediglich Glück. Übrigens hat mich auch eine Bemerkung von dir auf diese Spur gebracht. Wenn man erst einmal auf dem richtigen Weg ist, lösen sich die Ungereimtheiten in Luft auf«, gab sich Anja bescheiden.

»Ein guter Riecher ist kein Glück«, neckte sie die Oberkommissarin, »das ist Talent.«

»Sie hat die Beweisstücke immer gut versteckt oder das,

was sie nicht mehr brauchen konnte, sofort entsorgt. Am Ende landete alles rechtzeitig in einem Abfallbeutel im Müllwagen. Die Handschuhe, verschmierte Kleidung, die Geflügelschere vom Doppelmord, die Reste des Fleischermessers, das im Genick von Erna Storzig abgebrochen ist. Eine Deponie zu durchsuchen, wäre schwierig gewesen. Was sie nicht fortgeworfen hat, fanden wir im Garten der Orths«, bemerkte Simon. »Und am Ende hat auch Max Warth ausgesagt, dass er in den Nächten, als Jana Grün und Petra Kämmerer starben, eben nicht, wie ursprünglich behauptet, zu Hause gewesen war, sondern bei seiner Geliebten. Zu der Lüge hat ihn Ella wirklich geschickt überredet. Sie hatte nicht einmal Hemmungen, ihre Kinder allein zu Hause zu lassen. Sie ist viele Risiken eingegangen und war gefährlich entschlossen. Lukas Ahrens hat sie umgebracht, während ihr Mann schlafend im heimischen Bett lag. Manche Menschen scheinen nachts ins Koma zu fallen«, seufzte Simon Faller, der häufig mit Einschlafproblemen zu kämpfen hatte. »Gut, dass sie vor Gericht so mitteilsam geblieben ist«, bemerkte er abschließend.

»Ja, sie hat die Verhandlung sogar dazu benutzt, der Schwiegermutter eins auszuwischen. Jeder weiß jetzt, dass der Messerblock und damit die Tatwaffe ein Geschenk von Frau Warth senior gewesen ist«, warf Nele spöttisch ein. »Das zweckentfremdete Fleischmesser, wie Ella Warth es dem Richter erklärt hat.«

»Lediglich das Buch mit den Kurzgeschichten, das Ahrens damals Regina Müller geschenkt hat, konnten wir bei der Durchsuchung im Haus der Warths noch sicherstellen. Das hat sie damals vor den Flammen gerettet und siebenundzwanzig Jahre gut gehütet. Sowohl im Kinderheim als auch bei der Adoptivfamilie gelang es ihr laut eigenen Angaben, das Taschenbuch vor den Augen der Erwachsenen zu verstecken. Trotzdem hätte auch das niemals genügt, ihre Schuld zu beweisen«, erklärte Simon Faller.

»Wenn man bedenkt, dass Lukas Ahrens beziehungsweise seine Kurzgeschichtensammlung seit der Verhandlung zum Verkaufsschlager geworden ist und er das nicht mehr erleben kann, ist das ganz schön mieses Karma.« Nele seufzte übertrieben, bevor sie sagte: »Ich habe gehört, dass Ella Warth ihren Anwalt beauftragt hat, das Gericht zu bitten, ihr das Taschenbuch auszuhändigen. Man kann nur hoffen, dass diese Irre nie wieder das Tageslicht sieht.«

Anja stimmte ihr zu, dachte aber auch mit Entsetzen daran, was es für die Kinder von Ella und Max Warth bedeuten würde, eines Tages zu erfahren, warum sie ohne Mutter aufwachsen mussten.

EPILOG

Ella Warth hatte in der Gerichtsverhandlung bereitwillig ausgesagt. Sie blieb geständig und schien sich nicht über die Zukunft zu sorgen. Mit einem zufriedenen Lächeln streichelte sie ständig über den mittlerweile runden Babybauch und rief freudig nach ihrem Mann, als sie ihn im Gerichtssaal erkannte: »Max, mein Schatz, ich bin hier!«

Er versuchte sie zu ignorieren, saß mit zusammengepressten Kiefern auf der harten Bank, bleich und ausgemergelt vor Kummer und Wut.

Als alles vorbei war, verkauften die Warths ihre Firma und zogen ans andere Ende von Deutschland. Die beiden Kinder waren die meiste Zeit bei den Großeltern, während Max versuchte, zur Normalität zurückzufinden. Sein drittes Kind kam in einem psychiatrischen Krankenhaus für Straftäter zur Welt. Er lehnte ab, es zu sehen, und gab sein Einverständnis zur Adoption. Gleichzeitig durfte der Säugling, ein gesunder Junge, nicht in der Obhut der psychisch stark gestörten Mutter bleiben, deshalb nahm sich das Jugendamt des Kindes an.

Anja Gärtner konnte nur hoffen, dass es gelingen würde, dem Jungen in einer Pflegefamilie ein Leben voller Liebe und Geborgenheit zu ermöglichen.

Die Kinder von Jens und Miriam Sauer hatten mehr Glück, die Schwester des Witwers unterstützte den Bruder, wo sie konnte, und sorgte so dafür, dass das Leben für die beiden in geregelten Bahnen ablief.

Svenja Orth hatte den Absprung geschafft und sich von Bjarne getrennt. Mit Unterstützung entsprechender staatlicher Stellen begann sie sich mit ihrer Tochter Alissa ein neues

Leben, fern von Gewalt und Angst, aufzubauen. Außerdem hatte sie den Mut aufgebracht, ihren Mann anzuzeigen.

Aber es gab auch im Team erfreuliche Entwicklungen. Da waren zum Beispiel Simon Faller und Laura Heinrich, die beschlossen hatten zusammenzuziehen. Die beiden hatten eine Wohnung in einem familienfreundlichen Stuttgarter Vorort angemietet.

Als sich Nele Bund zur Einweihungsparty einfand, erinnerte sie die adrette Siedlung sofort an die Wörmshalder Allee. Automatisch hielt sie sich während der Feier ein wenig abseits, was nicht unbemerkt geblieben war.

»Alles in Ordnung?«, überraschte Simon sie auf dem kleinen Balkon, der zur Küche gehörte.

Die anderen Gäste hatten sich im Wohnzimmer versammelt und schienen sich, dem Geräuschpegel nach zu urteilen, prächtig zu amüsieren.

»Ja«, erwiderte die Kollegin, »ich bin nur etwas müde.«

Mittlerweile kannte der Kommissar Nele gut genug, um zu wissen, dass das nicht stimmte. Deshalb sagte er halb im Scherz, halb ernst: »Ich weiß, dass du niemals müde bist, also, was ist los? Sind wir zu spießig?«

Sie seufzte und antwortete ein wenig verlegen: »Das hat nichts mit dir zu tun.« Dann fasste sie sich ein Herz und drehte sich zu ihm um. »Ich bin in so einem Viertel aufgewachsen.«

»Und hier zu sein, erinnert dich daran, wie sehr du es gehasst hast, dort zu leben«, fiel ihr Simon verständnisvoll ins Wort.

»Nein, ich habe es geliebt, es war toll. Meine Eltern waren super, die Welt schien rosarot. Meine Mutter lebte ihren Traum, kümmerte sich um mich, das Haus, den Garten, meinen Vater und zupfte wie ein fleißiges Vögelchen tagein, tagaus an unserem *Nest* herum, um es noch perfekter zu machen. Das Leben war traumhaft, bis sich mein Vater in eine andere Frau verliebte und ging. Es folgte die Scheidung, das Haus musste verkauft werden und meine Mutter zerbrach daran, dass ihr Friede-Freude-Eierkuchen-Traum platzte.«

»Das tut mir leid«, sagte der Kommissar betroffen.

»Mir tut es leid«, entgegnete Nele aufrichtig. »Mir tut es leid, dass ich seither dem glücklichen Familienidyll in einem gepflegten Vorort nichts abgewinnen kann und ich panische Angst davor habe, so enttäuscht zu werden wie meine Mutter. Ich will nie so werden wie sie.«

»Verstehe«, reagierte Simon verlegen, wusste nicht, was er darauf erwidern sollte, und fragte unbeholfen: »Und deiner Mutter, wie geht es ihr heute?«

Nele verzog das Gesicht und sagte: »Keine Ahnung, ich hoffe, es geht ihr gut.«

»Habt ihr denn keinen Kontakt mehr?«, hakte der junge Kommissar verblüfft nach.

Sie zuckte mit den Schultern und antwortete hart: »Sie hat sich am Tag, an dem das Scheidungsurteil ausgesprochen wurde, erhängt. Ich kann also nur hoffen, dass sie da, wo sie jetzt ist, glücklicher ist.«

»Oh Gott, Nele«, rief Simon bestürzt, »das wusste ich nicht, ich …«

Die Oberkommissarin lächelte. »Woher auch?« Sie seufzte. »Ich denke, jetzt habe ich dir die Laune verdorben, so wie es sich für eine miese Freundin gehört.«

Er trat einen Schritt näher, schloss sie spontan in die Arme und sagte: »Du bist die beste Freundin, die ich mir wünschen kann. Danke, dass du es mir gesagt hast.« Er ließ sie los, trat zurück und meinte: »Und ich danke dir, dass du trotzdem gekommen bist.«

»Kann doch unseren *Chihuahua* nicht allein mit volltrunkenen Kollegen lassen«, scherzte sie und winkte ab.

Plötzlich erschien Laura hinter ihnen, klatschte in die Hände und sagte: »Ihr Polizisten, immer die Köpfe zusammenstecken, um die Welt zu retten. Aber nicht heute Abend, heute wird gefeiert.« Damit scheuchte sie die beiden trotz Neles Einwänden zu den anderen ins Wohnzimmer.

Anja Gärtner genoss die Einweihungsparty. Sie und Thomas waren schon lange nicht mehr so unbeschwert unterwegs gewesen. Jessica hatte sich in der betreuten Einrichtung sehr gut eingelebt und machte tolle Fortschritte. Anja wusste, dass sie die richtige Entscheidung getroffen hatte. Für den Moment war alles, wie es sein sollte, und dieses Gefühl wollte die Hauptkommissarin festhalten. Kein Unken, was die Zukunft anging, kein Hadern mit der Vergangenheit – heute zählte ausnahmsweise einmal nur der Augenblick.

ENDE

SCHLUSSWORT UND ANMERKUNGEN

Alle Personen, Institutionen und Handlungen in meinem Psychothriller »Mein Zorn – Dein Schmerz«, nebst Namen und Bezeichnungen, sind frei erfunden. Ähnlichkeiten mit lebenden oder toten Personen und deren Handlungen sind rein zufällig und nicht beabsichtigt. Das gilt auch für die Dienststelle der Kriminalpolizei in Stuttgart und die Gemeinde Wörmshalde, die ebenfalls meiner Fantasie entsprungen ist.

Eine Anmerkung zum Alter von Straftätern: Erschreckenderweise fand ich bei meinen Recherchen einige Beispiele nicht nur für jugendliche Gewalttäter, sondern auch für Mörder im Kindesalter. Nur exemplarisch möchte ich den Fall *James Bulger* erwähnen, der auch durch die Presse ging. Der zehnjährige Brite Jon Venables hatte zusammen mit seinem Freund Robert Thompson 1993 den zweijährigen James Bulger aus einem Einkaufszentrum entführt, misshandelt und erschlagen. Leider gäbe es noch einige Beispiele mehr.

Der Serienmörder *William Burke*, der im Buch erwähnt wurde, lebte tatsächlich und soll Anfang des 19. Jahrhunderts sechzehn Menschen getötet haben. *Burking* ist der Begriff für die Methode, mit der Burke seine Opfer erstickt hat.

Es sei noch erwähnt, dass die im Buch beschriebene *Mundbirne* keine Erfindung von mir ist, sondern tatsächlich ein grausames Folterinstrument des Mittelalters war.

Zum Schluss noch der Hinweis, dass die Stuttgarter Region, die ja nicht weit von meiner Heimatstadt entfernt ist, viele schöne Ecken bietet und sich ein Besuch sowohl im badischen als auch im schwäbischen Raum immer lohnt.

Vielen Dank, dass Sie sich die Zeit für meinen Psychothriller »Mein Zorn – Dein Schmerz« genommen haben. Ich hoffe, mein Team um Hauptkommissarin Anja Gärtner konnte Ihnen ein spannendes Lesevergnügen bereiten!

Herzliche Grüße
Ihre Ilona Bulazel

WEITERE BÜCHER VON ILONA BULAZEL

Alle Bände der Reihen sind in sich abgeschlossen und können unabhängig voneinander gelesen werden.

Dem Tod verfallen (Psychothriller)
https://www.amazon.de/dp/B08KFH5MP7

Tödliche Heilige (Psychothriller, Hauptkommissar Stutter Band 4)
https://www.amazon.de/dp/B08C5FY19X

Mädchen ohne Wiederkehr (Psychothriller)
https://www.amazon.de/dp/B086MYCQHC

Der Engelshenker (Psychothriller, Sepsis Band 8)
https://www.amazon.de/dp/B083PNRWLJ

Lebendfalle (Psychothriller)
https://www.amazon.de/dp/B07YR2RSMR

Schattenleid (Psychothriller, Hauptkommissar Kaller Band 2)
https://www.amazon.de/dp/B07T7ZLTNB

Der Schmerzjäger (Psychothriller, Hauptkommissar Stutter Band 3)
https://www.amazon.de/dp/B07PDHYYBR

Blutschwarz (Psychothriller, Sepsis Band 7)
https://www.amazon.de/dp/B07KGH17H7

Der Todesprinz (Psychothriller, Hauptkommissar Kaller Band 1)
https://www.amazon.de/dp/B07G3GXWYM

Heimtückische Schuld (Psychothriller, Hauptkommissar Stutter Band 2)
https://www.amazon.de/dp/B07D3BHYMC

Blutmosaik (Psychothriller, Sepsis Band 6)
https://www.amazon.de/dp/B079S59SCX

Der Sündenfänger (Psychothriller, Hauptkommissar Stutter Band 1)
https://www.amazon.de/dp/B077ZMB5QW

Verdorbene Ernte (Psychothriller)
https://www.amazon.de/dp/B07494DKKH

Bitterblutige Wahrheit (Kriminalroman)
https://www.amazon.de/dp/B0716MQZXZ

Ufer der Angst (Psychothriller, Sepsis Band 5)
https://www.amazon.de/dp/B01NCTUIFX

Schmutzige Tränen (Psychothriller)
https://www.amazon.de/dp/B01H92SI1Y

Lautloser Hass (Psychothriller, Sepsis Band 4)
https://www.amazon.de/dp/B01CTAO28E

Sepsis – Showblut (Psychothriller, Sepsis Band 3)
https://www.amazon.de/dp/B01ADMWI8G

Sepsis – Das Schandmaul (Psychothriller, Sepsis Band 2)
https://www.amazon.de/dp/B015WUW2QM

Sepsis – Verkommenes Blut (Psychothriller, Sepsis Band 1)
https://www.amazon.de/dp/B00V0R616E

Das Geheimnis von Herculaneum (Historischer Roman)
https://www.amazon.de/dp/B06XR29T4J

Blutiger Schein (Thriller)
https://www.amazon.de/dp/B01J2WXQ6Q

Projekt Todlicht (Thriller)
https://www.amazon.de/dp/B011AKKO22

Die Akte Aljona (Thriller)
https://www.amazon.de/dp/B00Q5KOL2M

Operation Castus (Thriller)
https://www.amazon.de/dp/B00IDI70R2

world: reset – Nach den Aschentagen (Krimi/Science-Fiction-Thriller)
https://www.amazon.de/dp/B00CG8G79W

Mystery-Geschichten (Kurzgeschichten)
https://www.amazon.de/dp/B00LOVB5K8

SciFi-Geschichten (Kurzgeschichten)
https://www.amazon.de/dp/B00M4E48P8

Alle Titel erhalten Sie als E-Book (die Shops finden Sie auf der Website der Autorin unter https://www.autorib.de) oder als Taschenbuch über Amazon!

Printed in Poland
by Amazon Fulfillment
Poland Sp. z o.o., Wrocław

69683266R00169